AQUARIUS

AQUARIUS

AQUARIUS

AQUARIUS

每個人心中都有一座島嶼，
藉文字呼息而靜謐，
Island，我們心靈的岸。

Beginners

新手

瑞蒙・卡佛

Raymond Carver 余國芳 譯

【推薦】

各界一致好評推崇！

「卡佛超越極簡風格的寫實主義值得細細品味。他筆下的小人物通常欠缺自知之明，也拙於言詞表達。但是，文學閱讀的溫厚也就在人物的侷限、作者的關注與讀者的了然之間產生。」

——**李欣穎（臺大外文系副教授）**

「瑞蒙卡佛是我最愛的作家之一！

他有最精準結實的文字與結構調度，又能直擊人性最迷惘最曖昧連善惡都難辨無語之境。

瑞蒙卡佛的小說，從頭到尾，一句廢話都沒有。」

——**李維菁（小說家）**

「我收藏每一本中文版的瑞蒙·卡佛，且每一篇小說都細讀再三，多年來，那些他自我不斷改寫的作品，也不斷改寫了我對他的評價，那總是好，加上更好，總是令人從心底深處發出震顫，他將平凡的事物變得偉大，透過的是他那看似清淡如水，卻真正能使靈魂發出巨響的小說藝術。」

——陳雪（小說家）

「探討人與人之間的問題，卡佛的小說是無與倫比的。而《新手》挖掘到的人際黑洞，是他寫得最深沉的一本。」

——高翊峰（小說家，《FHM》總編輯）

「瑞蒙·卡佛的故事總有某種失語感。他看到的情感是細膩的，但他筆下的人們所使用的詞語是有限的。於是這些人每一次在小說中開口說話，就有一些細微的情感受到了辜負。說是辜負，也是釋放——放縱事件和情感逃逸，去到無文字可追、無是非審判、無道德形狀之地域。從無名，再度回到了無名。於是我們習慣注目的這個光亮的，由時間序列內的事件、和語言文字組成的文明場域，在瑞蒙．卡佛的小說裡，不過是個過道。」

——**張惠菁（作家）**

「這是最原汁原味的卡佛，不曾被刪改的卡佛，也不是被編輯經營出來的那個精簡至極如刀鋒般銳利的卡佛。在這裡，曾經被消除遮蔽的善感和語句都獲得恢復，被壓抑多年的縮手屈腿終於解放開來，而卡佛的身影依然巨大，或許是更巨大了。」

——**黃崇凱（小說家）**

「短篇小說在走到繁花盡頭之際，閱讀瑞蒙．卡佛作品給我打了一針強心劑：雋永的小說永遠不缺讀者。我愛卡佛，就如村上春樹愛他一般。做為短篇小說或者作家的類型，瑞蒙．卡佛都是一個獨特的座標，我永遠想抵達之謎。」

——**鍾文音（小說家）**

【英文編者序】

「可這也沒什麼。」

——瑞蒙．卡佛，〈胖子〉

《新手》是瑞蒙．卡佛《當我們談論愛情時我們談論些什麼》（一九八一年四月由諾夫出版社發行）裡十七個短篇小說的最原始版本。

這版本，最早是在一九八〇年春天，由卡佛交給高登．里許（Gordon Lish）。里許是他在諾夫出版社的編輯。當時經過兩次校改，里許把原稿至少刪掉了超過百分之五十，而那份原稿現存放在印第安那大學的里立圖書館。雖然卡佛的原始打字稿多被里許的筆跡給遮蓋掉，但這份遭到大量修改刪除的稿件，也終於被重新謄寫復原。

為了方便比照，也因為卡佛沒有標示目錄的緣故，《新手》中的小說排列順序大多與

《當我們談論愛情時我們談論些什麼》的雷同。你會發現，兩本書的共同點就是：倒數第二個短篇的風格明顯不同。因此，我們都同樣以這個順位的小說名為書名。在卡佛的原始文稿中，這一則故事就叫做〈新手〉（它來自這句：「依我看在愛情當中，我們的等級只算得上新手而已。」）里許將它刪修了大半，然後，他又從卡佛的文稿裡隨手摘下一句：「當我們談論愛情時我們談論些什麼」來作為篇名和書名。

而在一九八〇年四月，在手稿到達紐約的三個月前，卡佛曾寫信告訴里許，他手邊有三組短篇故事。一組故事曾在一些小雜誌和出版社刊載過，但從未由主流出版社公開出版。第二組則是已經或即將出現在某些期刊上的故事。第三組，照目前來看也是最小的一部分，包含了一些還只是打字稿的新故事。此時我們所面對的《新手》小說集，就是由這三組短篇集結而成。

交稿期間，卡佛把原來在一些雜誌或小出版社刊載過的短篇做了一些更動。這些出自作者的親筆修潤，包括手寫的訂正部分，全部一字未減的保存在這本《新手》當中，而太明顯的錯漏字或誤植標點之類的地方，也都不著痕跡的做了更正。

《新手》復原的工程歷經多年。我們十分感謝印第安那大學里立圖書館授予高登．里許的稿件使用權，以及諾埃楊的卡普拉出版社所提供的珍貴檔案。我們也要感謝俄亥俄州立大學圖書館，尤其是古籍書稿部主任，喬福瑞．史密斯先生，承蒙他的督促，順利達成瑞蒙．卡佛在威廉．查法特美國小說精選裡建檔的任務。卡佛的作品能再度順利問世，我們更要謝謝詩人兼散文與短篇小說作家黛絲．葛拉格。

瑞蒙．卡佛於一九八一年將《當我們談論愛情時我們談論些什麼》獻給黛絲．葛拉格，並承諾有朝一日他必將這些短篇還以原貌，一字不減的重新出版。可惜這番雄心壯志卻因為他的英年早逝而未能如願。一九八八年，瑞蒙．卡佛以五十歲的盛年與世長辭。就從那時起，我們在葛拉格女士始終如一的堅持與鼓勵之下，積極的完成了修復《新手》的工程。這項努力的成果理當敬獻給她。

威廉 L．史杜 與 莫林 P．卡洛

二〇〇九年五月十八日

於康乃狄克州西哈特福

哈特福大學

目錄

1 你們為什麼不跳個舞？

他在廚房裡又倒了一杯酒，一面看著前庭裡的臥房家具。床墊的套子已經摘掉了，條紋圖案的床單和兩個枕頭並排躺在五斗櫃上。這些東西看起來就跟在臥室裡沒什麼兩樣——他睡的這一邊有他的床頭櫃和小檯燈，她睡的那一邊有她的床頭櫃和小檯燈。他這一邊，她那一邊。他邊啜著威士忌邊想著這事。五斗櫃豎在離床腳幾呎的地方。這天早上他已經把抽屜裡的東西全部裝箱了，那些紙箱就堆在客廳裡。五斗櫃旁邊是輕便型的電熱器。一張帶靠墊的藤椅立在床腳。一些霧面的鋁製廚具占據了部分的車道。餐桌上蓋著一塊黃色的棉紗桌布，人家送的禮物，布料太大，四面垂垮著。桌上有一盆蕨類植物，還有一盒銀器，也是人家送的禮物。一臺落地式的電視機擱在咖啡桌上，隔開幾呎是一張沙發，一把椅子和一盞落地檯燈。他從屋裡拉了根延長線出來把電器用品接上電，全部都能照常運作。書桌靠著車庫的門。書桌上放著幾件廚具，還有一個掛鐘和兩幅鑲了框的照片。車道上還有一箱茶碗、玻璃杯、盤子，每樣東西都裹著報紙。那天早上他把櫥櫃裡的東西都清乾淨了，除了客廳裡那三個紙箱，所有的物件都搬到了屋子外面。不時的總會有一輛車子減慢了速度，有些人會盯著瞧。但沒有一個人會停下來。如果換作是他，他也不會。

「啊，一定是在拍賣舊貨。」女生對男生說。

那女生和男生正好在裝潢自己的小公寓。

「去看看那張床多少錢。」女生說。

「我想問問那臺電視。」男生說。

他把車轉進車道，停在餐桌前面。

他們下了車開始查看那些東西。女生摸了摸那塊桌布。男生插上攪拌器的插頭，把轉鈕調到「攪碎」的位置。她拿起一個火鍋。他打開電視仔細調了調畫面，就坐上了沙發。他點上一支菸，朝四周看看，隨手把火柴丟進草叢裡。女生坐到床上，脫了鞋躺下來。她在暮色中看見了早現的星星。

「過來，傑克，來試試這張床。拿個枕頭過來。」她說。

「怎麼樣？」他說。

「你來試試嘛。」她說。

他看了看周遭。屋子黑魆魆的。

「我覺得好怪，」他說，「不知道屋裡有沒有人。」

她在床上彈了彈身子。

「先試試嘛。」她說。

他躺下來，把枕頭墊在頭下。

「覺得怎樣？」女生問。

「挺實在的。」他說。

她側轉身子，一手勾著他的脖子。

「吻我。」她說。

「起來吧。」他說。

「吻我。吻我嘛，寶貝。」她說。

她閉上眼睛，摟住他。他把她的手掰開。

他說，「我去看看有沒有人在家，」但是，他也只是坐起來而已。

電視機仍舊開著。街上已經萬家燈火。他坐在床沿。

「那不是很好玩嘛，如果——」女生咧著嘴卻沒把話說完。

他哈哈大笑，打開了檯燈。

她趕走了一隻蚊子。

他站了起來，把襯衫塞進褲頭裡。

「我去看看有沒有人在家，」他說，「看樣子好像沒有。要是有人在，我就問個價錢。」

「不管他們開價多少，都殺掉十塊就對了，」她說，「他們一定急著想拍。」

她坐在床上看電視。

「乾脆連這也一起吧。」女生吱吱咯咯的笑著。

「這電視真的很不錯。」他說。

「問看看多少錢。」她說。

麥斯提著超市的購物袋走在人行道上。他買了三明治、啤酒和威士忌。一整個下午他不停的在喝酒，現在似乎已經喝到了一個不醉自醒的程度。不過，中間好像有些斷層。他在超市旁邊的小酒吧待了一會兒，聽完點唱機播放的一首歌，等他想起院子裡那些東西的時候，天都黑了。

他看見車道上有輛車，看見躺在床上的女生。電視開著。然後，他瞧見了站在門廊上的男生。他穿過院子。

「哈囉，」他對女生說，「妳發現這張床啦。太好了。」

「哈囉，」女生說著站了起來，「我試了一下。」她拍拍床鋪。「這床不錯。」

「這是張好床，」麥斯說，「我接下來該說什麼？」

他知道他應該再說一些什麼。他放下購物袋，取出啤酒和威士忌。

「我們以為這兒沒人，」男生說，「我們對這張床很有興趣，還有電視。也許還有書桌。你這床要賣多少錢？」

「五十塊左右吧。」麥斯說。

「四十行嗎？」女生問。

「好，就四十。」麥斯說。

他從紙盒裡取出一只玻璃杯，摘掉包裹的報紙，再打開威士忌的封口。

「這個電視呢？」男生說。

「二十五。」

「二十行嗎？」女生說。

「可以，就二十。」麥斯說。

女生看男生一眼。

「年輕人，要不要來一杯啊？」麥斯說。「杯子就在紙盒裡。我得坐下了，我要坐沙發上。」

他坐下來，往沙發背上一靠，看著他們。

男生拿了兩只玻璃杯，倒了些威士忌。

「妳要喝多少？」他對女生說。這兩人頂多二十歲，一對大孩子，頂多二十出頭。

「夠了，」她說，「我想摻一點水。」

她拉出一張椅子坐到餐桌旁邊。

「水龍頭就在那邊，」麥斯說。「打開就行了。」

男生兌了些水在兩個人的威士忌裡。他清了清喉嚨，也坐在餐桌旁邊。忽然他咧著嘴笑起來。幾隻鳥掠過頭頂在抓小蟲子。

麥斯盯著電視。喝完了酒，他伸手扭亮落地檯燈，菸頭掉進了椅墊中間。女生連忙起身幫他找菸。

「妳還想要些什麼嗎，親愛的？」

他取出支票簿，再為自己跟那女生斟了一杯酒。

「噢，我想要書桌，」女生說，「這桌子多少錢？」

麥斯對這個可笑的問題揮了揮手。

「隨你們說個數吧，」他說。

他看著坐在餐桌旁邊的兩個人。在燈光下，他們臉上似乎有一種很特別的表情。乍看好像很有心機，一轉眼又變得溫柔無比——他實在想不出什麼更好的字眼。男生碰了碰女生的手。

「我想關掉電視放唱片來聽，」麥斯說，「這唱機也是要賣的。很便宜，隨你們開個價吧。」

他又倒了杯威士忌，再開了罐啤酒。

「什麼都賣。」

女生把杯子遞過去，麥斯為她加了些威士忌。

「謝謝。」她說。

「這酒後勁很強，」男生說，「我開始暈了。」

他乾了酒，停一會，又再倒一杯。麥斯找唱片的時候，他簽支票。

「挑一張妳喜歡的。」麥斯拿著唱片對女生說。

男生繼續填寫支票。

「這個。」女生用手一指。她根本不知道那些歌名，哪一張都沒關係，就當是冒險囉。她從位子上站起來又坐下，她不想一直乖乖坐著。

「我開即期的。」男生邊說邊寫。

「好啊。」麥斯說。他把威士忌喝完又繼續喝啤酒，再坐回沙發，蹺起二郎腿。

他們喝酒聽歌。把整張唱片聽完了，麥斯再放上另外一張。

「你們怎麼不跳舞呢？」麥斯說。「好主意耶。你們為什麼不跳個舞呢？」

「我看不要吧，」男生說，「妳想跳嗎，卡拉？」

「去啊，」麥斯說，「這是我的車道，你們可以跳舞。」

兩個人手臂搭著手臂，身體貼著身體，這對年輕的男女在車道上來來回回的移動著。他們在跳舞。

唱片放完了，女生邀麥斯起來跳舞。她還沒穿上鞋子。

「我喝醉了。」他說。

「你沒有醉。」女生說。

「哎，我是真的醉了。」男生說。

麥斯把唱片翻個面，女生迎上來。他們倆開始跳舞。

女生看見好多人聚集在對街的窗口。

「那些人，都在看，」她說，「沒關係吧？」

「沒關係，」麥斯說。「這裡是我的車道，我們可以跳舞。他們在對街什麼都看過了，就沒看過這個。」他說。

不一會兒，他感覺到她暖暖的氣息噴在他脖子上，他說：「我希望妳喜歡這張床。」

「我會的。」女生說。

「我希望你們兩個人都喜歡。」麥斯說。

「傑克！」女生說。「醒醒啊！」

傑克撐著下巴，愛睏的看著他們。

「傑克。」女生說。

她眼睛閉上又睜開。她把臉貼著麥斯的肩膀，她把他拉得更近。

「傑克。」女生呢喃著。

她看著那張床，想不透它為什麼要在院子裡。她橫過麥斯的肩膀望著天。她貼近麥斯，感到內心充滿了無與倫比的幸福感。

這之後，女生說，「那傢伙是個中年人，他把所有的家當都擺在院子裡。我是說真的。我們那天喝醉了還跳舞，就在車道上。我的天哪，別笑啊。他放唱片。你看看這個唱機，是他給我們的，還有這一堆老唱片。我和傑克就睡在他的床上。傑克宿醉得厲害，第二天早上我們只好租了一輛拖車，把那傢伙的東西全部搬過來。我驚醒的時候，他正拿了條毯子在幫我們蓋，我指的是那個傢伙。就這條毯子，你摸摸看。」

她不停的說。她對大家說，告訴所有的人。整件事情當然不只這些，她知道，可是她不好啟口。過了一陣子，她不再提起了。

2 取景框

一個沒有手的男人走到門口，向我兜售一張我這棟屋子的照片。除了那兩只金屬鉤子，他看起來就是一般五十上下的中年男人。

「你的手怎麼失去的？」等他說完來意之後，我問他。

「說來話長，」他說，「先問你究竟要不要這張照片？」

「進來吧，」我說，「我剛煮了咖啡。」

我也剛做了一些果凍，不過我沒告訴他。

「我倒是想借一下廁所。」沒手的男人說。

我很想看看他怎麼用那兩只鉤子捧咖啡杯。他怎麼拿照相機拍照我已經知道了。那是一臺老式的拍立得，很大，黑色的。他把相機綁在皮帶上，皮帶纏著肩膀和後背繞一個圈拉回到前胸，相機就固定在胸口的位置。他只要站在屋子前面的人行道上，從取景框看準這棟屋子，用鉤子手按下快門，照片立刻就會跳出來。我在窗口看得很清楚。

「廁所在哪裡？」

「那邊，右轉。」

說話的時候，他整個人一彎一拱的，讓自己從纏繞的皮帶裡脫開身子。他把相機擱在沙發上，整理一下夾克。「趁這會兒我不在，你先看看照片。」

我接過照片。照片上有一小塊長方形的草坪，有車道，車棚，前門臺階，落地窗，廚房的小窗。我幹嘛要這麼一張悲劇性的照片呢？我再細看，看見了我的頭型——我自己的頭，隱在廚房的窗子後面，就在水槽附近。我對著照片看了一會兒，聽見馬桶沖水的聲音。他走過來了，笑咪咪的拉起拉鍊，一隻鉤子手勾著皮帶，另外一隻忙著把襯衫往褲頭裡塞好。

「你覺得怎樣？」他說。「不錯吧？我個人覺得挺好的，我可不是隨便拍的，說真的，拍一棟房子並不算太難。除了天氣的因素，颳風下雨的時候我最多只能在室內拍。就是預約的方式，你知道的。」他扯了扯褲襠。

「咖啡。」我說。

「你一個人住，是吧？」他看著客廳，搖了搖頭。「辛苦，辛苦。」他坐在相機旁邊，嘆口氣往後一靠，閉上眼睛。

「喝咖啡吧。」我說。我坐在他對面的椅子上。一個星期前，三個戴著棒球帽的小孩來家裡。其中一個說，「先生，我們可不可以把你的住址漆在街邊？這整條街都這麼做的，只要一塊錢。」另外兩個孩子在人行道上等著，一個腳邊擺了罐白漆，一個手裡握著把刷子。三個男孩都捲起了袖子。

「之前有三個小孩來過，說是要把我的門牌號碼漆在街邊，他們也跟我要一塊錢。你應該不知道這件事吧？」這是兩碼事，不過我還是認真的盯著他。

他煞有介事的傾身向前，咖啡杯端正的夾在兩個鉤子中間，然後小心的把杯子擱在小桌几上。他看著我。「真是荒唐。我一向獨來獨往，過去如此，以後也不會變。你在說些什麼？」

「我只是想知道這當中有沒有關聯。」我說。感覺頭好痛，喝咖啡根本沒用，倒是果凍有時候還有些效果。我拿起照片。「當時我在廚房裡。」我說。

「我知道，我在街上看見你了。」

「常會有這種情形嗎？拍房子的時候連人也一起拍進去？多半時候我都待在後面。」

「經常，」他說，「這是賣點。人家看見我在拍房子，有時候會跑出來叫我要連他們也一起拍進去。有時候屋子的女主人會要我拍她老公洗車的照片。或者有年輕人在除草，她也會說拍他拍他，我就拍他。也有年紀輕輕的一家人聚在院子裡吃午餐，我說介意拍一張照片嗎？」他的右腿開始晃動。「他們卻二話不說站起來走人！東西一收，走了。很傷人的。這些小孩子我搞不懂，真的搞不懂。我不喜歡小孩子，甚至連我自己的孩子我也不喜歡。所以就如我剛才說的，我是單槍匹馬，獨來獨往。這照片？……」

「我要了。」我說。我站起來拿杯子。「你並不住在這附近，你住哪？」

「目前我在城中租了一間房，還算方便。我搭公車，等把這附近一帶都拍完了，我再換別的地方。其實有更好的生財之道，不過我覺得這樣不錯。」

「你的孩子呢？」我拿著杯子等他，看著他吃力的從沙發上掙扎起來。

「去他的，包括他們的母親！我這副樣子就是拜他們所賜。」他把兩隻鉤子手伸到我面前，然後轉過身套上皮帶。「我很想原諒和忘掉，你知道吧，可是辦不到。我還是很受傷。問題就在這裡。我忘不掉也沒辦法原諒。」

我再次看著那兩隻忙著操作的鉤子手。看他運用它們的感覺真的很神奇。

「謝謝你的咖啡，還借了你的廁所。你現在正處在人生的低潮，我十分的同情。」

他的鉤子手抬起又落下。「我能為你做些什麼？」

「再多拍幾張照片，」我說，「拍幾張我跟這屋子一起入鏡的照片。」

「沒用啊，」他說，「她不會回來了。」

「我不要她回來。」我說。

他哼一聲，看著我。「我給你打個折吧。三張一塊錢？再低就沒賺頭了。」

我們走到外面。他調整好快門，告訴我該站在哪個位置就開始拍攝了。我們兩個繞著房子打轉，很像那麼回事。有時我向側面看，有時直接看鏡頭，只為了多些變化。

「很好，」他說，「太好了。這張真的很好。我們來看看。」他說，我們繞完一圈，回到車道上。「一共二十張。還要多拍幾張嗎？」

「再拍個兩三張吧，」我說，「拍屋頂。我上去，你從下面往上拍。」

「天哪。」他說。他朝街上前後看了看。「可以，上去吧——不過要小心。」

「你說得沒錯，」我說，「他們搬了個精光。所有的東西，寸草不留。真讓你說中了。」

沒手的男人說：「你不必開口，一打開門我就知道了。」他那兩只鉤子指著我。

「她擺明了就是要你難看嘛！來吧，你看看這裡！這裡只剩這些了。去他的，」他說。

「你到底要不要上屋頂啊？我得走了。」男人說。

我端了張椅子出來，放在車棚底下。不夠高，我還是上不去。他站在車道上看著我。我又找來一個木板箱，把它安在那張椅子上。我爬上椅子，站上木板箱，登上車棚，踏上屋頂，我手腳並用的爬過屋脊，到達煙囪口的一小塊平地。我站直了觀望四周。微風陣陣。我揮著手，他揮著兩只鉤子。我看到了一些石塊，堆在煙囪口，很像一個小小的石頭窩。一定是孩子們扔上來，原本是想把它們扔進煙囪裡去的。

我撿起一塊石頭。「好了嗎？」我喊著問。

他把我鎖定在他的取景框裡。

「好了。」他回答。

我身子一轉，手臂往後揮。「快拍！」我大喊。我把石頭用力投出去，朝著南邊。

「很難說，」我聽見他說，「你剛才動了，」他說，「馬上就知道了。」不到一分鐘他說，「嗨呀，很好耶。」看完了他把照片舉高。「你知道嗎，」他說，「非常棒。」

「再一次！」我大喊。我再撿起一塊石頭。我咧開嘴笑，覺得自己可以騰空而起。飛翔。

「現在，拍！」我大喊。

3 人都去哪了？

我看見了一些事情。當時我打算去我母親那兒住幾晚，就在我走到樓梯頂的時候，我看見她在沙發上吻一個男的。那是夏天，房門開著，彩色電視也開著。

我母親六十五歲，很寂寞。她是單身俱樂部的一員。即便知道這一切，還是不好受。我站在樓梯頂，一手扶著欄杆，眼睜睜的看著那男的抱她吻她。她也回吻著他，電視在房間另一邊繼續播送。那天是星期日，下午五點左右，公寓裡的人都聚到下面的游泳池裡去了。我下樓回到自己的車上。

從那天下午之後發生了許多事，總體來說，現在還算不錯。可是那段日子，我母親跟那些剛認識的男人鬼混的時候，我失業，酗酒，發瘋。我幾個孩子發瘋，我太太發瘋，跟一個她在戒酒中心認識的一個被解雇的航太工程師搞上了。他也瘋了。他的名字叫洛斯，有五、六個小孩。他拐著一條腿，那是他第一任老婆給他的槍傷。我真不知道那陣子大家到底在想些什麼。他第二任老婆也是隨來隨去，跑了，不過他的腿傷卻是幾年前他第一任老婆開的槍，造就了他的跛腳，害他每隔六個月左右就得進出法庭，或是吃牢飯，因為沒有按時支付贍養費。

現在我願意祝福他，可是當時完全不行。那段時間我不只一次的提到動武。我對著我太太吼著，「我要殺了他！」結果當然什麼事也沒有。曖昧的情況就這麼繼續著。我從來沒見過那男的，雖然在電話上談過幾次。倒是在我太太的包包裡翻到過幾張他的相片。一個小個子，也不算太小，蓄著大鬍子，穿著條紋針織衫，在看著一個小孩溜滑梯。另外一張，他靠著一棟屋子站著——我的屋子？看不太出來——抱著胳臂，穿得很氣派，還戴了領帶。洛斯，你個下三濫，我希望你現在沒事，也希望你一切順心。

他最後一次入監，就在一個月前的那個星期天，我從我女兒那兒得知，是我女兒的媽替他付的保釋金。我女兒凱蒂，十五歲，她對這事的接受度跟我不相上下。並不是她特別偏向我——其實對任何事情她既不會向著我也不會向著她媽，她的拿手絕活就是把我們拖下水。不是，這絕對不是忠誠的問題，而是因為我們家有一個很嚴重的「資金流動」問題，因此如果錢到了洛斯手上，她拿的那一份就會減少了。所以現在，洛斯成了她的黑名單；同樣地，她當然也不會喜歡他的小孩，這話她說過。但是在那之前她還在我面前誇過洛斯，她覺得他在不醉酒的時候挺逗趣的，而且他甚至會幫她算命。

既然在航太業裡混不下去了，他乾脆把時間全花在修理別的東西上面。可是我從外觀看他那間屋子——簡直就像垃圾場，各式各樣從來沒清洗過、也絕對派不上用場的舊電器舊裝備，全部堆放在敞開的車庫、車道和前院裡。他還保留了幾輛供他隨時「把玩」的破車。

我太太剛開始跟他交往的時候曾經告訴我，說他「收集骨董車」。這是她的說法。我好奇開車經過那裡，看見了他屋子前面停的那幾輛車。一九五、六〇年代的老車，車身凹損，座位破爛。總之，就是些破銅爛鐵。我知道他住哪。我有他的電話號碼。我們確實有不少共同點，不單是開舊車，還上了同一個女人。而且，不管是不是修理高手，他一樣搞不定我老婆的車子，也修不好我們家的電視。那電視照舊有聲音，沒畫面，如果晚上想看新聞，我們就得坐在螢幕前面「聽」電視。我常一邊喝酒一邊跟兩個孩子取笑這位「修理先生」。

即使到了今天，我還是不知道我太太是不是真的相信那些，什麼骨董車之類的。不過她真的喜歡他，甚至愛他；這點非常明確。

他們是在我太太辛西亞努力戒酒時候認識的。當時她一週參加三、四次的戒酒人聚會，而我連著好幾個月都是有一搭沒一搭的去戒酒中心。辛西亞遇上洛斯的時節，我正在外頭狂喝爛醉。我聽見辛西亞在電話上跟人數落我的時候，我已經在戒酒中心露過臉了，所以知道該往哪兒去求救兵。而洛斯，他早就進過戒酒中心，後來又恢復酗酒。辛西亞覺得，這是我的想法，也許比起我來，他比較有救，所以她就去參加聚會，戒掉酒癮保持清醒，然後再去為他燒飯打掃。他幾個孩子在這方面完全幫不上忙。除了辛西亞，他屋裡沒半個人肯做這些家務事。怪就怪在他的孩子愈不做事，他愈愛他們。這點跟我恰恰相反。那段時間我超討厭我那兩個孩子。尤其是在我捧著摻了葡萄汁的伏特加坐在沙發上，其中一個小鬼放學回家，乒乓作響的把門甩上的時候。有一天下午我破口大罵，跟我兒子打成一團，我恐嚇說要把他碎屍萬段，辛西亞才不得已過來拉開我們。我說我要殺了他。我說，「你的命是我給的，我當然可以收回。」

瘋狂到了一個極點。

兩個孩子，凱蒂和麥克，他們好像特別喜歡這種崩潰的局面；似乎對於他們彼此和跟我們兩個之間這種互動式的威脅和霸凌特別興奮——我指的是暴力相向和常態性的混亂。就像現在，隔了這麼長距離，只要一想起來，我還是恨到心坎裡。記得好些年前，早在我全天候酗酒之前，我在小說裡看到過一個非凡的場面，這本小說是一位名叫伊塔洛．史威沃①的義大利人寫的。書中旁白者的父親快要死了，全家人圍在床前，邊哭邊等老人家斷氣，這時候他睜開眼睛朝每個人看了最後一眼。當他的眼光落到旁白者身上時，他抖了一下，眼神也變了；拚著最後一口氣他從床上掙扎起來，翻身下床，用足力氣摑了他兒子一個耳光。打完這個耳光他倒回床上就死了。那陣子我也一直在想像自己要往生時的場景，我看見自己也在做同樣的事情，只是我希望到時候我還能夠有力氣給他們一人一巴掌，而我對他們的臨終遺言也正是一個快要死的人才有勇氣說出來的話。

他們眼裡只有瘋狂，瘋狂最符合他們的人生目標，我絕對相信。他們樂此不疲，一切都得由他們說了算，主導權在他們手上，我們只能任由他們擺布。他們也許不能事事順遂，可還是我行我素。他們也不會因為家裡出了什麼狀況而受到干擾或影響。恰巧相反，這反而給了他們跟朋友八卦的素材。我曾經聽過他們又笑又吼的，把我和他們母親之間的一些醜事鉅細靡遺的跟那票寶貝朋友們熱情分享。只除了在經濟上還得依賴辛西亞，因為她多少還有著一份教書的工作，每個月還有薪水可領，除此之外，整場秀完全

① Italo Svevo，原名 Ettore Schmitz，一八六一——一九二八，義大利作家，享有二十世紀最出色作家之一的美譽。

由他們通力合作演出——就是這句話，一場秀。

有一次，他們的母親在洛斯家過夜回來，麥克把她關在門外，不許她進來……我忘了那天晚上我在哪裡，大概在我媽家吧。有時候我會去她那兒睡。我跟她一起吃晚飯，她會說幾句關心我們的話；之後我們母子倆就看電視，聊些別的事，話題盡量不再觸及我們家裡的現況。她會在她那張沙發上為我鋪好床——就是她在上面做愛的同一張沙發，但我還是心懷感激，照睡不誤。有天早上辛西亞七點回家準備換裝上班，發現麥克把所有的門窗都鎖上了不許她進屋。她站在他房間的窗戶外面，求他讓她進屋裡去——拜託，拜託，快讓她進去換衣服去學校吧，萬一她丟了工作那該如何是好？到時候他該怎麼辦？我們全家該怎麼辦？

他說，「妳又不住這裡，我幹嘛要讓妳進來？」他居然說出這種話，他當時就站在窗子後面，一臉的怒氣。（這是後來她有次喝醉時候告訴我的。那次我沒醉，我握著她的手聽她說。）「妳又不住這裡。」他說。

「你做做好事，拜託，拜託，麥克，」她苦苦哀求，「讓我進去吧。」

他讓她進去了，她罵了他幾句。就這樣，他出拳狠揍了她的肩膀好幾下——砰，砰，砰——接著還敲她的頭頂，總之就是把她狠打了一頓。最後她才總算可以換衣服，打扮，衝去學校上課。

這一切都是前不久才發生的，頂多三年前吧。那陣子真不好過。

我母親和那男的在沙發上，我不進去了，開了車四處轉一轉吧，那天我既不想回家，也不想去酒吧。

有時候我和辛西亞會討論一些事情——我們稱之為「衡量現況」——偶爾我們也會聊一些跟現況無關的事。有天下午，我們在客廳，她說，「我懷麥克的時候，害喜得厲害，下不了床，你抱我進浴室。你抱著我。沒有人肯這麼做，沒有人能像你這麼、這麼的愛我。我們有這些就夠了。我們相愛得那麼深，除了彼此，真的無人可及。」

我們相互凝視。也許我們還碰了一下手，我已經不記得了。然後，我忽然想起還有半品脫的威士忌或是伏特加或是琴酒或是蘇格蘭威士忌或是龍舌蘭，就藏在我們坐著的沙發墊子底下（啊，快活的日子啊！）於是我希望她快點站起來走開——去廚房，去浴室，去打掃車庫。

「去泡咖啡吧，」我說，「來一壺咖啡挺不錯的。」

「你想吃點什麼嗎？我去煮個湯。」

「也可以，不過咖啡是一定要喝的。」

她去廚房了。我等著，一直等到聽見她放水的聲音，我才伸手到椅墊底下，摸出酒瓶，旋開瓶蓋，喝了。

我從沒在戒酒中心提過這檔事。開討論會的時候，我總是以「棄權」一句話帶過。他們是這樣說的：每次輪到你說話，你總是說「今天晚上我棄權，謝謝」。不過，對於別人說的故事我會聽，會用搖頭和大笑來表示我的認同。參加這些聚會的時候，我多半已經喝醉了。因為你會感到害怕，在這種時候，你需要的絕對不只是餅乾和即溶咖啡而已。

這些會談很少談到愛情或是往昔。我們要談就談公事，談生存大事。錢。錢從哪裡來？電話快要被剪線了，電費和瓦斯費也迫在眉睫。還有凱蒂，凱蒂怎麼辦？她需要買衣服。她的成績單。她那個飆摩托車的男朋友。還有麥克。麥克以後會怎樣？我們以後會怎樣？「我的天哪，」她一定會這麼說。老天哪管這些。他早就不甩我們了。

我希望麥克去當兵，去海軍或是海岸防衛隊。他真的很討人嫌，一個危險人物。甚至連洛斯都覺得入伍對他比較好，這是辛西亞跟我說的，她對他的說法相當不以為然。我聽了倒是很高興，至少在這件事情上我和洛斯頗有共識。洛斯在我眼裡升等了，但卻惹惱了辛西亞。因為，儘管麥克惹人嫌，儘管他有暴力傾向，她認為沒什麼，那只是一個階段，很快就會過去的。她不要他入伍當兵。洛斯對辛西亞說麥克應該入伍，說他可以在軍隊裡學到尊重和禮貌。這話是在一天清晨他和麥克在車道上玩角力，麥克把他摔在地上之後說的。

洛斯愛辛西亞，可是他還有一個二十二歲、叫做碧芙莉的小妞，而且懷了他的孩子，雖然洛斯一再向辛西亞保證他愛的是她，不是碧芙莉，他們甚至已經不睡一起了。他告訴辛西亞說，可是碧芙莉懷了他的孩子，而他愛他所有的孩子，當然包括這個未出世的，他總不能一腳把她踢開，是吧？他是哭著向辛西亞告白的。當時他喝醉了。（那陣子老是有人喝醉酒。）我可以想像那畫面。

洛斯從加州科技大學一畢業就進了位在山景城的美國航空暨太空總署。他在那兒工作了十年，直到最後整個人生大翻轉。我從來沒見過他，我早說過，只是在電話上聊過幾次，東拉西扯的。

有一次我喝醉了打給他，當時我跟辛西亞為了某個「傷心」的議題爭執不下。他一個孩子接的電話，電話轉給了洛斯，我問他，如果我抽身讓位（我哪裡會抽身讓位；純粹是無理取鬧罷了），如果這樣，他會不會負責養活辛西亞和我們的孩子。他說他正在切牛排，他是這麼說的，他說他們正準備吃晚飯，他跟他孩子們，可不可以待會兒再回我電話？我掛斷了。他回電給我的時候，是一個鐘頭以後，我已經忘記那通電話了。辛西亞接了電話，她說了一聲「是」又一聲「是」，我知道那是洛斯，我知道他在問我是不是醉了。我抓過話筒，「你到底會不會負責養活他們？」他說對於牽扯這件事他感到抱歉，不過，不行，他大概沒辦法養活他們。「所以答案是不能，你不能夠養活他們。」我看著辛西亞，彷彿這一來就搞定了一切。他說，「對，不能。」辛西亞卻連眼睛都不眨一下。事後我猜想他們早就討論過這個狀況，所以一點也不驚訝。她早知道了。

他在三十五、六歲的時候開始走下坡，我只要逮到機會就損他。我根據他的相片叫他「黃鼠狼」。「你媽媽的男朋友就長這樣，」我對兩個孩子說，如果他們恰好在旁邊，又恰好在聊天，「就像隻黃鼠狼。」我們三個人哈哈大笑。要不就叫他「修理先生」。我最喜歡叫他這個綽號。願上帝保佑你，照顧你，洛斯。現在我一點也不怨你氣你了。我叫他黃鼠狼或修理先生，甚至在威脅說要他性命的那段時間裡，我認為，在我兩個孩子——當然也包括了辛西亞——在他們的心目中，他是一個烈士，一個落難的英雄，因為他曾經幫忙把人送上月球。他參與過登月計畫的事情我聽過了無數次，他跟伯茲．艾德林和尼爾．阿姆斯壯是好朋友。他告訴辛西亞，辛西亞告訴兩個孩子，兩個孩子告訴我，他說等哪天那幾位太空人到小城來的時候，他會介紹他們認識。只是他們根本沒來過，也或者來過卻忘了聯絡洛斯。月球探測計畫過後不久，命運之輪轉了，洛斯的酒喝得愈來愈凶。他開始怠工，他第一任老婆的問題也開始浮現，到最後，他乾脆把酒裝在保溫瓶裡帶了去上班。那是個很現代化的機構，我看過：有自助餐廳，有主管專用的進餐室，甚至各個辦公室都有一大票的咖啡先生。而他卻總是自備保溫瓶，過一陣子被人發現了便開始被說閒話。至於他到底是被開除的，還是自動辭職，這個我也探聽過，沒有人肯給一個明確的答案。總之，他繼續喝他的酒，當然，任誰都會這麼做。之後他就開始整治那些壞掉的電器用品，修理電視和破車。

他對占星、感應、易經這類東西很感興趣。我不否認也不懷疑，他確實夠聰明，也很有趣，很古怪，就像我們以前的一些朋友。我跟辛西亞說，基本上，如果他不是一個好人，我相信她也不會喜歡上他（對於他們的關係，我就是沒辦法用「愛」這個字）。「他跟我們沒差。」我是這麼說的，試著把範圍拉大。他確實不是個壞人，這個洛斯。「沒有誰是真正的壞人。」有一次我們在討論這件事情的時候我對辛西亞說。

我父親八年前在醉夢中過世。在一個星期五的晚上，享年五十四歲。他從鋸木廠下工回來，從冰箱拿出第二天當早餐的香腸，坐在廚房餐桌上，開了一瓶四玫瑰波本威士忌。那陣子他的心情特別好，開心自己又能重拾工作，因為有三、四年的時間他因為敗血症，之後又因為受到一些刺激而必須接受電擊治療的關係，丟了工作。（當時我結婚了，住在別的城市裡。我自己已經有夠多麻煩，無法給他太多關切。）那天晚上他抱著酒瓶、一碗冰塊和一只玻璃杯進客廳，邊喝邊看電視，一直喝到我母親從咖啡店下班回家。

跟以往一樣，兩個人為了威士忌的事辯了幾句。她不大喝酒。我從小到大，只有在感恩節、聖誕節和新年的時候看過她喝酒——只不過是蛋奶酒或者加了牛油的蘭姆酒，而且喝不多。好些年前（這是聽我父親說的，他當時一面說一面大笑），他們到尤利卡市郊的一個小地方，她喝了好多威士忌酸酒。就在他們上車準備離開的時候，她開始反胃想吐，只好打開車門。不知怎麼的假牙掉了下來，車子剛好向前移了一點，車輪胎就這樣輾過她的假牙。從那以後，她再也不喝酒，除了節慶假日，就算喝也絕不過量。

那個星期五的晚上我老爸不斷的喝酒，也沒搭理我老媽，她就坐在廚房抽菸，給她住在小石鎮的妹妹寫信。最後，他終於站起身來上床睡覺去了。過不久我母親也去睡了，當時她確定他睡得很熟。她事後說，她看他真的沒什麼異樣，除了打呼的聲音比平常更沉更重一些，她也沒辦法叫他側過身子去睡。總之，她睡著了。等她醒來的時候，我老爸大小便全部失禁了。那時候太陽剛升起，小鳥在歌唱，我老爸仍舊仰躺著，兩眼緊閉，嘴巴張開。我母親看著他，叫喊他的名字。

我開著車繼續在街上打轉。天已經黑了。我開過自己的家，家裡燈都亮著，辛西亞的車卻不在車道上。我到我去過的一間酒吧打電話回家，凱蒂接的電話，她說她母親不在家，問我在哪裡？她需要五塊錢。我吼了幾句就掛斷了。接著我撥了一通對方付費的電話給一個遠在六百哩外的女人，這個女的我已經好幾個月不見。一個好女人。記得最後見到她那次，她說她要為我祈禱。

她同意支付這筆電話費。她問我人在哪裡，問我好不好。「你還好嗎？」她說。

我們聊著。我問起她的老公。他以前也是我的朋友，現在沒跟她和孩子們住在一起。

「他還住在里奇蘭，」她說，「我們怎麼會碰上這些事？」她問說。「其實我們都是好人。」我們聊得挺久的，後來她說她仍然愛我，她會繼續為我祈禱。

「為我祈禱。」我說。「對。」我們互道再見，掛斷了電話。

之後我再打電話回家，這次沒人接聽了。我又撥我母親的電話號碼，才鈴了一聲她就接起來了，她的聲音很謹慎，好像在擔心會出什麼麻煩似的。

「是我啦，」我說，「抱歉啊，這時候打電話給妳。」

「不會，不會，親愛的，我起來了。」她說。「你在哪裡？怎麼了？我以為你今天會過來，我找過你。你在家裡打來的嗎？」

「我不在家，」我說，「我不知道家裡有沒有人。我剛打電話回去過。」

「今天老甘來過，」她繼續說著，「那個老渾球。今天下午來的。我已經一個月沒見著他了，今天突然現身，那老傢伙。我不喜歡他。他一天到晚只談他自己的事，亂吹牛，說他在關島過得有多好又有多好，說他同時有三個女朋友，還說他一會兒東一會兒西的到處玩。壓根就是個愛吹牛皮的老不修。我是在那次舞會上認識他的，我跟你說過，可是我不喜歡他。」

「我現在過去方便嗎？」我說。

「親愛的，怎麼會不方便？我來煮些吃的。我自己也餓了，一個下午我都還沒吃過什麼呢。老甘下午來的時候帶了些肯德基炸雞。快來吧，我再去炒幾個蛋。你要我過去接你嗎？親愛的，你沒事吧？」

我開著車過去了。一進門她上來親我，我別開臉，不想讓她聞到我的酒味。電視還開著。

「去洗個手，」她一面端詳我一面說，「可以吃了。」

過後她為我在沙發上鋪了床。我進浴室。她留了一套我老爸的睡衣在浴室裡。我從抽屜把它取出來，看了一眼，開始脫衣服。我走出來的時候她在廚房。我拍拍枕頭躺下來。她忙完了手邊的事，關掉廚房的燈，坐到沙發另一頭。

「兒子啊，其實這事不該由我來對你說的。」她說。「說出來我也很難過，可是連兩個孩子都知道了，也告訴了我。我們談過這事。辛西亞有了別的男人。」

「還好啦。」我說。「我知道，」我看著電視說，「他的名字叫洛斯，是個酒鬼。跟我一樣。」

「兒子，你至少也該為自己想想辦法吧。」她說。

「我知道。」我說，繼續看著電視。

她湊過來抱抱我。抱了一會，她放開手擦擦眼睛。「早上我會叫你。」她說。

「明天我沒什麼事，等妳走了我可能再睡一會兒。」我心想：等妳起床，等妳進浴室裝扮，我就可以睡到妳床上，躺在那兒半睡半醒的聽廚房收音機裡播報的新聞氣象。

「親愛的，我好替你擔心哪。」

「別擔心。」我說。我搖頭。

「睡吧，」她說，「你需要睡眠。」

「我會睡的，我很睏了。」

「電視隨便你要看多久都行。」她說。

我點點頭。

她彎腰親親我。她的嘴唇似乎有些瘀青浮腫。她為我蓋好毯子，然後回自己的臥室去了。她讓房門開著，只一會兒工夫，我已經聽見她的鼾聲。

我躺在沙發上盯著電視。螢光幕上出現一些穿軍服的人，聲音低低的，很含糊，接著有幾輛坦克和一個拿著火焰噴射器的人。我聽不見聲音，我也不想起身。我繼續盯著螢光幕，一直到眼睛闔攏為止。可是忽然又驚醒，睡衣整個汗濕了。一道白花花的亮光充斥著整個房間，咆哮聲衝著我過來，房間裡吵得要命。我躺在那兒，一動也不動。

4 涼亭

那天早上她把教師牌威士忌澆在我肚子上再把它舔掉，到了下午她想從窗口往外跳。我實在不能再忍了，我跟她明白說。我說，「荷莉，不能再這樣下去。太瘋狂。非得做個了斷不可了。」

我們坐在樓上一間套房的沙發上。樓上空房多的是，但我們需要一間套房，一個可以走動和說話的地方。所以那天早晨我們把汽車旅館辦公室鎖上，上樓進了這間套房。

她說，「杜安，我不想活了。」

我們喝著摻了冰塊和水的教師牌威士忌。在上下午之間的時段，我們小睡了一會兒。然後她下床，穿著內衣嚷嚷著要跳窗，我不得不一把抓住她。房間雖然只有兩層樓高，可我還是怕有個萬一。

「我受夠了，」她說，「我再也受不了了。」她拿手背護著臉頰，閉起眼睛，不斷的甩頭，不斷的亂哼。只要看見她這副樣子我就想去死。

「受不了什麼呢？」我說，其實我都知道。「荷莉？」

「我用不著再說了，」她說，「我控制不了自己了，我已經沒有自尊了。我曾經是那麼有自信的一個女人啊。」

她確實是一個很漂亮的女人。三十出頭，個子高瘦，有著黑色長髮和綠色的眼眸，她是我認識的女人裡唯一有綠色眼眸的。過去我常讚美她的眼睛，她說她知道自己天生不凡。我何嘗不知道。往事歷歷，令人傷神。

我聽見樓下辦公室裡的電話又在響。電話成天響個不停。稍早我睡著的時候也能聽見。我睜開眼看著天花板，聽著電話鈴聲，想不通我們究竟是怎麼了。

「我的心碎了，」她說，「碎成一塊石頭了。我沒救了，甚至連早上都不想起床了。杜安，這個決定花了我好多時間，我們非分不可。都結束了，杜安。我們認了吧。」

「荷莉。」我說。我試著握她的手，她抽離了。

當初剛搬來這兒，接下旅館經理職位的時候，我們以為出運了。房租，水電全免，外加一個月薪資三百塊錢，簡直好得沒話說。荷莉負責會計，她對數字最在行，租房的業務大半由她負責。她喜歡接觸人，人家也喜歡她。我負責園藝這部分，剪樹，除草，保持游泳池的清潔，修理一些小東西。第一年一切都好得很。我晚上另外兼個差，小夜班，我們充滿幹勁，計畫滿滿。然後，有天早上，弄不太清楚了，我在一間客房浴室裡鋪磁磚，那個墨西哥小女傭進來打掃。她是荷莉雇來的。其實之前我並沒怎麼注意她，碰到面會說幾句話而已。她稱呼我「先生」。總而言之，我們聊了起來。她不笨，人很機靈，感覺很好，總是笑咪咪的。你說話的時候她會專注的聽，她說話的時候筆直看著你的眼睛。那天早上之後，我開始注意她了。她是個乾淨、長相端正的小女人，一口牙齒很白很漂亮。她笑起來的時候，我老愛看著她的嘴。她開始直呼我的名字。有天早上，我在另一間客房浴室裡換水龍頭的橡膠圈。她不知道我在那兒，進了房間就打開電視，這是清潔工整理房間時候的一個習慣。我停下工作走出浴室。她看見我嚇了一跳，笑著叫我一聲。我們對望著。我走過去，關上房門，把她摟在懷裡。我們就上了床。

「荷莉，妳仍舊是最棒的，」我說，「妳仍舊是第一名。別這樣了，荷莉。」

她搖頭。「我的心裡有些東西已經死了，」她說，「撐了很久，還是死了。是你把它殺死了，就好像你一斧頭把它給砍了。現在一切都完了。」她乾了那杯酒，開始大哭。我捱過去抱她，她卻起身走進了浴室。

我再為我們兩個倒了酒，看著窗外。有兩輛掛著外州車牌的車子停在辦公室前面。

開車的兩個男的，站在前門口說著話。其中一個說完話，扯著下巴朝客房四處看了一圈。有個女的把臉貼著玻璃窗，一手遮著眼睛，往屋裡張望。她試著推了推門。辦公室裡的電話響了起來。

「你連剛才做愛的時候都在想著她。」荷莉說，她從浴室走出來了。「杜安，太傷人了。」她接過我遞給她的酒。

「荷莉。」我說。

「什麼都不必說，這是真的，杜安。」她就這樣穿著內褲和胸罩，手裡拿著杯酒在房間裡走來走去。「你已經走出婚姻的底線。你把我們的互信打破了。這話對你來說也許太老派，我不在乎。反正我現在的感覺就像，該怎麼說呢，就像泥垢，就是這種感覺。我糊塗了，我已經沒了目標。你本來是我的目標。」

這次她允許我握住她的手。我跪在地毯上，把她的手指按在我的太陽穴上。上帝啊，我愛她，是的，我愛她。可是就算在這一刻，我心裡想著的還是安妮塔，想著那次她的手指揉著我的頭頸。這太可怕了，我真不知道會發生什麼。

我說，「荷莉，親愛的，我愛妳。」在這個情況下我真的不知道還能說什麼，做什麼。她的手指在我額頭上來回遊走，彷彿她是個被人家問到我長相如何的一個瞎子。

停車場上有人在按喇叭，停一會，又開始按。荷莉把手移開了，擦擦眼睛。她說，「幫我倒杯酒，這個太淡了。讓他們去叭，我才不管。我想去內華達。」

「不要瞎說。」我說。

「我沒有瞎說，」她說，「我說了，我想去內華達。這有什麼瞎的。說不定我會在那兒遇到真正愛我的人。你可以跟你那個墨西哥小女傭待在這裡，我想去內華達。不是去內華達就是自殺，二選一。」

「荷莉！」

「荷莉個鬼。」她說。她一屁股坐上沙發，兩隻膝蓋頂著下巴。外面天色漸漸暗了，我拉上窗簾打開桌上的檯燈。

「我說再給我倒杯酒，混蛋。」她說。「去他個死按喇叭的，讓他們去住賓館吧。你那個墨西哥妞現在是不是在那兒幹活啊？賓館？我看她一定天天晚上都在幫『睡覺熊』穿睡衣吧。聽見沒有啊，給我再倒一杯酒，多加一點威士忌。」她抿著嘴唇，惡狠狠的白我一眼。

喝酒這件事很有意思。回想起來，我們所有的重大決定都是在喝酒的時候下的。甚至在討論戒酒這件事的時候，我們也是坐在廚房餐桌，或是公園的野餐桌上，面前擺著半打啤酒或是一整瓶的威士忌。在我們決定過來接下這份工作，遠離家鄉小鎮，諸親好友，一切的一切時，我們也是整晚的喝酒，討論，衡量得失，我們用喝酒作為談事情的引子。不過，那時候我們都還能控制。今天早上當荷莉提議說我們得認真談一談未來的時候，我第一件事不是鎖門和上樓，而是奔去酒店買這瓶教師牌威士忌。

我把最後一滴酒倒進我們倆的杯子，再加一點點冰塊和水。

荷莉下了沙發，往床上一攤。她說，「你有沒有在這張床上跟她做愛？」

「沒有。」

「沒關係了，」她說，「就是這麼回事了，反正。我必須靠自己復元，這點可以肯定。」

我沒有回答。我無話可說。我把酒杯遞給她，坐進大椅子裡。我啜著酒思考，現在怎麼辦？

「杜安？」她說。

「荷莉？」我的手指圈住了玻璃杯。我的心跳變慢。我在等。荷莉曾是我的至愛啊。

我跟安妮塔一個星期「辦」五天的事，時間在十點到十一點之間，已經持續了六個禮拜。最先沒有固定的房間，看她打掃到哪裡我們就在哪裡。到了時間我只要走進去，隨手關上門就行了。過了一段時間，感覺這樣很危險，她把例行的工作調整了一下，我們開始固定在22號房，這裡最盡頭的一間客房，面向東，對著群山，從辦公室的窗戶看不見這裡的房門。我們很甜蜜，但是很快速。我們兩者兼顧，既甜蜜又快速。很棒。這是全新，全然意想不到的感覺，超乎想像的快活。然後，有一天早上，芭比，另外一個清潔工，突然撞見了我們。這些清潔女工雖然一起工作，卻不是朋友。所以，她就去辦公室向荷莉打小報告。她為什麼要這麼做，我至今都不明白。安妮塔又怕又羞，她穿上衣服開車走了。過後我在外頭看見芭比，也叫她走了。那天客房的清潔工作全部由我自己來打理。荷莉一直待在辦公室裡，在喝酒，我猜。但我一直保持清醒。在工作之前我先回了公寓一趟，她卻在臥室裡，而且關起了門。我豎起耳朵聽，聽見她打去向就業服務處徵清潔工。我聽見她掛上電話，接著開始她習慣性的亂哼。我心煩意亂，繼續去幹我的活，可是我知道大事不妙了。

我以為我和荷莉應該過得了這一關；縱使那晚我下班回家，她喝得爛醉，拿酒杯砸我，還罵了許多教人一輩子難忘的髒話。但也就在那天晚上，我第一次摑了她耳光，然後我趕緊向她道歉，求她原諒我動手打她，求她原諒我跟別人有染。我求她原諒我。不斷的哭鬧，不斷的反省，不斷的喝酒——那一整個晚上我們幾乎都沒睡。後來我們疲憊不堪的上了床，還做了愛。

這事就此不提，跟安妮塔的這件事。一場暴衝過去了，接下來我們就當這事沒發生過。也許她真的願意原諒我，就算不能忘記，生活還是要過下去。但是，無以為繼的卻是我。我發現我很想念安妮塔，有時候還因為想她晚上睡不著。每每在荷莉睡著之後，我躺在床上想著安妮塔潔白的牙齒，再想著她的胸部。她的奶頭黑黑的，摸起來很溫暖，奶頭底下還有幾根細細的汗毛。她胳肢窩底下也有毛。我鐵定是瘋了。這樣過了幾個禮拜之後我覺得自己非見她不可，上帝，救救我。

一天傍晚我打了電話，安排一次見面的機會。那晚我下班之後去了她家。她跟老公分居，帶著兩個孩子住在一間小房子裡。我到她那裡已經過了半夜。我很不自在，安妮塔知道，她很快就讓我放鬆了。我們在廚房餐桌上喝啤酒。她站到我背後，揉我的脖子，要我放輕鬆，放輕鬆，放開一切。她穿著睡袍坐在我腳上，握著我的手，拿把小銼刀剔除我的指甲垢。我吻她，把她拉起來，我們進了臥室。一個多鐘頭之後，我穿上衣服，向她吻別，開車回汽車旅館，回我的家。

荷莉當然知道。兩個這麼親密的人，這種事遲早藏不住。就算你自己也不會看好它；你很清楚，這事不可能一而再、再而三的延續下去，一定會付出代價。更糟糕的是，你一直處在一種欺騙的狀態當中。這哪裡是生活。

我繼續晚上的兼差，簡單到連猴子都會做的一份差事，然而汽車旅館這邊的業務開始走下坡。我們兩個都沒有心思經營了。我不再清理游泳池，池子裡滿是水藻，客人都不能使用了。我也不再修水龍頭，鋪磁磚，刷油漆。就算我們有心想做，時間也不夠，還加上喝酒。一旦迷上這玩意，可是要耗掉非常非常多的時間。荷莉在這段時間裡喝得很凶。我下班回來，不管是不是去了安妮塔那兒，荷莉要不是在睡覺打鼾（臥室裡全是威士忌的味道），就是在廚房餐桌上抽她的濾嘴菸，（面前擺著一杯酒，紅著眼瞪著我進門。）她也不再登記住房的客人，房錢不是多收，就是少收，但多半是後者。有時候她會同時讓三個人住進只有一張雙人床的房間，或者把單身的一個人送進一間有特大號床鋪和沙發的豪華套房，收的卻是單人房的錢。

客人多所抱怨，閒言閒語傳開來了。人們開始收拾行李，要求退費，然後轉移陣地往別處去住了。旅館的上級主管先寄來一封警告信，接著發存證信函，再來是電話，說是城裡有人要過來視察業務。我們也不在乎，反正事實就是這樣。我們知道事情一定會有所改變，我們在汽車旅館的好日子不多了——我們自己亂了陣腳，準備接受一場大騷動吧。荷莉是個聰明的女人，我相信她早就知道，她早就知道底線在哪裡。

然後就是那個星期六早上，我們又經過一整夜無解的老戲碼，在宿醉中醒來。我們睜開眼，轉過身彼此對看。就在這一刻，我們兩個都知道事情已經走到了盡頭。我們起床穿衣，一如往常的喝著咖啡，她說我們得好好談一談，現在就談，不許有干擾，不接電話，不見客人。我就是在那時開車去買酒。等我回來我們立刻鎖上門，帶了冰塊、玻璃杯和教師牌威士忌上樓。我們豎起枕頭，躺在床上喝著酒，什麼也沒談。我們邊看電視邊嬉鬧，由著樓下的電話鈴不停響。我們喝威士忌，吃著從大廳販賣機裡買的起司脆片，有一種什麼都沒了，什麼都有可能的奇怪氛圍。我們雖然心知肚明事情已到盡頭，然而往後再要怎麼開始，再會發生什麼，誰也沒想過。我們睡著了一會，後來荷莉從我的臂彎抽開身子。她的動作讓我睜開了眼。她坐起來，接著，尖叫一聲，衝向窗子。

「記得結婚前我們還是孩子的時候嗎？」荷莉說。「我們每天晚上開車出去，每分每秒都在一起，說不完的話，有好多好多的計畫和希望？你還記得嗎？」她坐到床中央，抱著膝蓋和酒杯。

「我記得，荷莉。」

「你並不是我第一個男朋友，我第一個男朋友叫懷特，我家人對他沒什麼印象，可是你是我第一個戀人。你是我第一個戀人，也是我唯一的戀人。想想看。我從來沒覺得自己失去過什麼。現在，天曉得這麼多年我失去的有多少？可是我一直都很快樂。沒錯，很快樂。你就是我的全部，就像那首歌。可是現在，我不知道這許多年來自己到底在做什麼，死心塌地的只愛著你一個人。天哪，我有的是機會啊。」

「我知道妳有很多機會，」我說，「妳是個很有魅力的女人。我知道妳有過很多的機會。」

「可我都沒有接受，這才是重點，」她說，「我都沒有。我沒有辦法做出軌的事。那簡直太、太不可理喻了。」

「荷莉，拜託，」我說，「不要再說了，親愛的。我們不要再折磨自己了。我們現在究竟該怎麼辦？」

「聽著，」她說，「你記得那次我們開車去亞奇馬郊外的一個老農場嗎？就在特瑞斯高地那邊？我們開車兜風，那是個星期六，就像今天。我們經過一些果園，後來上了一條小泥路，天好熱，都是沙塵。我們繼續向前開，最後到了那間老農舍。我們停下車，走上去敲門，問說可不可以給我們一杯涼水喝。你想我們現在還會不會做這種事，隨便走到一個陌生人家去要一杯水喝？」

「我們會被人家一槍斃命。」

「那兩個老人家現在八成已經死了，」她說。「肩並肩的躺在特瑞斯高地的墓園裡。那天那個老農夫和他太太，不只給我們水喝，還請我們進屋裡吃蛋糕。我們在廚房裡邊聊邊吃蛋糕，後來他們說帶我們四處參觀一下。他們對我們真好，我到現在都忘不了。這份善意我真的很感恩。他們帶我們參觀屋子，兩個老人家好恩愛。我還記得他們家裡的陳設，我常常會夢見那個屋子裡的擺設，那些個房間，可是我從來沒把這些夢告訴過你。一個人總會保有一些祕密的，對吧？他們帶著我們在屋裡四處參觀，那些漂亮的房間和裝潢。後來他們帶我們走到後院。我們東走西看的，他們指著那個小小的——他們叫什麼來著？涼亭。過去我從來沒見識過。它就在小樹林裡的一塊空地上，有一個尖尖的小屋頂。油漆都剝落了，臺階上雜草叢生。那女的說好多好多年前，在我們出生前，樂手們會在星期天的時候來這裡演奏。她跟她丈夫還有街坊鄰居都會盛裝打扮，坐在涼亭周圍邊聽音樂邊喝檸檬汁。我當時一陣悸動，我不知道該用什麼字眼形容才好。我看著那老婦人和她的先生，心想著，有一天我們也會這樣老去。老而彌堅，你知道，就像他們那樣。深深的愛著對方，互相關懷，兒孫滿堂。過去的那些事，我記得那天你穿著短褲，當時我站在那裡看著涼亭，想著那些樂手，忽然瞥見了你的兩條腿。我心想著，我愛這兩條腿，即便是它們變老了，變細了，腿上的毛變白了，我還是愛它們；我想著，因為它們一樣還是屬於『我的腿』。你明白我的意思嗎？杜安？後來他們倆陪我們一起走回車子，跟我們握手。他們說我們是一對很好的年輕人，還邀請我們下次再去玩，當然我們沒再去過。現在那兩位老人死了，一定都死了。而我們還在。我現在看透了一些當時並不知道的事情，看透了！原來一個人是看不見未來的，不是嗎？現在我們在這個可怕的小城裡，一對酗酒的男女，經營著這一間前面的游泳池骯髒到不行的汽車旅館。而你愛上了別人，杜安，在這世界上跟我最親的人就是你。我覺得太殘忍了。」

一時間我無語。過一會我說，「荷莉，這些事，有天等我們老了再回顧吧，我們會一起到老的，妳等著看吧，到時候我們會說，『還記得那個泳池超級噁心的汽車旅館嗎？』到時候我們會為從前那些瘋狂的事哈哈大笑。妳等著看吧。妳說是嗎，荷莉？」

荷莉坐在床上，拿著空酒杯，望著我。然後她搖了搖頭，她看透了。

我走到窗口，從窗簾後面往外看。底下有人在說話，敲著辦公室的門。我等著。我握緊了玻璃杯，祈禱荷莉給一點明示暗示。我睜著眼祈禱。然後，我聽見一輛車子發動。接著又一輛。車頭燈打在整棟建築物上，一前一後的開走了，開向來往的車陣中。

「杜安。」荷莉說。

這件事，跟其他很多事情一樣，她說對了。

5　要不要看一樣東西？

我在床上聽見大門開門的聲音。我仔細的聽。沒再聽見什麼。可是我確實聽見有聲音。我想叫醒克里夫，但他睡死了。所以我下床走到窗口。一輪大月亮掛在環繞整座城市的高山上。月亮很白，月亮上滿是疤痕，很容易讓人想像成一張臉——有眼窩、鼻子，甚至嘴唇。光線夠亮，後院的每樣東西都能看得清清楚楚：涼椅，柳樹，串在兩根竿子中間的曬衣繩，我的牽牛花，圍住後院的圍籬，敞開的後門。

可是外面沒有人，連個黑影都沒有。所有的東西都攤在明亮的月光下，連最小的小東西都跑不掉。比方說，曬衣夾整整齊齊的排列在繩子上。還有那兩張空蕩蕩的涼椅。我把手按在冰涼的窗玻璃上，遮住月亮，再看一遍。我再仔細聽。然後我回到床上。我睡不著了。我翻來覆去，想著那扇大門像迎賓似的敞在那裡。克里夫的呼吸聲有些刺耳，他咧著嘴，兩條胳臂抱著自己慘白、赤裸的胸膛。他側睡著，侵占了一大半我這邊的位置。我推了他好幾次，只換來他嗯哼兩聲。我待了一會兒，最後斷定這是白費力氣，便乾脆起身套上拖鞋。我走到廚房，泡了杯茶，坐到餐桌旁，抽起一支克里夫沒濾嘴的香菸。很晚了，我也不想看時間。再過幾個鐘頭我就該起床上班了。克里夫也該起床了，他已經睡了好幾個小時，就算鬧鐘把他吵醒應該也沒什麼要緊。也許會有一點點頭痛吧。不過他一定會喝上好幾杯咖啡，再進浴室去修身養性。大概四顆阿斯匹靈就沒事了。我喝了茶，再抽一支菸。過一會我決定走出去把大門關上。我穿上睡袍，走到後門。我先是張望一下，看得見星星，但真正吸引我的是那月亮，和月光下的一切——房子，樹林，電線杆，電線，整個街坊。我向後院看了一圈才走向前門廊。一陣風吹來，我攏緊睡袍，然後朝那扇敞開的大門走過去。

在區隔我們家和山姆．勞登家的那道圍籬旁邊有一點聲音。我趕緊瞄一眼。山姆胳臂靠著圍籬，定定的看著我。他把手圈在嘴上，乾咳了一聲。

「晚上好，南西。」他說。

我說，「山姆，你嚇了我一跳。你在這兒幹嘛，山姆？你有沒有聽見什麼？我聽見開門的聲音。」

「我在這兒好一會兒了，沒聽見什麼，」他說，「也沒看見什麼。或許是風吧，應該是的。如果門閂著，應該不會自己打開。」他嘴裡在嚼東西。他看了看那扇敞開的門，再看看我，聳了聳肩膀。他的頭髮在月色下泛著銀光，一根根豎立在頭上。光線真的很亮，我都能看清他長長的鼻子，甚至臉上凹凸的線條。

我說，「你在這裡幹嘛，山姆？」我邊說邊靠近圍籬。

「狩獵，」他說，「我在狩獵。要不要看一樣東西？過來，南西，我給妳看一樣東西。」

「好，等我過去。」我說。我沿著屋側往前門走，出了門再走上人行道。我覺得怪怪的，穿著睡衣睡袍走在外面。我心裡想，這件事我以後一定不會忘記：曾經穿著睡衣在外面晃。我看見山姆也穿著睡袍站在他家旁邊，他的睡褲長度剛好搭在那雙黑白雙色的鞋面上。他一隻手握著大手電筒，另隻手上拿著一罐東西。他用手電筒招呼我。我推開了門。

山姆和克里夫本來是朋友。有天晚上兩個人喝酒，起了爭執。後來克里夫決定在兩家中間築起一道圍籬。這是發生在山姆失去蜜莉，然後再婚，再度做爸爸之後不久的事。一切都發生在一年不到的時間裡。蜜莉，山姆的第一任太太，是我的好朋友，一直到她去世為止。心臟病發的時候她才四十五歲，就在她把車子轉上車道的時候突然發作。她撲倒在方向盤上，車子繼續向前，撞上了車棚。山姆奔出屋子，發現她已經死了。有時候我們在晚上會聽見狼嚎的聲音，都覺得很可能是他裝出來的。每次聽見的時候，我們就面面相覷，什麼話也不敢說。我總是發著抖，克里夫則一杯接一杯的喝酒。

山姆和蜜莉有個女兒，十六歲離家出走，去舊金山做戴花的嬉皮女孩了。這些年她經常會寄些卡片來，只是人不再出現了。蜜莉死的時候，山姆想找她，可惜她居無定所，怎麼也找不到。他哭著說他先失去女兒，又失去女兒的媽。蜜莉入了土，山姆狼嚎，過不久，他跟一個叫羅莉什麼的開始交往。羅莉很年輕，是個在稅捐處兼差的小學老師，他們交往的時間很短。兩個寂寞的人彼此需要，於是結婚了，於是有了孩子。傷心事就出在這裡，這小孩是個「白子」②。他們從醫院回來的時候我看過這孩子，確實是個白子，毫無疑問，連那幾根小小的手指頭都是白的。他的眼睛虹膜周圍不是一般清澈的白，而是粉紅色的，頭上的胎毛白得像個白頭老翁，而且那顆頭似乎也特別的大。不過我接觸的小貝比不多，也有可能是我個人的想像吧。

第一次看見他，羅莉站在嬰兒床的一側，交疊著臂膀，兩隻手背上的皮膚都裂了，

② albino，白化症者。

焦慮使得她的嘴唇不斷抽搐。克里夫已經提醒過我，我在人前還算是很善於掩飾感覺的。所以我伸出手碰了碰那很白很白的小臉頰，努力露出一個微笑。我叫著他的名字，我說，「小山姆。」我在叫他的時候真的好想哭。我早有心理準備，但我還是過了好久好久都不敢正視羅莉的眼睛。她站在那裡等著，我默默的感恩，好在這是她的孩子。沒錯，像這樣的一個孩子我寧可不要。我很慶幸，我和克里夫很早就做了不要小孩的決定。不過照克里夫的說法，很中肯的說法，山姆的個性確實因為這個孩子的誕生起了變化。他變得暴躁易怒，看全世界都不順眼，克里夫說，後來山姆和他起了爭執，便築起了圍牆。我們兩家有好長一段時間都不說話，完全不來往。

「妳看這個。」山姆拉了拉睡褲，蹲下來，睡袍垂過他的膝蓋。他拿手電筒照著地上。

我看著，看見一些粗厚的、白色的蛞蝓彎曲在一小塊土堆上。

「我剛剛給牠們吃了一點這個。」他說著，舉起那一罐看來像「妙潔」的東西。只是它比「妙潔」的罐子大且重，標籤上還印著一個骷髏和兩根交叉的骨頭。

「蛞蝓造反了。」他說，嘴裡似乎在嚼什麼。他偏過頭去啐了一口，像是菸草之類的東西。「我幾乎每天晚上都來守著牠們。」他拿手電筒照著一只已經有八分滿的玻璃罐。「我在晚上放這些餌，只要有空我就用這玩意逮牠們。這些小王八蛋到處都是，妳後院一定也有。我這裡有，妳那裡也跑不掉。牠們對付院子的手段最狠毒。妳這些花，妳看看。」他說，便站起來牽住我的手臂，帶我到玫瑰花叢。他指給我看葉片上面的小洞洞。「蛞蝓，」他說，「到了晚上這裡到處都是，都是蛞蝓。我布完了餌，還會出來找那些不肯吃大餐的漏網之『蝓』。」他說。「真是糟糕透頂的一樣作品，蛞蝓。我把牠們全部裝在那只罐子裡，等到罐子裝滿了，也熟透了，我就把牠們撒在玫瑰花下。非常棒的肥料。」他慢慢的轉動手電筒照著玫瑰花叢。過一會他說，「這什麼命啊？」他自問自答的搖了搖頭。

一架飛機飛過頭頂。我抬眼望，看見機身閃爍的燈光，燈光後面拖著一道長長的白色氣流，在夜空中特別明顯。我幻想著坐在飛機上的人，一個個繫著安全帶，有的在看書，有的只是看著窗外。

我回過頭看山姆。我說，「羅莉和小山姆還好嗎？」

「都好。妳知道的，」他說，聳了聳肩膀，嘴裡繼續嚼著一直在嚼的東西，「羅莉是個好女人。一級棒。她是個好女人。」他又再說一次。「如果沒有她，我真不知道該怎麼辦。要不是為了她，我早就去找蜜莉了，不管那是個什麼地方。我猜想那個地方就叫做無名地，我的說法就是這樣。無名地，」他說，「死亡就是無名無地。南西，妳不妨可以引用我這個說法。」他又啐了一口。「小山姆病了。妳知道的，就是那種小兒感冒。看他挺難受的，她明天還要帶他去看一次醫生。你們呢？克里夫好嗎？」

我說，「他還好。就老樣子。」我不知道再要說什麼，只好看著玫瑰花叢。「他在睡覺。」我說。

「有時候我出來守著這些該死的蛞蝓，也會隔著圍籬看看你們家。」他說。「有一次——」他停住，無聲的笑了一下，「對不起，南西，現在想起來覺得滿好笑的。那次我隔著圍籬看過去，看見克里夫在你們後院，對著那些牽牛花撒尿。我很想開口說兩句，開個小玩笑之類，結果沒有。因為看他的樣子好像喝了不少酒，不知道他受不受得了我的玩笑話。他既沒看見我，我也就不出聲了。我對於和克里夫之間起的爭執感到很難過。」他說。

我慢慢的點了點頭。「我想他也有同感吧，山姆。」過了一會兒我說，「你跟他本來是好朋友。」現在，克里夫對著牽牛花撒尿的畫面一直在我腦子裡揮之不去，我閉上眼努力的想把它消除。

「沒錯，我們本來是好朋友。」山姆說。他接著又說，「我都是在羅莉和孩子睡著了之後才出來。給自己找些事情做，這只是一個『點』。你們睡著了，大家都睡著了。可是我一直睡不好。再說，我相信這件事很值得做。妳看，」他用力吸一口氣，「那邊有一隻。看到沒？就在我手電筒照著的地方。」他把光線直接打在玫瑰花叢底下的泥地。我看見那隻蛞蝓在蠕動。「妳看好了。」山姆說。

我抱著胳臂，朝著他打燈光的地方彎下腰。那隻蛞蝓停了下來，沒眼睛的腦袋左左右右的轉。山姆拿著罐子走上去，一灑，再灑。「這些該死的黏不拉嘰的東西，」他說，「討厭透了。」那隻蛞蝓開始扭動翻騰。只見牠一陣蜷縮，再整個撐直，然後再蜷縮一次，就此攤著不動了。山姆拿起玩具小鏟子，鏟起那隻蛞蝓，把手裡的玻璃罐舉得遠遠的，旋開蓋子，把蛞蝓扔進去。接著他蓋好蓋子，把罐子放到地上。

「我戒酒了，」山姆說，「並不是完全戒掉，只是少喝。沒辦法，有好一陣子我一直糊裡糊塗的。現在家裡還是有酒，只是我不大喝了。」

我點點頭。他目不轉睛的看著我。我感覺得出他是在等我說話，但我什麼也沒說。要說什麼呢？無話可說。「我該回屋裡去了。」我說。

「當然，」他說，「我再待一會兒也要進去了。」

我說，「晚安，山姆。」

「晚安，南西。」他說，「這樣吧，」他停止咀嚼，用舌頭把嘴裡的東西往嘴皮子底下推。「替我向克里夫問聲好。」

我說，「我會的。我一定會跟他說你問他好，山姆。」

他點頭，伸手順著那一頭銀髮，像是要一次把它們全部擺平似的。「晚安，南西。」

我走回屋子前面的人行道，一手搭在我們家大門上。停留片刻，望著周遭安靜無聲的街坊，不知道為什麼，我忽然覺得自己和小時候所認識的、所喜愛的那些人都離得好遠好遠了。我想念他們。我呆呆的站了一會兒，好希望能夠再回到那個時光。但一轉念我立刻清醒，我知道我回不去了。不可能了。在這同時，我也想到自己的人生其實並不太像年輕時候自以為的將來。雖然現在我已經記不得當時對於未來的展望到底是什麼，反正就跟其他人一樣，有滿肚子的計畫。克里夫也是個有滿肚子計畫的人，所以我們就這麼相遇，就這麼廝守在一起了。

我回到屋裡，關了所有的燈，然後進臥室脫去睡袍，摺疊好，放在隨手可拿的地方，方便鬧鐘響的時候就能搆得著。我也不看時間，只管確定鬧鈴有沒有撥好，便上了床，拉起被子，閉上眼。克里夫發出鼾聲。我戳戳他，沒有用。他鼾聲依舊。我聽著他的鼾聲，忽然想起忘了門大門。最後我睜開眼躺著，讓視線在房間裡所有的物件上面打轉。過了好一會兒，我翻過身，把一條手臂攬著克里夫的腰。我輕輕搖著他。打鼾的聲音停了一下。他清了清喉嚨，吞著口水。他的胸腔裡一陣聒噪，他重重的嘆了口氣，然後重新開始，打鼾。

我說，「克里夫，」我搖他，這次很用力，「克里夫，我跟你說。」他唉了一聲，全身一抖。一時間似乎停止了呼吸，就好像忽然滅了頂似的。我不由自主的，用手指掐著他的屁股肉，屏住自己的呼吸，等待他恢復吸氣和吐氣。空檔過了，他又開始呼吸，很沉穩很規律。我把一隻手移上他的胸膛。我的手，擱在那兒，手指張開著，慢慢的打起拍子，彷彿在思考著它的下一步。「克里夫？」我又開口說。「克里夫。」我把手按著他的喉嚨口。我摸到了他的脈搏。然後我圈住他有鬍碴的下巴，感覺到他暖熱的氣息噴在我的手背上。我仔細的看他的臉，拿指尖勾畫著他的五官。我觸碰他閉緊的眼皮，撫摸著他額頭上的紋路。

我說，「克里夫，聽我說話嘛，親愛的。」我有滿腔的話要向他傾吐，最重的一句就是我愛他。我要告訴他我一直愛著他，過去現在未來。這句話絕對要說在最前面，於是我開始說了。至於他現在身在何方，能不能聽見我說的話，這都無所謂。更何況，話說到一半的時候，我忽然覺得我說的這些他其實早就知道了，說不定知道的比我還清楚。一想到這裡，我停了一會兒，用一種全新的思維看著他。不過，無論如何，我還是要把該講的話說完。我繼續向他訴說，不帶任何恨意，也沒有絲毫怒氣的把我的心事一股腦的說了出來。我最後的結尾，也是最惡劣的一句，就是，我覺得我們已經無路可走了，我們已經走到必須承認這個事實的時候了，即便是承認也無濟於事。

或許你會覺得我說得太多。可是說出來之後我覺得舒服多了。我擦掉頰上的淚水，平躺下來。克里夫的呼吸還是很正常，雖然有時候大到一個程度，令我幾乎聽不見自己的呼吸。我再想了一會兒屋子外面的世界，其他好像也沒什麼好想的了，我想也許可以睡覺了。

6 貪歡

十月裡，很潮濕的一天。從旅館房間的窗戶往外看，這座中西部灰暗的城市幾乎盡收眼底，現在，城市的燈光乍亮，市郊高高的煙囪升起濃厚的煙氣，冉冉的爬入暗黑的天空。這裡除了一所大學的分校之外——既不起眼也不受重視——這地方真的乏善可陳。

我現在要說的這段故事，是去年在薩克拉孟多短暫停留時，我父親告訴我的。這牽扯到將近兩年前，在他跟我母親離婚前，發生在他身上的一些不太光彩的事情。有人或許會問如果這事真那麼重要——值得耗費我的時間和精力，以及你們的時間和精力——那為什麼我不早說？我無話可答。第一，我不知道這事究竟重不重要——至少對我父親和其他相關人士來說是重要的。第二，或許這才是重點，但這又干我什麼事？而這個問題就更難回答了。我承認那天對我父親的表現十分糟糕，那天我明明可以出手幫忙，但我卻沒有。只是到現在我仍然覺得這個忙我幫不上，這件事我插不上手，在那幾個鐘頭裡，唯一存在於我們兩個之間的，是他使得我——應該說「迫使」我——去檢視我自己的無底洞；任何事物其來有自，珍珠．貝利③說，我們都是從經驗當中學得。

我是中西部一家知名書籍公司的業務員。我們總公司在芝加哥，我的業務區塊主要在伊利諾，也有部分在愛荷華和威斯康辛。事情發生的時候，我剛好在洛杉磯參加西部出版業者的會議，當時完全出於一時的衝動，我趕在回芝加哥之前的幾個小時去看了看我父親。其實我有些猶豫，因為自從他離婚以後，我內心裡有絕大部分都不想再見他，就趁我還沒改變心意之前，我立刻從皮夾裡抽出他的住址，當下發了份電報給他。第二天早上，我把行李之類的先寄回芝加哥，自己登上前往薩克拉曼多的飛機。當時天氣稍微有些陰沉；一個涼爽、潮濕的九月早晨。

我沒花太多時間就認出他了。他站在大門後面幾步路遠的地方，白髮，戴眼鏡，一條褐色的棉布褲，敞著領口的白襯衫外面罩著一件灰色尼龍夾克。他一直盯著我看，我相信我一步下飛機他就已經看見我了。

「爸，還好嗎？」

「萊斯。」

我們很快的握了握手，朝著候機室走去。

「瑪莉和孩子們都好嗎？」

我看著他。當然，他並不知道我們已經分居六個月了。「都好。」我回答。

他打開一只白色的糖果袋。「我給他們買了些小東西，到時候讓你帶回去。不多。杏仁果糖是給瑪莉的，酷弟遊戲是給艾德的，還有一個芭比娃娃。珍妮應該會喜歡吧？」

「會，當然會。」

「你走的時候別忘了拿。」

我點點頭。我們往外走的時候，一群修女嘰嘰呱呱的往裡走向登機處。他老了。

「我們要不要喝杯酒或是咖啡什麼的？」

「都可以。我沒車，」他抱歉的說，「這裡真的不需要。我搭計程車來的。」

「我們也不去哪裡，就去吧檯喝一杯吧。時間還早，不過喝一杯也無妨。」

我們找到休息室，我讓他坐進包廂，再去吧檯。我的口很渴，在等候的時候先要了杯橘子汁。我從吧檯看著父親，他兩手緊握的擱在桌上，望著彩色玻璃窗外的停機

③ Pearl Mae Bailey，一九一八—一九九〇，美國著名演員、歌手、作家。

坪。一架很大的飛機在接納乘客，另外一架飛機在遠處降落。隔著幾張吧檯凳子，有個三十八、九歲的女人，紅頭髮，穿著白色針織套裝，坐在兩個西裝革履的年輕男士中間。其中一個年輕人貼近她的耳朵，在跟她說悄悄話。

「來了，爸，敬你。」他點點頭，我們各自灌了一大口，點上了菸。「你過得還好嗎？」

他聳聳肩膀，攤開手。「馬馬虎虎。」

我往座位上一靠，吐了口氣。他全身上下漾著一種淒涼的氛圍，我無能為力卻感到有點生氣。

「芝加哥的機場大概有這裡三、四個大吧。」他說。

「不只。」

「我想也是。」

「你什麼時候戴眼鏡的？」

「不久前，幾個月吧。」

過了一兩分鐘，我說，「應該可以再來一杯吧。」酒保在往我們這邊看，我點點頭。這次過來點單的是一名穿著紅黑洋裝，長得很討喜的女孩。這會兒吧檯旁邊的高腳椅全被占滿了，包廂座也坐了好幾個生意人裝扮的男人。有一張魚網從天花板垂掛下來，網子裡纏著很多彩色的日本浮球。點唱機裡播放著佩托拉・克拉克④的〈鬧區〉。我才又想起父親是一個人住，晚上在一家機械修理廠當車工，上鬧區解悶似乎是不可能的事。忽然吧檯邊有個女的笑得好大聲，她邊笑邊靠著高腳椅背，手拽著坐在她左右兩邊那兩個男人的袖子。女孩為我們端來飲料，這次我和父親互相碰了碰杯子。

「當時我真的豁出去了。」他緩緩的說，兩條胳臂沉重的搭在酒杯兩側。「你是個讀書人，萊斯。你大概能體會吧。」

我微微點了個頭，不看他的眼睛，等著下文。他開始說話，用一種低低的，沒有抑揚頓挫的聲音，這種音調我一聽就覺得心煩。我翻轉菸灰缸讀著它底下印的幾個字：哈拉俱樂部里諾與塔荷湖。玩樂的好地方。

「她是推銷史坦利產品的。個子小小的一個女人，小手小腳，黑頭髮。算不上最漂亮，可是給人一種很舒服的感覺。三十歲了，有兩個小孩，人非常好，總之就這麼發生了。

④ Petula Clark，一九三二—，英國著名歌手、演員、作曲家。

「你母親經常向她買東買西的，什麼掃帚、拖把、派餅餡之類的，你知道你母親的。那天是個星期六，我一個人在家，你母親不在。我也不知道她去了哪兒，她沒在工作。我一個人坐在前面的房間看報喝咖啡，樂得清閒。有人敲門，就是這個小女人，莎莉．韋恩。她說她有一些東西要交給帕默太太。『我是帕默先生，』我說，『我太太現在不在家。』我請她進屋裡來，因為我要付錢給她。她不知道該不該進來，就拿著那個小紙包和收據站在那裡。

「『東西先交給我吧，』我說，『妳先進來坐一會兒，我去拿錢。』

「『沒關係的，』她說，『可以先欠著。我改天再來。很多人都這樣；真的沒關係。』她滿臉笑意的向我保證沒問題。

「『不好不好，』我說，『我去拿，還是付清的好。省得妳再跑一趟，也省得我多一張帳單。進來吧，』我撐開紗門再說一遍，『讓妳站在外面很不禮貌。』當時的時間是上午十一、二點。」

他咳了一聲，拿起桌上的菸抽出一根。吧檯邊的那個女的又在大笑，我看她一眼，再把視線收回到父親身上。

「她走進來了，我說，『請妳稍等一會。』我就回到臥室找我的皮夾。我在梳妝臺上找了半天沒找到。只找到一點零錢，火柴，我的梳子，就是沒看到皮夾。八成是你母親那天早上打掃時候收起來了。我走回客廳說，『我還得再找一下。』

「『不要麻煩了。』她說。

「『不會的，』我回答說，『反正我也得把皮夾找到才行。妳只管隨意，不必客氣。』

「『對了，』我停在廚房門口說，『妳聽說了東部那個大搶案嗎？』我指著報紙。『我剛剛才看到。』

「『我昨天晚上在電視上看到的，』她說，『他們有照片，還訪問了警察。』

「『人全都跑掉了。』我說。

「『好像熟門熟路的樣子，對不對？』她說。

「『我在想，大概每個人有些時候都會起這種犯罪的念頭吧？』

「『但是不見得人人都能跑得掉。』她說。她拿起報紙。第一版上有一張裝甲車的照片，頭條寫著百萬美元搶案之類的標題。你記得嗎，萊斯？那些裝扮成警察的搶匪？

「我不知道要再說什麼，我們兩個就站在那裡互相看著對方。我轉身走去門廊，在衣籃子裡找我的長褲，我猜想你母親一定是把它放進去了。我在後褲袋裡找到了皮夾，走回客廳問該付多少款項。

「『現在可以繳費了。』我說。

「大概是三、四塊錢吧，我付給了她。也不知道為什麼，我忽然問她，如果搶匪換成是她，她會拿那一大筆錢去幹什麼。

「她大笑，笑到連牙都露了出來。

「我當時真不知道是怎麼了，萊斯。五十五歲，一大把年紀，孩子也都長大成人了。我應該很清楚才對。這個女人的歲數小我一大半，還有兩個在念小學的孩子。她只是趁孩子上學的時間在史坦利兼個差，讓自己有點事情可做。賺不到幾個錢，主要是殺時間吧。她其實並不需要出來工作，他們的生活過得去。她丈夫，賴瑞，他，他是輝騰空運公司的駕駛。很賺錢的，貨櫃車司機，你知道。靠他養家活口綽綽有餘，根本不必她出來做事。這絕對不是非做不可的一份差事。」

他停下來抹了把臉。「我是想讓你了解一下。」

「你用不著再說了，」我說，「我也不想問。任何人都會犯錯，我了解。」

他搖頭。「我必須說出來，萊斯。我從來沒有對別人說起過，可是我要說給你聽，我要你了解。」

「她有兩個男孩，史丹和弗雷迪。都在念小學，相差一年左右。我從來沒見過他們，感謝上帝，不過她後來給我看過他們的照片。我問她那筆錢的時候她大笑，她說她會馬上辭掉史坦利的推銷工作，他們會搬去聖地牙哥，在那兒買棟房子。她在聖地牙哥有親戚，如果他們真有了那麼多的錢，她說，他們就搬去那兒，開一間運動器材行。這事他們常常談起，只要資金充足，就去開運動器材行。」

我再點一支菸，看看手錶，兩條腿在桌子底下換來換去的疊著。酒保朝著我們這邊看了看，我舉起杯子。他向那個正在為別桌點單的女孩打了個手勢。

「說話的時候她已經坐上沙發，顯得比較輕鬆，隨便看著報紙，她抬頭問我有沒有菸。她說她忘在另外一個包包裡，從出門到現在還沒抽過。她說家裡還有一整包菸，她不想再從販賣機另外買。我遞給她一支，替她點了火，我的手指居然在發抖。」

他又停住了，對著桌子看了一會兒。吧檯邊的女人伸出臂膀一邊一個的挽住那兩個男的，三個人跟著點唱機裡的歌曲齊聲合唱：「那夏日的風，緩緩吹來，吹過海洋。」我的手指沿著酒杯上上下下，感傷的等著他繼續說下去。

「之後有些模糊了。我只記得問她要不要喝杯咖啡。我說剛煮了一壺，她說她該走了，不過喝一杯咖啡的時間還有。這整段時間裡面，我們完全沒有提到你母親，誰也沒提，老實說，她隨時都有可能走進來。我去廚房，等咖啡加熱，我一直處在很緊張的狀態，回到客廳的時候，咖啡杯喀喀嗒嗒的亂響一通……說老實話，萊斯，我敢在上帝面前發誓，我和你母親結婚這麼久，真的從來沒有不規矩過。一次都沒有。也許有過這種念頭，也許有過機會……你不像我那麼懂你的母親。有時候她，她可以——」

「夠了，」我說，「不要扯遠了。」

「我沒有別的意思。我愛你的母親。你不知道，我只是希望你能試著了解……我端了咖啡回到客廳，這時候莎莉已經把外套脫了。我坐在沙發另外一頭，我們開始聊比較私人的話題。她說她有兩個孩子在讀羅斯福小學，賴瑞，他是司機，有時候會出差一兩個星期。不是去西雅圖、洛杉磯，就是鳳凰城、亞利桑那這些地方。很快的我們發現這樣的交談感覺很不錯，你知道，就是兩個人坐在那裡純聊天。她說她父母雙亡，她是由住在雷丁的一個姑媽帶大的。她認識賴瑞的時候兩人還在上高中，不過她覺得很驕傲，因為她還是把高中讀完了。我說這有好有壞，她忽然笑了起來，她笑了一會，問我有沒有聽過推銷員找寡婦的故事。她講完故事我們才稍微止住了笑，接著我又說了一個更『渾』的，她又笑了好一會，然後又再抽了一支菸。就這樣一分一寸的，沒多久我就挨到她身邊去了。

「我在你的面前，說這些真的很羞愧，可是當時我吻了她。我當時很蠢很不堪，我確實把她的頭按在沙發背上，吻了她，我感覺到她的舌頭碰著我的嘴唇。我不——該怎麼說呢，我不知道該怎麼停下來，萊斯，我強暴了她。我絕對不是不顧她的感受硬上，但這還是強暴，我瘋狂得像個十五歲的小男生。她並沒有鼓勵我，你明白我的意思吧，她也沒有阻止我……我不知道，一個男人，一輩子都規規矩矩的，然後忽然之間……

「一兩分鐘左右事情就結束了。她站起來，穿好衣服，一臉尷尬。我也不知道該怎麼好，我去廚房，再倒了兩杯咖啡。我又回客廳，她已經穿上外套，準備走了。我立刻放下咖啡，走過去抱緊她。

「她說，『你一定認為我是個下賤的女人。』她低頭看著她的鞋子。我再抱緊她，我說，『妳知道不是這樣的。』

「她走了。我們沒有說再見，也不說以後再聯絡。她就這麼轉身走了出去，我看著她鑽進車子開走了。

「我亢奮得暈頭轉向。趕緊把沙發四周整理一遍，把沙發墊翻個面，把報紙摺好，甚至把我們兩個用過的咖啡杯也洗乾淨。這一整段時間裡我想的都是該怎麼面對你的母親。我知道我必須出去走一走，讓自己有個思考的機會。我去了凱莉酒吧，在店裡喝了一個下午的啤酒。

「事情就是這麼開始的。過後，兩三個禮拜的時間什麼事也沒發生。我跟你母親一切如常，在最初的兩三天之後，我決定不再去想它了。我意思是，我會記得這件事──我怎麼可能會忘記？──只是我決定不再去想它。然後一個星期六，我在前院除草，看見她把車停在對街，手裡拿著一支拖把和兩三個小紙袋下來，在送貨。當時你母親剛巧在屋子裡，只要她抬起頭往窗外看一眼，就全看見了，可是我知道我一定要跟莎莉說兩句話才行。我望著，等著她從對面的屋裡走出來。我慢吞吞的晃過去，盡量裝得若無其事的樣子，而手裡拿著螺絲起子和鐵鉗，就像是要去跟她談什麼正事。我走到車子旁邊的時候，她已經坐進車子，她靠過來搖下車窗。我說，『嗨，莎莉，都還好嗎？』

「『還好，』她說。

「『我想再見妳。』我說。

「她看著我。沒有生氣，沒有任何表情，只是筆直看著我，兩隻手搭在方向盤上。

「『我想見妳，』我再說一遍，我連口齒都不清了。『莎莉。』

「她抿了一會兒嘴唇，說，『你今晚要過來嗎？賴瑞去奧勒岡的撒勒姆了，我們可以喝兩杯啤酒。』

「我點頭，退後一步。『九點以後，』她說。『我會開著燈。』

「我再點頭，她發動車子，離合器一踩，開走了。我走回對街，兩腿發軟。」

靠近吧檯邊有個瘦瘦黑黑、穿紅襯衫的男人拉起手風琴。是一支拉丁曲目，他演奏的表情十足，把那個大樂器來回的晃著，有時候抬起腿，手風琴就在他腿上磨蹭。那女的背靠著吧檯，手裡握著一杯酒，在聆聽。她聽著看著，身體隨著節拍來回搖晃。

「不錯的現場演奏。」我想讓我父親轉移一下注意力，他只稍微瞥了一眼，乾了杯子裡的酒。

忽然那女的滑下凳子，走向場中央，跳起舞來了。她把頭左右甩動，鞋跟蹬著地板，手指啪嗒啪嗒的搭著。所有的人都在看她跳舞。酒保停止調酒。外面很多人在張望，不一會兒門口就聚集了一群人，她繼續的跳。剛開始我想大家對她也許是迷惑，也夾帶著一些驚嚇和尷尬。我也是。在這個節骨眼，她紅色的長髮鬆散開來，垂散在背上，她順勢發出一聲喊叫，腳跟愈蹬愈快。她高高舉起兩隻手臂，搭著手指，在場中央轉著小圈圈。現在她已經被人群包圍了，在人群的頭上我仍然能看見她的手指搭個不停的，那些白皙的手指。忽然，她的腳跟用力一蹬，同時發出最後一聲喊，舞蹈結束了。音樂停止了，那女的把頭向前傾，長髮整個覆蓋到臉上，她向群眾屈個膝。手風琴師帶頭鼓掌，離她最近的那些男人自動讓出一條路。她在場子裡待了一分鐘，低著頭，做了幾次深呼吸，站起來。她似乎有些恍惚，舔著貼在她嘴唇上的髮絲，望著四周圍的臉孔。大家繼續鼓掌。她微笑著，慢慢的、很正式的點了點頭，再慢慢的旋轉身子仔細的看遍了每一個人，這才回到原來的座位，拿起酒杯。

「你看見了嗎？」我問。

「看見了。」

他表現得十足的冷淡。這一刻我對他感到極度的不屑。我不得不別開視線，知道自己再待上一個小時很愚蠢，但這是我唯一能做到的，我最多只能不讓自己說出對他出軌的看法，和他對母親所造成的傷害。

點唱機在播放音樂。那女的安靜的坐在吧檯邊，支著手肘，凝視鏡子裡的自己。她面前擺了三杯酒，其中一個男的，稍早一直在跟她說話的那一個，走開了，走到吧檯的盡頭。另外那個男的，把手按在她的背上。我吸口氣，嘴上露出一點笑意，轉向我父親。

「事情就這樣持續了一陣子。」他又開始訴說。「賴瑞的工作行程很固定，只要有空，我幾乎每晚都去她那兒。我跟你母親說我要去艾克那裡，或者說要去店裡忙些事情。隨便找個藉口，什麼藉口都有，就為了溜去幾個小時。

「第一次，也就是當天晚上，我把車停在三、四條街外，再用走的，直接走過她的家。我兩手插在大衣口袋裡，快步走過她的家，鼓足了勇氣。她果然亮著前門廊的燈，四周暗暗的。我走到街口盡頭，再回過來，腳步放慢了些，從人行道走上她家的門。我知道，應門的如果是賴瑞，那就一切玩完。我會說我搞錯了方向，然後走開，從此不會再來。那時我的心跳得好大聲。在按鈴之前，我先把結婚戒指褪下來收進口袋。我想，我猜想就在那一刻，站在門廊上，在她還沒來開門的那一刻，是我唯一想到，我的意思是認真的想到，我對你母親做了什麼啊。就在莎莉開門的前一刻，就在那剎那間我驚覺到我現在的行為，我的所作所為是大錯特錯。

「可是我做了，我八成是瘋了！我一定早就瘋了，萊斯，只是我不知道，只是它一直躲在那裡等著我發作。為什麼？為什麼我會這麼做？一個孩子都長大了的老渾球。她又為什麼？那個下賤女人！」他咬牙切齒的怔了一會兒。「不，我不該這麼說。我對她著迷到了極點，我承認……只要一有機會我幾乎天天報到。只要我知道賴瑞不在，我就會在下午溜出店裡，趕去那兒。她的孩子都上學去了。感謝上帝，我從來沒撞見過他們。否則我一定很難……不過最困難的還是那第一次。

「我們兩個都很緊張。我們坐在廚房裡喝了半天啤酒，她說了許多關於她自己的事，她把這些稱之為私密心事。我慢慢放鬆了，也比較自在了。我也開始告訴她一些事情。關於你的，譬如說：你自己工作，存錢，讀書，之後回去芝加哥生活。她說她小時候曾經搭火車去過芝加哥。我談到自己的生活——在這以前真的平淡無奇，我說。我告訴她說我還有許多想做而沒有做的事。她讓我有一種感覺，有她在我身邊我好像沒有了過去。我告訴她我還沒有老到什麼計畫都不想的程度。『人人都需要有計畫，』她說，『你當然要有。等我老到什麼計畫和期待都沒有的時候，就該是他們來收拾我的時候了。』這是她說的，她還說了很多，我開始覺得我愛上她了。我們坐在那裡無所不談，也不知道到底談了多久，然後我就抱住了她。」

他摘下眼鏡，閉了一會兒眼。「我還沒有跟任何人說起過這件事。我知道我有點亂，我不想再喝了，我一定要把這件事說出來。我沒辦法再把它悶在心裡。所以，所以如果煩到你，也只好請你，請你再忍耐一下，聽我講下去。」

我不答話。我望著窗外，再看看手錶。

「對了！——你是幾點的班機？可不可以延後一班？我再去叫兩杯飲料，萊斯。再叫兩杯。我把速度加快些，一會兒就講完了。你不知道我多想一吐為快。聽我說下去吧。

「臥室裡有他的照片，就放在床邊……我不能不說，萊斯……剛一開始的感覺很怪，我們上床的時候，我最先看到的是他的照片，她關燈之前，我最後看到的也是他的照片。不過那只是最初的幾次，後來就習慣了。我的意思是，我漸漸喜歡它了，我們上了他的床，照片裡，他笑笑的看著我們，親切安詳。我幾乎抱著一種期待的心情；要是照片不在那裡，甚至還會想念它。也因為這樣，我最喜歡挑下午的時間，光線充足又明亮，我隨時都能夠看得到他。」

他搖搖頭，似乎有些無奈。「不可思議，對不對？已經認不出這會是你的父親了，對不對？……沒錯，結局當然不好。你知道的。你母親離開了我，她絕對有權這麼做。你知道的。她說，說她連一眼都不想再看到我。雖然那都不重要了。」

「這話是什麼意思，」我說，「那都不重要了？」

「我講給你聽，萊斯。我來告訴你這裡面牽扯到的，最重要的是什麼。有許多事，這些事遠比那個來得重要。遠比你母親離開我來得重要。就長遠來看，那根本就不……有天晚上我們在床上。大概十一點左右，因為我堅持在午夜之前一定要回家。她兩個孩子已經睡了。我們就躺著純聊天。莎莉和我，我一隻手攬著她的腰。當時我好像有點睏，半睡半醒的聽她說話。那樣的情境很舒服。但是在這同時，我又很清醒的記著，我應該馬上起來回家，就在這時候，一輛車停在車道上，有人下車來敲門。

「『天哪，』她尖叫，『是賴瑞！』我從床上跳起來，衣服才穿到一半，就聽見他已經走上門廊，打開了門。我幾乎抓狂了。我似乎還想到如果從後門開溜，一定會在後院的圍牆邊被他逮個正著，當場殺了我也說不定。莎莉發出一種很奇怪的聲音，就好像不能夠呼吸了似的。她披上睡袍，可是並沒穿好，她站在廚房裡不斷的甩頭。這一切發生得太快了。而我呢，我半裸著身子，所有的衣服都在我手上，賴瑞打開了前門。我跳起來。直接跳進客廳的窗戶，直接跳過玻璃窗。我摔在樹叢裡，身上的玻璃碎片還在往下掉，我朝著大街狂奔。」

你簡直比混蛋還要混蛋啊你！簡直是變態。這整個故事都是變態。這整件事，徹頭徹尾，就是荒唐。要不是為了我母親。我定定的看了他一分鐘，他始終不看我的眼睛。

「你逃掉了嗎？他沒來追你，沒其他動作？」

他不回答，只是瞪著他面前的玻璃杯。我再看看手錶，伸了個懶腰，感覺我的眼底一直在小小的抽痛。「其他的事我大概都能猜到了。」我摸摸下巴，整理一下衣領。「結局大概就是這樣了，對吧？你和母親分手，你搬來薩克拉曼多這裡，她仍舊住在雷丁。不就是這樣了嗎？」

「不是，不完全這樣。我的意思是，沒錯，對，對，可是——」他提高了音量。

「你完全不懂，對不對？你其實什麼都不懂。你三十二歲，可是，可是你除了推銷書之外什麼都不懂。」他瞪著我。他眼鏡後面的眼睛很紅很小，很深邃。我坐在那兒，沒有任何感覺。差不多該走了。「不，不是，不是什麼都不……對不起。我要告訴你一些別的事。假如，假如他乾脆毒打她一頓之類的，或者追出來，追到家裡來找我，隨便什麼都行，那都是我應得的。隨便他罵出什麼難聽的話都行……可是他沒有。他什麼都沒有做。我猜想，猜想他已經心碎到整個崩潰了。他只是……完全心碎了。他倒在沙發上哭。她待在廚房，也在哭，她跪下來大聲禱告，不停的說對不起、對不起，過了一會兒，她聽見關門的聲音，她回到客廳，他走了。他沒開車，車子仍舊停在車道上。他用走的，走到市區，在第三街的傑弗森租了個房間。他在二十四小時營業的藥妝店買了一把水果刀，進房間開始，開始戳自己的肚子，他想自殺……過了兩三天有人撞開門進去，他還活著，身上有三、四十道刀傷，房間裡到處都是血，不過人還活著。他把內臟全割碎了，醫生說。一兩天之後他死在醫院裡。醫生說他們實在救不了他。他就是想死，他始終沒有張過嘴，也沒找過什麼人。就這麼死了，他的內臟完全都割碎了。

「我的感覺是，萊斯，我已經死了。一部分的我已經死了。你母親當然要離開我，她早就該離開我。可是他們不該把賴瑞．韋恩埋掉啊！並不是我想死，萊斯，不是這樣的。你或許會說，其實我寧願入土的是他而不是我。假如真要做一個抉擇……我不知道，我搞不懂這些生生死死的問題。我相信一個人只有一條命，只能活一次；可是苟活下來我的良心不安啊。這事不斷的回頭來找我。我的意思是，我始終沒有辦法把他的死是因我而起的這個念頭消掉。」

他欲言又止的搖了搖頭。忽然，他微微的湊近桌子，嘴唇半開著，很努力的在搜尋我的眼睛。他想要一些東西。他試圖把我牽扯進來，沒關係，牽就牽吧，但他要的不只這個，還有一些別的東西。一個答案，也許，在這麼無解的情況下。也許只是一個動作，一個手勢，碰一下胳臂之類的。也許只要這樣就已足夠。

我鬆開領口，用手腕擦了擦額頭；再清清嗓子，仍然沒辦法正視他的眼睛。我全身起了一種強烈的，沒來由的恐懼，眼底的疼痛變得更厲害了。他繼續盯著我看，一直看到我渾身不自在，一直看到我們倆都發現我根本不能給他什麼，對於這整件事我什麼也給不了。我是外表光鮮，內在空乏。我嚇到了。我的眼睛眨了一兩下。點菸的時候，我的手指發抖，我非常小心的不讓他看見。

「也許你會認為我不該這麼說，我覺得那個男的很可能早就不對勁了，因為自己的太太出軌居然就做出這種事。我的意思是，一個男人一定是快瘋了才會做出這……不過你不會懂的。」

「我知道這件事很可怕，你覺得很愧疚，但你也不能永遠這樣自責下去。」

「永遠。」他朝四周看了看。「永遠是多久？」

我們倆一句話也不說的坐了好幾分鐘。酒早已喝光了，那女孩沒過來。

「你要再來一杯嗎？」我說。「我買單。」

「你還有時間嗎？」他仔細的看著我問。然後：「不了，不要了，我看我們別喝了吧。你還要趕著去搭飛機。」

我們一起站起來。我幫他穿上外套，動身往外走，我扶著他的手肘。酒保看著我們說，「謝謝你們。」我揮揮手。我的肩膀很僵硬。

「去吸點新鮮空氣吧。」我說。我們下了樓梯，走到外面，午後的天光閃耀得讓人睜不開眼。太陽已經隱在雲層後面，我們站在店門外，沒有說話。人群不斷刷過我們的身邊。每個人似乎都很匆忙，只有一個穿牛仔褲、流鼻血的男人，拎著簡單的隨身包慢慢的走著。他摀在臉上的那塊手帕全是乾掉的血漬。在經過我們身邊時，他看了我們一眼。一名黑人開的計程車停下來問我們要不要坐車。

「你上車吧，爸，你的住址在哪裡？」

「不用，不用，」他步履不穩的退開，「我送你上飛機。」

「沒關係的。我看我們就在這裡說再見吧，就在這裡。我不喜歡道別。你知道就這麼回事。」我說。

我們握了握手。「千萬不要操心，這才是眼前最要緊的。我們，我們沒有誰是完美的。好好過日子，不要操心。」

我不知道他是否聽見我說的話，總之他沒回答。司機打開後車門，再轉身問我，「去哪？」

「他沒事，他會告訴你。」

司機聳聳肩，關上車門，回到前座。

「放輕鬆，寫信給我，好嗎，爸？」他點點頭。「你要多保重。」我說。他從車窗回頭看我。計程車開走了，這是他最後的身影。飛往芝加哥的途中，我才想起我把他那包禮物忘在酒店裡了。

他始終沒有寫信給我，從那次以後再也沒有他的音信。我想寫信給他，問他過得好不好，可是我好像把他的地址弄丟了。話說回來，對於我這種人，他又能指望什麼呢？

7　一件很小，很美的事

編注：曾收錄在《大教堂》小說集裡，但該篇為編輯修改版本。此篇為瑞蒙・卡佛最原始的版本。

星期六下午她開車到購物中心的小麵包店。在看過活頁紙上的蛋糕圖片之後，她訂了巧克力口味，他的最愛。她選的蛋糕上裝飾著一艘太空船，蛋糕的一頭有一些白色的小星星，下方是發射臺，另外一頭是一顆用紅色糖衣做的星球。他的名字，史考帝，要用綠色字體寫在這顆星球底下。她說話的時候，那個脖子很粗，有點年紀的麵包師傅不發一語的聽著，她告訴他史考帝下週一滿八歲。麵包師傅穿著類似工作服的白圍裙。圍裙的帶子從胳臂底下繞到背後再回到前面，牢靠的綁在厚實的腰圍底下。他用心聽著，兩手擦著圍裙，眼睛看著那些照片，由著她講。他不催促她。他才剛到班，這一整晚他都會在這兒，烘麵包烤麵包，他一點也不急。

她選定了這個太空蛋糕，再告訴麵包師傅她的名字，安妮．魏斯，還有電話號碼。蛋糕會在星期一早上出爐，那天下午史考帝的生日派對絕對趕得及，時間很充裕。麵包師傅不苟言笑。他們兩人之間沒有一點歡樂的互動，只有幾句最基本的對話，交換一些必要的資料。他讓她覺得很不自在，她不喜歡這樣。他在櫃檯上拿起筆彎下腰的時候，她打量著他粗俗的面貌，心裡狐疑著，不知道他這一生除了當麵包師傅以外還有沒有做過別的事。她是一個母親，三十三歲，在她眼裡的每個人，尤其像這個麵包師傅的年紀──一個老到足以做她爸爸的男人──肯定都會有兒女，也肯定經歷過這一段有著蛋糕和生日派對的特別日子。他們之間應該會有這些共通的地方才對，她想著。他對她太「硬」了，不是沒禮貌，而是生硬。她不想再跟他攀什麼交情。她朝著麵包店裡面張望，望見一張厚重的木頭長桌，桌子一頭堆著鋁製的派餅鍋，旁邊一個金屬容器裡裝滿了空的框架。還有一只大到驚人的烤箱。收音機裡播放著西部鄉村樂曲。

麵包師傅在訂貨卡上填好資料闔上活頁簿，看著她說，「星期一上午。」她道謝之後，就開車回家了。

星期一下午，史考帝跟一個小朋友一起放學走路回家。兩個人把一包薯條傳來傳去的吃著，史考帝很想知道他朋友當天下午送他的是什麼樣的生日禮物。他沒注意看路，在十字路口，他一腳剛跨出路邊，立刻被一輛車子撞倒了。他側身摔倒，腦袋歪向水溝，兩腿伸在路面。他的眼睛閉著，兩條腿卻前前後後的動著，好像要爬上什麼東西似的。他的朋友扔了薯條開始大哭。那車往前開了一百多呎在路中央停住，在駕駛座上的一個男人轉過頭往後看，他等到男孩東倒西歪的站起來。男孩有些站不穩，一副暈頭轉向的樣子，好在沒什麼大礙。那個駕駛發動引擎開走了。

史考帝沒有哭，也沒說話。他朋友問他被車撞的感覺，他也不回答。他筆直的走到家門口，他的朋友就離開他跑回家去了。史考帝進了家門把這事告訴他母親，她陪他坐在沙發上，握著他的手擱在她腿上，就在她嘴裡說著，「史考帝，你真的覺得還好嗎，寶貝？」心裡想著無論如何要撥個電話給醫生的時候，他忽然倒在沙發上，閉起眼睛，整個人癱軟了。她發現怎麼也叫不醒他，趕緊打電話找正在上班的丈夫。霍華要她保持冷靜，千萬保持冷靜，他為史考帝叫了救護車，自己也立刻趕去醫院。

當然，生日派對取消了。男孩住進了醫院，輕微腦震盪加上休克。有嘔吐的情形，而且肺部積水，當天下午就得抽除。現在他似乎睡得很沉很沉——但並不是昏迷，法蘭西斯醫生看見這對父母驚恐的眼神，特別強調：絕對不是昏迷。這個星期一的晚上十一點，男孩經過一連串X光檢查和各種檢驗之後，似乎顯得安穩多了，等他清醒過來恢復知覺頂多是時間早晚的問題，霍華便離開了醫院。這個下午，他和安妮一直待在醫院陪著史考帝，他想回家沖個澡換套衣服。「我一個鐘頭就回來。」他說。她點點頭。「沒關係，」她說，「這裡有我。」他親親她的額頭，兩個人拉了拉手。她坐在病床邊的椅子上看著史考帝。她要等到他清醒，等到他好轉，她才能放下心。

霍華從醫院開車回家。他在潮濕黑暗的街道上開得飛快，忽然驚覺不對，慢慢減低了速度。到現在為止，他的人生一直走得很順很快意——大學，結婚，再多讀一年大學，取得了高階的商管學位，成為一家投資公司的小股東。還當了父親。他很幸福，應該說，很幸運——這一點他很清楚。他的父母健在，他的兄弟姊妹都過得不錯，他大學的那些朋友在業界也都有各自的地位。到目前為止，他沒有經過太大的風浪，順利的避開了那些存在著的惡質力量；如果運氣不好，如果情勢忽然轉變，就會碰上它，把人整個拖垮。他轉上車道，停下車，覺得左腿在抖。他在車上坐了一會兒，努力叫自己用理智的態度面對眼前的狀況。史考帝被車撞了，住進了醫院，不過不會有事，會好起來的。他閉起眼睛，用手抹了把臉。他下車走向前門。狗狗，懶哥，在屋裡狂吠。電話響個不停，他開了門鎖，摸索著電燈開關。他不應該離開醫院的，真不應該，他罵自己。他抓起話筒說：

「我剛進門！哈囉！」

「這裡有個蛋糕還沒來提走，」電話那頭一個男人的聲音說。

「什麼？你在說什麼？」霍華問。

「一個蛋糕，」那個聲音說，「一個十六塊錢的蛋糕。」

霍華把話筒緊貼著耳朵，完全不清楚是怎麼回事。「我不知道什麼蛋糕，」他說，「天哪，你在說些什麼啊？」

「別跟我來這套啊，」那聲音說。

霍華掛斷電話，走進廚房給自己倒了杯威士忌。他撥電話到醫院，史考帝的情況還是照舊；還是在睡，沒有任何變化。浴缸裡放了水，他在臉上塗抹泡沫刮了鬍子。他剛剛躺進浴缸，閉上眼，電話又響了。他吃力的爬起來，抓了條毛巾，急急忙忙衝過房間，一路的說，「笨啊，真是笨啊，」他恨自己幹嘛離開醫院。他接起電話大喊，「喂！」電話那端沒有半點聲音。對方掛斷了。

他回到醫院的時候剛過午夜。安妮仍舊坐在床邊的椅子上。她抬頭看了看霍華，再看回到史考帝身上。男孩的眼睛還是閉著，頭上也還是紮著繃帶。他的呼吸平靜均勻。一瓶葡萄糖液吊在病床上方的儀器上，瓶口一條管子延伸下來通到孩子的右手臂。

「他怎麼樣？」霍華說。「這些東西是幹嘛的？」他指指那瓶葡萄糖和管子。

「法蘭西斯醫生交代的，」她說，「他需要補充營養。法蘭西斯醫生說他需要保持體力。他怎麼還不醒過來呢，霍華？」她說。「我不懂，如果沒事怎麼不醒呢。」

霍華伸手摸著她的後腦杓，手指順著她的頭髮。「他會好的，親愛的。再過一會兒他就會醒了。法蘭西斯醫生很清楚病情的。」

過了片刻他說，「不如妳先回去休息一下，這兒有我。只是別去理會那個老打電話來的傢伙，馬上掛斷就是了。」

「誰老打電話來？」她問。

「我不知道誰，還不就那些喜歡隨便撥電話的無聊人嘛。妳回去吧。」

她搖搖頭。「不了，」她說，「我可以。」

「聽話，」他說，「回去歇一會兒，早上再來跟我換班。不會有事的。法蘭西斯醫生怎麼說的？他說史考帝會好起來的。我們不必擔心。現在他只是在睡覺罷了，不會怎樣。」

一個護士推開門，向他們點個頭走到病床邊。她把孩子的左手臂從被子底下拿出來，用手指搭著他的手腕，看著手錶，幫他把脈。過一會兒，她把手臂放回被子底下，再轉到床尾，在掛著的一塊板子上寫了些東西。

「他怎麼樣了？」安妮說。霍華的一隻手按著她的肩膀。她感覺得出他手指的壓力。

「他很穩定，」護士說。接著她又說，「醫生一會兒就會過來。醫生回醫院了，正在查房。」

「我剛才跟她說要她回家去休息，」霍華說，「現在還是等醫生來過了再走吧，」他又補上一句。

「她可以回去，沒問題的，」護士說，「如果兩位想回去休息，都沒問題。」護士是一個金髮大個子的斯堪地那維亞女人，壯碩的胸脯把護士服的前襟都塞滿了。她說話帶著一絲特別的口音。

「我們先聽聽醫生怎麼說吧，」安妮說，「我想跟醫生談一談。我覺得他不應該老是這麼睡著，這不是好現象。」她一手舉到眼睛上面，頭微微的向前傾。霍華握住她肩膀的力道加重了，他的手慢慢移到她的脖子，手指揉捏著她脖子上的肌肉。

「法蘭西斯醫生過幾分鐘就會來了，」護士說著，離開了病房。

霍華注視著兒子，小小的胸膛在被子底下輕輕的起伏著。從這天下午安妮打電話到他辦公室找他開始，過了那驚嚇爆點的幾分鐘之後，現在是頭一次，他全身上下感受到了真正的恐懼。他拚命搖頭，希望把這整件事「搖」走。史考帝沒事，他只是換了個地方睡覺，不在家裡自己的床上，而是躺在醫院的病床，頭上裹著繃帶，手臂插著管子而已。目前他就是需要這個救助。

法蘭西斯醫生進來了，他跟霍華握握手，其實兩人在幾小時前已經見過面。安妮從椅子上站起來。「醫生？」

「安妮，」醫生點點頭，「我們先看看他現在情況如何。」醫生說。他走到病床邊，把把孩子的脈搏。翻開孩子的眼皮，看完一隻再看另一隻。霍華和安妮站在醫生旁邊看著。史考帝的眼皮翻開來只露出眼白，看不見瞳孔，安妮輕微的出了點聲音。醫生再把被子拉開，用聽診器聽過孩子的心和肺。他用手指在孩子的腹部這裡那裡的按著。忙完之後，他走到床尾，查看過那份表格，再看看自己的手錶，在那份表格上寫了些東西，然後望著一直在等待的霍華和安妮。

「醫生，他怎麼樣？」霍華說。「他究竟怎麼回事？」

「他為什麼不醒過來？」安妮說。

醫生是個寬肩膀的俊男，有著一張健康黝黑的臉孔。他穿了三件式的藍色西裝，打著條紋領帶，戴一副象牙白的袖釦。一頭灰髮梳得整整齊齊，看起來就像剛聽完一場音樂會回來的樣子。「他沒事，」醫生說。「沒什麼太大的問題，我覺得，情況應該更好才對。不過他真的沒事。我也希望他能夠醒過來，應該快了吧。」醫生再看一次男孩。「再過幾個小時，等一些檢驗報告出來之後，我們對病情就會更清楚了。不過他現在真的沒事，相信我，除了頭蓋骨有些細微的裂縫。這點很確定。」

「天哪，」安妮說。

「還有些腦震盪，之前我也說過。當然你們知道他休克了，」醫生說，「在休克的病例裡有時候就會這樣。」

「他脫離危險了嗎？」霍華說，「之前你說他沒有昏迷。現在你也不認為這叫做昏迷，是嗎，醫生？」霍華等著答案。他注視著醫生。

「對，這不能算是昏迷，」醫生說著又再看了男孩一眼。「他只是處在一種深度的睡眠當中。這是一種復元的方式，一種身體採取自我復元的方式。他當然脫離危險了，這點我可以非常肯定。不過等他醒過來，等到那些檢驗報告出來之後，我們就可以掌握得更清楚了。放心吧。」醫生說。

「這還是昏迷吧，」安妮說，「在某種程度上。」

「還不算，不算是真正的昏迷，」醫生說，「我不認為這叫昏迷，現在還不到這個程度。他休克了。在休克的案例裡面，這種反應很平常；這只是一種身體受到創傷後的暫時性反應。至於昏迷——昏迷是一種深度的、持續性的無意識，這種情況可以持續好幾天，甚至好幾個禮拜。史考帝不屬於那個範圍，就目前來說。我相信他的情況到明天早上一定會有明顯的改善。我敢打包票。等他醒了，狀況就會更清楚。就快了。當然，兩位想要留在醫院或者回家休息，都可以。離開一會兒絕對沒有問題。對兩位來說這真的很難熬，我知道。」醫生再次看著男孩，觀察他，然後轉過頭對著安妮說，「妳盡量放寬心，年輕的小媽媽。該做的我們都做了，現在就只剩再多等一點時間的問題了。」他向她點個頭，跟霍華再握一次手，離開了病房。

安妮把手放到史考帝的額頭上，停留好一會兒。「還好沒發燒，」她說。過後又說，「天哪，他怎麼那麼冷。霍華？他應該這樣的嗎？你來摸摸他的頭。」

霍華把手擱在男孩的額頭上。他自己的呼吸也變慢了。「應該就是這樣吧，」他說，「他休克了，記得吧？醫生說過的。醫生剛才來過。要是史考帝情況不好，他早就會表示了。」

安妮咬著嘴唇站了一會兒，坐回到椅子上。

霍華坐入她身旁的那張椅子，兩個人對望著。他很想說兩句安慰她的話，可是他自己也在害怕。他握住她的手放在他的腿上，有她的手在他腿上的感覺令他踏實許多。他拿起她的手用力的捏著擠著。兩個人就這樣手握手的坐著，守著孩子，什麼話也不說。他不時的用力捏一下她的手。最後，她把手抽開了，揉著自己的太陽穴。

「我在做禱告，」她說。

他點點頭。

她說，「我以為我已經忘記怎麼禱告了，現在全都想起來了。其實只要閉上眼睛說，『上帝，請幫助我們——幫助史考帝。』剩下的就很容易了。說詞都是現成的。或許你可以試試。」她對他說。

「我禱告過了，」他說，「就在今天下午——是昨天下午，在妳來電話之後，在我開車到醫院來的路上。我一直在禱告。」他說。

「太好了，」她說。幾乎是第一次，她有了攜手共度難關的感覺。她忽然驚覺，在這一刻之前，這件大事似乎只跟她和史考帝有關係。她始終沒有讓霍華參與，雖然他一直在這裡，一直不可少。她看得出他很疲累。他的頭歪在胸前，看起來是那樣的沉重。她對他疼惜不已。她為自己能夠作為他的妻子而感到高興。

之前的那個護士又進來幫孩子測脈搏，檢查掛在床頭的點滴瓶。

過了一個小時，另外一個醫生進來。他說他的名字叫帕森，放射科來的。他蓄著落腮鬍，穿著便鞋，在牛仔衫和牛仔褲外面罩了件白袍。

「我們帶他下樓去照幾張片子，」他對他們說，「我們需要再多照幾張，還要做一次掃描。」

「什麼？」安妮說，「掃描？」她站在醫生和病床中間。「X光片你們不是都已經照過了？」

「恐怕還需要再照幾張，」他說，「不必擔心。我們只是多照兩張片子，再做一次腦部掃描。」

「我的天哪，」安妮說。

「像這類的病例，這些都是完全正常的程序，」這次來的醫生說，「我們只是想正確地查出他不醒過來的原因。這是正常的醫療程序，真的一點都不用擔心。過一會兒我們就來帶他下去。」醫生說。

不到一會兒兩名護工推著輪床進來病房。兩個都是黑頭髮、黑皮膚的男性，穿著白色的制服，他們互相用外國話交談了幾句，接著把孩子手臂上的管子解開，再把他從原來的病床移到輪床上，推出病房。霍華和安妮跟著一起進了電梯。安妮站在輪床旁邊注視著孩子。電梯往下降的時候，她閉起了眼睛。兩名護工各站在輪床的一頭，都不說話，只有一次，其中一個用他們的語言對另外一個說了句什麼，而另外那個只是以微微的點頭作為回答。

那天早上稍後，當X光科候診室的窗戶開始出現陽光的時候，他們把孩子推出來了，推回到原來的病房。霍華和安妮又一次跟著他一起搭電梯，又一次站回到原來病床邊的位置。

他們等候了一整天，男孩仍然沒有醒。偶爾一下下，夫妻倆當中的一個會離開病房到樓下咖啡廳喝杯咖啡或果汁，然後，像是忽然覺得有罪惡感似的，又趕緊跳離餐桌趕回病房。法蘭西斯醫生那天下午又來查看男孩一次，還是告訴他們說他的情況不錯，隨時都有醒來的可能，之後就離開了。一些護士，跟前一晚不同的一些護士，不斷的進進出出。然後一個化驗室的年輕女子敲門進來病房。她穿著鬆垮的白長褲和白上衣，拿著一小盤東西，她把小托盤放在病床旁邊。沒跟他們說一句話，就往孩子的手臂上抽血。那女的在孩子手臂上找著了正確的位置，一針扎下去的時候，霍華閉起了眼睛。

「我不明白這是做什麼，」安妮對那女的說。

「醫生交代的，」年輕女子說，「我都聽醫生的。他們說抽這個，我就抽這個。他怎麼了？」她說。「他好可愛。」

「他被車撞了，」霍華說，「是肇事逃逸，撞了人就跑了。」

年輕女子搖搖頭，再看看男孩，便端起托盤離開病房。

「他怎麼就是不醒呢？」安妮說。「霍華？我要這些人給我個答案。」

霍華什麼話也沒說。他再度坐回椅子，一條腿架在另一條腿上。他搓著臉，看了看兒子，再靠回座椅，閉上眼，睡了。

安妮走到窗前，望著窗外偌大的停車場。入夜了，車子亮著車頭燈在停車場上進進出出。她站在窗口兩手緊扣著窗臺，她心裡有數，他們出事了，而且事情非常嚴重。她很害怕，牙齒直打顫，非得緊緊咬住牙關才能止住。她看見一輛大車停在醫院前面，有個人，一個穿長大衣的女人，鑽進車子裡。一時間她真希望她是那個女人，也會有個人，任誰都行，開了車來接她，接她離開這裡去到別的地方，去到一個下了車就能看見史考帝在等候著她的地方，等著叫她媽媽，等著要她抱在懷裡。

過了一會兒，霍華醒了。他又看看孩子，然後從椅子上站起來，伸個懶腰，走到窗口站在她身邊。兩個人一起凝視著停車場。彼此都不說話。在這一刻他們似乎心靈相通，彷彿這份隱憂使得他們倆自然而然的透明起來。

病房門開了，法蘭西斯醫生走了進來。這次他穿了一套不同的西裝和領帶。他的灰髮仍舊梳理得服服貼貼，看上去好像剛剛刮過鬍子。他直接走到床邊查看孩子。「他現在應該要醒了，實在沒道理不醒，」他說。「不過我可以明確的告訴兩位，他不會有任何危險。現在只要他醒過來，那就更好了。真的沒有理由，一點理由也沒有，搞不懂他為什麼還不醒過來。一定快了。啊，他醒過來的時候頭會很痛，這是肯定會的。他所有的跡象都很好，都很正常。」

「那，這就是昏迷囉？」安妮說。

醫生揉了揉他光滑的臉頰。「在他醒過來之前，我們暫時可以這麼說。兩位一定都累壞了，這很辛苦，我知道這很辛苦。隨便出去走走，吃點東西吧，」他說。「那對你們有好處。只要兩位有這個意願，我會安排護士進來。真的，去吃點東西吧。」

「我吃不下，」安妮說。「我不餓。」

「當然，一切都看你們的意思，」醫生說。「總之，我還是這句話，所有的跡象都很好，檢驗結果都是正向的，任何一點負面現象都沒有，只要他醒過來就沒事了。」

「謝謝你，醫生，」霍華說。他再跟醫生握一次手。醫生拍拍霍華的肩膀，走了出去。

「我看我們兩個當中得有一個回家去看看，」霍華說。「至少，『懶哥』該餵一餵了。」

「打電話請鄰居幫忙吧，」安妮說。「打給摩根他們。餵狗的事人家會的。」

「好吧，」霍華說。過一會，他又說，「親愛的，為什麼妳不去餵呢？為什麼妳不回去看看家裡的情況再過來呢？那對妳有好處。我會在這裡陪他。說真的，」他說。「我們都需要保持體力。就算他醒了之後，我們還得在這裡待上一陣子呢。」

「那『你』為什麼不去？」她說。「去餵飽懶哥，要餵牠你自己去。」

「我去過了，」他說。「我去了整整一個小時又十五分鐘。妳回家去待一個小時，換洗一下再回來吧。」

她仔細考慮到底要不要回去，可是太累了。她閉起眼睛再想一想。過了一會兒，她說，「我看我就回去個幾分鐘吧。也許我不坐在這兒每分每秒的盯著，他就醒了也說不定。你知道嗎？我不守在這裡，說不定他就醒了呢。我回家去洗個澡換一身乾淨衣服。等餵飽了懶哥我再回來。」

「我會在這裡看著，」他說。「妳只管回家吧，親愛的。我會盯住每一件事的。」

他瞇著兩隻充血的眼睛，就好像一直都在酗酒的樣子。他的衣服起皺了，鬍碴也冒了出來。她摸摸他的臉，忽然把手抽回來。她明白他想要一個人清靜清靜，他需要一段時間不說話，不跟任何人分享他的愁緒。她從床頭櫃上拿起包包，他幫她穿起大衣。

「我不會去太久的，」她說。

「回到家坐下來好好休息一會，」他說，「吃點東西。洗個澡。洗完澡，就坐下來休息一會兒。試試看，那對妳絕對有好處。休息夠了再回來，」他說。「我們可千萬別把自己給累病了。法蘭西斯醫生說的話妳都聽見了。」

她穿著大衣站在那裡，努力回想醫生說過的話，努力想要從那些話裡找尋一些蛛絲馬跡，一些弦外之音。她努力回想醫生彎腰查看史考帝的時候，他的表情有沒有起任何一絲變化。她還記得他在翻開孩子的眼皮和仔細聽孩子的呼吸聲時的那副面孔。

她走到門口，又轉身回頭，看看孩子，再看看孩子的父親。霍華點點頭。她走出病房，帶上了門。

她走過護理站，走向走廊的盡頭找電梯。走廊盡頭，朝右轉，她看到了一間小小的候診室，裡面藤椅上坐著一家黑人。一個穿卡其襯衫和長褲的中年男人，頭上一頂往後推的棒球帽。一個穿著家居服和拖鞋的大塊頭女人倒在座位上。一個十來歲的女孩穿著牛仔裝，頭髮紮成幾十條小辮子，撐手撐腳的坐在椅子上抽菸，兩隻腳踝上下交叉的搭著。她一進來，這家人的眼光都轉到她身上。小桌上亂七八糟堆滿了漢堡的包裝紙和保麗龍杯子。

「尼爾森，」大塊頭女人打起精神說。「是不是尼爾森的事？」她兩眼圓睜。「快告訴我，小姐，」那女人說。「是不是尼爾森的事？」她掙扎著想從椅子上站起來，那男人一手按住了她的臂膀。

「沒事沒事，」他說。「伊芙琳。」

「對不起，」安妮說。「我在找電梯。我兒子在住院，我找不到電梯。」

「電梯在那邊，向左轉，」那男人用手指著另一條走廊說。

那女孩抽著菸看著安妮。她的眼睛瞇成一條線，厚厚的嘴唇慢慢張開一絲縫隙，讓菸氣溜出來。那個黑女人把頭歪向肩膀，不再看安妮，不再對她感興趣。

「我兒子被車撞了，」安妮對那男人說。她似乎急於做出一些解釋。「有些腦震盪，頭蓋骨有些裂傷，不過沒事。他現在還在休克中，也有可能是某種程度的昏迷。這一點令我們很擔心，就是昏迷的這個部分。我要離開一會兒，我先生在陪他。說不定在我離開的時候，他就會醒過來了。」

「真是糟糕，」那男人在椅子上挪動一下身子。他搖了搖頭，看著桌面，再看回安妮。她仍舊站那兒。他說，「我們家的尼爾森，在手術台上。有人砍他。想要殺死他。打架的時候他在場。就是那個聚會。他們說他只是站在旁邊看看而已，根本沒惹到誰。現在誰管這些，說這些一點意義也沒有。這會兒他就躺在手術台上。我們現在能做的只有抱著希望，禱告。」他定定的看著她。

安妮再看看那女孩，女孩還在盯著她，她轉向那大塊頭女人，那女人的頭仍舊歪在肩膀上，只是現在連眼也閉上了。安妮看見她的嘴唇在動，好像在說什麼。她衝動的想要問她在說什麼。她好想跟這幾個處境相同的人多聊一會。她在害怕，他們也在害怕。就這一點，他們是完全相同的。她很想把車禍的事多說一些，把史考帝的情況多說一些，她想告訴他們意外就發生在他生日的當天，星期一，她想說他到現在還沒有恢復意識。然而她不知該從何說起，只能站在那裡無言的看著他們。

她照著那男人的指示順著走廊走下去，找到了電梯。她在合攏的電梯門前面等了一會，心裡仍在疑惑這樣走開到底對不對。然後，她伸出手指按下按鈕。

她轉上車道，關掉引擎。懶哥從屋子後面奔過來，興奮的衝著車子大聲吠叫，一面在草地上猛兜圈子。她閉上眼睛，把頭往方向盤上靠了一會兒，聽著冷卻下來的引擎發出搭搭的聲音。她下了車，抱起小狗，史考帝的狗。她走到前門，門沒上鎖。她進去開了燈，煮上一壺水泡茶。她打開狗食，拿去後門廊餵懶哥。那狗餓壞了，一口接一口的吃著，還不時的跑進廚房來看她在不在。她端著茶剛坐上沙發，電話就響了。

「是我！」她接起來就說。「喂！」

「魏斯太太，」一個男人的聲音。現在是清晨五點，她好像聽見電話那頭的背景有機器或是某種設備的聲響。

「是是！什麼事？」她謹慎的對著話筒說。「我是魏斯太太，我就是。怎麼了，請說？」她用心聽著那些背景的聲響。「是不是史考帝，天哪？」

「史考帝，」男人的聲音說，「是史考帝，沒錯。是跟史考帝有關的，這個問題。妳是不是把史考帝給忘了？」男人一說完就掛斷了電話。

她撥通醫院的電話，轉接三樓。她向接電話的護士詢問兒子的消息，再要求跟她先生說話。她說，事屬緊急。

她等待，電話線在她手指上纏來繞去。她閉起眼睛，冒出一股反胃的感覺。她必須讓自己吃點東西。懶哥從後門廊進來躺在她腳邊，搖著尾巴。她拉拉牠的耳朵，牠舔舔她的手指。霍華上線了。

「剛剛有人打電話進來，」她說。她擰著電話線，它很快又捲回原狀。「他說史考帝有狀況，」她哭起來。

「史考帝很好，」霍華對她說。「我是說，他還在睡。沒有任何變化。妳離開之後護士來過兩次，大概每隔三十分鐘左右就會進來，反正不是護士就是醫生。他沒事。」

「那個人打過來，他說史考帝有事，」她告訴他。

「親愛的，妳休息一會兒吧，妳需要休息。那一定是之前打給我的那個人，別理他。等妳休息夠了再過來。我們一起吃早點。」

「早點，」她說。「我什麼都吃不下。」

「妳明白我的意思，」他說。「喝點果汁，吃個鬆餅什麼的。我不知道，我什麼都不知道，安妮。天哪，我也不餓啊。安妮，現在說話不方便。我站在這兒，在人家辦公桌旁邊。早上八點法蘭西斯醫生又要來了。到時候他會做一些詳細的說明，會給我們一些更明確的說法。這是一個護士跟我說的，別的事她也不清楚。安妮？親愛的，到時候也許我們就會知道了。八點鐘，妳在八點以前過來。總之，這段時間我都在這裡。史考帝沒事，他還是老樣子，」他追加一句。

「我在喝茶，」她說，「電話就響了。他們說是關於史考帝的事。背後還有好些噪音。你接到的那通電話裡，背後也有噪音嗎，霍華？」

「我不記得了，」他說，「八成是個醉鬼之類的，我真的不知道。也許是開車的司機，也許是個神經病，不曉得從哪裡知道了史考帝的事。反正我就在這裡陪他。妳就照原來的計畫休息一會兒吧。洗個澡，七點左右過來，等醫生來了，我們一起跟他談談。不會有事的，親愛的，我在這兒，周圍全是醫生和護士。他們說他的情況很穩定。」

「我害怕死了。」她說。

她放水，寬衣，進入浴缸。她飛快的洗完擦乾，也不浪費時間洗頭，便換上乾淨的內衣、羊毛休閒褲和毛衣。她走進客廳，懶哥抬起頭看著她，狗尾巴甩了一下地板。她出門上車的時候，外面亮起些微的天光。在潮濕又僻靜的街道上開回醫院，她想起兩年前的一個下雨的星期天下午，那天史考帝失蹤了，他們擔心害怕，怕他溺水淹死了。

那天下午天空很陰暗，下雨了，他還沒回家。他們給他所有的朋友都打過電話，小朋友們都已經平安回到家。她和霍華甚至跑去他的小堡壘找，那是一個用石頭和木板搭的小堡壘，位在公路附近一塊空地的盡頭，可是他不在那兒。於是霍華沿著公路的這一邊跑，她沿著另一邊跑，一直跑到原來曾經是一條小溪流的地方，一條排水溝，現在水溝兩岸洶湧著暗黑的激流。剛開始下雨的時候，還有一個小朋友跟他一起在這裡。他們用碎木頭，和來往車輛裡拋下來的空啤酒罐造小船。他們把啤酒罐排在木頭上送進溪流裡。小溪沿著公路的這一邊流到涵洞，涵洞口的水流湍急，任何東西都會被旋進去沖入大水管。雨一下大，那個小朋友就離開了史考帝。當時史考帝說他要留下來造一艘更大的船。她站在岸上看著水流灌進涵洞，消失在公路底下。對她來說，情況已經非常明顯——他掉進水裡了，甚至已經卡在涵洞裡的某一處了。這個念頭太怪誕，太不公平也太蠻橫，她簡直無法承受。但她覺得這是真實的，他一定就在那裡，在涵洞裡，而且她也知道從今以後就要與「它」共生共存一輩子，一個沒有史考帝的人生。但是該如何面對，如何因應這個失落的事實，卻超出她所有的理解。很多人和機具徹夜在涵洞口忙碌的恐怖感，她不知道自己是否能夠承受，當那些人打著強光忙著搜尋的這段時間裡，她是否承受得了這個等待。她必須過得了這個關卡，才能到達那可以想見的、永無止盡的空虛境界。她不應該有這種想法，但她認為她可以做到。事情過了以後，過了很久以後，等到史考帝確定不會再出現在他們的生活中之後，說不定她就會習慣這份空虛；或許，她就會懂得該怎麼處理這份失落，這份可怕的缺席——她必須如此，就這麼簡單——可是現在，她不知道該如何讓自己從等待的這個部分順利到達另外的那一個部分。

她跪了下來，看著水流說，如果「祂」應許史考帝重新回到他們的身邊，如果他真的能夠奇蹟般的——她大聲的說，「奇蹟般的」——逃過急流，逃出涵洞，她知道不可能，但是如果，如果祂肯應許史考帝再回到他們身邊，不讓他陷在涵洞裡，她承諾，她和霍華願意改變他們的生活，改變一切，回到他們原來住的小城，遠離這郊區，遠離這個隨時都能無情的，把自己唯一的孩子奪走的地方。她正跪著的時候，聽見霍華在叫她的名字，在野地對面，在雨裡。她抬起眼，看見他們向著她走過來——他們兩個，霍華和史考帝。

「他躲起來了，」霍華又哭又笑的說，「我看到他一開心都忘了要罰他啦。他搭了一個避雨棚，在天橋底下給自己弄了一個避雨的地方，就在那堆樹叢裡，給自己做了一個小窩。」她站了起來，他們父子倆還沒走到她跟前，她緊握著拳頭。「小堡壘漏雨了。」那小傻蛋說。霍華又說，「我找到他的時候，他乾得像根骨頭，那避雨的窩還真行。」說著，這男人眼淚流了下來。忽然安妮出手了，她氣急敗壞的對著史考帝頭上臉上一陣亂摑亂打。「你這個小淘氣鬼，你太淘氣了你！」她邊罵邊打他。「安妮，住手，」霍華捉住她的手臂。「他沒事就好了，這才是最重要的。他沒事就好了。」孩子還在哭，她已經把他拉起來一把抱住。緊緊的抱著。他們的衣服濕透了，鞋子噗噗的出著水，三個人開始走回家了。她把孩子抱在懷裡，他摟著她的脖子，他的胸口貼著她的胸口。霍華走在他們旁邊說，「天啊，真是嚇人。老天爺，太驚嚇了。」她知道霍華剛才真的嚇壞了，現在終於寬心了，然而他並沒有洞見她的想法，他也不可能會知道。她想著她曾那樣迅速的在生與死裡走了一遭，不禁對她自己起了懷疑，懷疑自己是不是愛得不夠。如果愛得夠，她不該那麼快就想到了最壞的下場。她來來回回的甩著頭，不能接受自己這樣的瘋狂。她累了，她必須停下來，她必須把史考帝放下來。剩下的路他們三個人一起走完，史考帝在中間，握著他們倆的手，三個人一起回家。

只是他們沒有搬走，之後也沒有再談起過那一個下午。三不五時，她總會想起自己的承諾，她當時做的禱告和發願，好一陣子她都有心不安的感覺，但他們繼續照常過著平常的生活——一種忙碌自在的生活，沒有什麼壞事，也沒有任何欺瞞，說白了，就是一種有很多滿足和很多小快樂的生活。誰也沒再提起那個下午，久而久之她也不再想起了。現在，他們仍舊住在同一座城市裡，已經是兩年後了，史考帝又再度有了危險，可怕到極點的危險，她開始看清了這個狀況，這個意外，這個不能醒過來的懲罰。是因為她沒有遵守諾言，他們沒有搬離這個城市，沒有回到他們原來那種簡單寧靜的生活，是因為他們還捨不得高薪，捨不得這棟還很新的房子，是因為圍籬還沒建，草坪還沒種嗎？她想像著，每天晚上他們全家坐在大客廳裡，在某個城市，聽著霍華為他們朗讀。

她把車開進醫院的停車場，找到了一個接近大門口的空位。現在她毫無禱告的意願了。她覺得自己像是一個被人抓到的騙子，虛偽又內疚，彷彿眼前所發生的一切，她應該負起部分的責任。她認為多多少少她是有責任的。她把心思轉移到那一家黑人身上，她記起尼爾森這個名字，記起那張滿是漢堡包裝紙的桌子，還有那個抽著菸盯著她看的十幾歲少女。「不要生孩子，」她一面走進醫院大門，一面對著腦子裡那個少女的影像說。「看在上帝的分上，不要。」

她和兩個剛來上班的護士一起搭電梯上三樓。星期三早上，還差幾分就七點。電梯門在三樓滑開的時候，擴音器裡正在呼叫一位麥迪生醫生。她跟在護士後面出了電梯，兩個護士往反方向走，繼續聊著剛才因為她進入電梯而中斷的話題。她沿著走廊，走到之前黑人家庭待過的那個小房間。他們已經走了，只是那些椅子散亂得就像一分鐘前才有人在上面彈跳過似的。桌面上還是堆著那些保麗龍杯子和報紙，菸灰缸裡還是塞滿了菸蒂。

她停在候診室這條走廊的護理站前。一個護士站在護理台後面，邊刷頭髮邊打哈欠。

「昨天晚上有一個黑人男孩在動手術，」安妮說。「他的名字叫尼爾森。他的家人守在候診室裡。我想問問他現在的狀況。」

一名坐在護理台後方辦公桌，正在看表格的護士抬起頭。電話響了，她接起話筒，兩隻眼睛卻盯著安妮不放。

「他過世了，」護理台邊的護士說。拿著髮刷的那個護士看著她。「妳是他們家的朋友？」

「我昨天晚上碰見這一家人，」安妮說。「我的兒子也在住院。他應該是休克吧，我們現在還不太清楚到底出了什麼問題。我只是對尼爾森有些好奇，沒別的。謝謝妳。」她繼續往走廊走。跟牆壁同色的電梯門滑了開來，一個神情憔悴、穿著白長褲白帆布鞋的禿頭男人拉著一台沉重的手推車走出電梯。她昨天晚上並沒有注意到這些電梯的門。那男人把推車推進走廊，停在最靠近電梯的那個房間面前，查看一塊記事板。然後哈著腰從推車上抽出一個托盤。他輕輕敲了敲門，走進房間。她經過推車的時候聞到一股熱食散發出來的怪味。她快步走過另外一個護理站，不再理會那些護士，兀自推開了孩子病房的門。

霍華背著手站在窗前，她一進來他就轉過身。

「他怎麼樣？」她問。她走向病床，把包包拋在床頭櫃旁邊的地上。感覺上她似乎離開了好長好長一段時間。她碰了碰圍著史考帝脖子上的被單。「霍華？」

「法蘭西斯醫生剛來過，」霍華說，她仔細的看著他，他的肩膀有些緊繃。

「我以為今天早上他要過了八點才會來，」她說得飛快。

「還有另外一個醫生一起。神經內科的。」

「神經內科，」她說。

霍華點點頭。她清楚的看見他的肩膀緊繃。「他們怎麼說，霍華？看在上帝的分上，他們怎麼說？怎麼說的啊？」

「他們說，要帶他下去再做一些檢驗，安妮。他們認為要動手術，親愛的。親愛的，他們『要』動手術。他們不明白他為什麼醒不過來。這已經不只是休克或者腦震盪，這是他們目前所知道的。他們認為問題出在他的頭蓋骨，頭骨碎裂，應該是跟這個有——有關。我打過電話給妳，可是我想妳一定已經出來了。」

「喔，天哪，」她說。「喔，不要，霍華，不要啊，」她抓住他的手臂。

「看！」霍華說。「史考帝！快看，安妮！」他把她轉向病床。

男孩把眼睛張開了一下，又閉起來。現在他又把眼睛張開了，兩隻眼睛筆直的向前看了一會，然後慢慢的慢慢的移動，一直移動到停在霍華和安妮的身上，然後再慢慢的移開。

「史考帝，」他母親挨到床邊說。

「嘿，史考帝，」他父親說。「嘿，兒子。」

他們趴在床上。霍華把孩子的一隻手合在他的手裡，不停地又拍又捏。安妮湊近孩子，一遍又一遍的親吻他的額頭。她兩手捧著他的臉。「史考帝，寶貝，是媽咪和爸比呀，」她說。「史考帝？」

男孩再一次看著他們，但是看不出任何認得他們，或是意識清楚的跡象。忽然他的眼睛使勁的閉上，他的嘴巴張開，他狂吼，一直吼到肺裡不剩一絲空氣。他的臉似乎放鬆了，柔和了。他的嘴唇分開來，讓最後一口呼吸穿過他的喉嚨，溫柔的從咬緊的牙關裡呼了出來。

醫生把這種現象叫做隱性腦阻塞，他們說出現的機率是百萬分之一。當初如果及早發現，立刻動手術，說不定還有救。不過很可能也沒救。不管怎麼說，他們不是一直都在找嗎，他們在找些什麼？不管檢驗也好，X光照射也好，根本沒有任何發現。

法蘭西斯醫生很震驚。「我沒辦法向兩位說出我此刻的心情有多難受。我太難過太抱歉了，真的，」他一面說一面把他們引進醫生的休息室。有個醫生坐在椅子上，兩條腿掛在另外一張椅子的椅背上，在看晨間電視節目。他穿著產房的綠色醫療服——寬鬆的綠色長褲綠色罩衫，再一頂遮住頭髮的綠色帽子。他看看霍華和安妮，再看看法蘭西斯醫生。他站起來關掉電視走了出去。法蘭西斯醫生把安妮請到沙發上，他陪在她身邊坐下，用一種低低的，撫慰人心的聲調跟她說著話。一度，他還側身過去擁抱她。她能夠感覺到他的胸膛貼著她的肩膀均勻的一起一伏。她睜著眼，任他摟著。霍華進去洗手間，他讓門開著。

在一陣狂哭之後，他放水洗了把臉，出來坐在小桌子旁邊，桌上擱著一具電話。他看著電話，好像在考慮應該先做什麼。他撥了幾通電話。過了一會，法蘭西斯醫生也用了電話。

「現在我還能為兩位做些什麼？」他問他們。

霍華搖搖頭。安妮瞪著法蘭西斯醫生，彷彿不能理解他這句話似的。

醫生送他們到醫院大門口。人群進進出出。現在是上午十一點。安妮意識到自己是多麼緩慢，多麼勉強的挪著腳步。似乎是法蘭西斯醫生在強迫他們離開，而她覺得他們應該留下來。她望著停車場，再從人行道回轉身看著醫院的大門。她開始搖頭。「不，不，」她說。「我不能把他一個人留在這兒，不行。」她聽見自己說的話，想著這未免太不公平了，這話應該是電視劇裡的臺詞啊，是劇中人在面對意外或橫死之類的驚嚇時說的。她要說屬於她自己的話。「不，」她說，不知怎麼的，她又想起那個腦袋歪在肩膀上的女黑人。「不，」她再說一次。

「今天稍晚一點我會跟你們聯絡，」醫生對霍華說。「還有一些不得不辦的事情，這些事必須要妥善處理。是一些必須充分說明的事情。」

「驗屍，」霍華說。

法蘭西斯醫生點頭。

「我了解。」接著霍華又說，「唉呀，天哪。不，我不了解，醫生。我不能，我不能。我就是不能。」

法蘭西斯醫生環住霍華的肩膀。「對不起。真的，我真的太對不起了。」他鬆開霍華的肩膀，伸出手。霍華看著那隻手，然後握住了它。法蘭西斯醫生再度擁抱安妮。他似乎渾身充滿了她無法理解的仁慈。她讓自己的頭枕在他肩膀上，她的眼睛卻依舊睜得大大的。她一直看著這所醫院。一直到他們駛出停車場，她再次回頭看著這所醫院。

回到家，她坐在沙發上，兩手插在大衣口袋裡。霍華關上史考帝的房門。他掀開了咖啡濾壺，再找來一只空箱子。他本來想把史考帝的東西收拾一下，結果卻坐到她身旁，把空箱子推開一邊，傾著身子，手臂夾在膝蓋中間，哭了起來。她把他的頭拉到她腿上，拍著他的肩膀。「他走了，」她說。她不停的拍著他的肩膀。除了他的啜泣聲，她也聽見咖啡壺在廚房裡嘶嘶的叫聲。「好了，好了，」她溫柔的說，「霍華，他已經走了。他已經走了，我們必須慢慢的習慣。習慣孤單。」

過了片刻，霍華站起來，拿著空箱子漫無目的地在房間裡打轉，他沒有把任何東西收進箱子裡，只是把一些東西聚攏在沙發一頭的地板上。她繼續坐著，兩手插在大衣口袋裡。霍華放下箱子，把咖啡壺提進客廳。稍後，安妮給親戚們打了電話。每當電話撥通，對方接聽之後，安妮就會迸出幾個字，哭上一陣子。然後她用很節制的口吻，平靜的說明事情的來龍去脈，和以後的安排。霍華把箱子拿去車庫，在那裡，他看見了史考帝的腳踏車。他扔下箱子，跌坐在腳踏車旁的石子路上。他姿態笨拙的抓住腳踏車，讓它靠在自己的胸前。他抱著車子，橡膠的腳踏板頂著他的胸口。他把車輪搭在褲腿上輕輕的轉動著。

安妮跟妹妹講完話把電話掛上，正準備找另外一組號碼時，電話響了。才響第一聲她就接起來。

「喂，」她說，她聽見背景裡有一種嗡嗡的怪聲。「喂！」她說。「天啊，」她說，「你到底是誰？你要幹什麼啊？說話啊。」

「妳的史考帝，我已經為妳準備好了，」男人的聲音說。「妳忘記他了嗎？」

「你這個可惡的混蛋！」她對著話筒叫囂。「你怎麼可以這樣，你個混蛋！」

「史考帝，」男人說，「妳是真的忘記史考帝了嗎？」話一說完，那人就把電話掛了。

霍華聽見叫囂聲趕了進來，發現她趴在桌上痛哭。他拎起話筒，聽著電話裡待機的聲音。

到了很晚，就在午夜前一刻，他們處理完許多事情之後，電話又響了。

「你來接，」她說，「霍華，就是他，我知道。」他們坐在廚房餐桌旁，面前放著咖啡。霍華的咖啡杯旁邊還有一小杯威士忌。電話響到第三聲時他接了起來。

「喂，」他說。「是哪位？喂！喂！」斷線了。「他掛斷了，」霍華說。「管他是誰。」

「就是他，」她說。「那混蛋。我真想殺了他，」她說。「我真想開他一槍，看著他死掉，」她說。

「安妮，我的天，」他說。

「你聽見了嗎？」她說，「在背後？一種怪聲，機器之類的嗡嗡聲？」

「沒有啊，真的。真的沒有那種聲音，」他說。「時間不夠長。我看也許是收音機裡的音樂。對，收音機開著，我只能聽出這一點。我不知道對方到底在搞些什麼名堂。」他說。

她搖著頭。「要是能夠，要是能夠，我一定要當面讓他好看。」就在這時候她忽然想起來了。她知道那是誰了。史考帝，蛋糕，電話號碼。她一把推開椅子站起來。「快開車帶我去購物中心，」她說。「霍華？」

「妳在說什麼？」

「購物中心。我知道是誰打來的了。我知道是誰了。是麵包師傅，那該死的麵包師傅，霍華。我向他訂做了一個史考帝的生日蛋糕，就是他打來的，就是他拿了我們家電話一直不斷的打來。就為了那個蛋糕不斷的打來騷擾我們。那個麵包師傅，那個混蛋。」

他們開車去到購物中心。天空清朗，繁星點點。很冷，他們開了車上的暖氣。他們停在麵包店前面。所有的店鋪都打烊了，只有在相連的兩家電影院前面，最盡頭的停車場上還有一些車。麵包店的窗子黑黑的，透過玻璃，他們可以看見後進的房間亮著燈光，時不時的，有個繫著圍裙的大個子在那片單調的白光裡進進出出。透過玻璃，她瞧見許多展示盒和幾張小桌椅。她試試門把。他敲敲玻璃。不知道那師傅聽見了沒，他並沒有任何表示。他也沒有朝他們的方向看。

他們把車繞到麵包店後面停好，他們下了車。有燈光的那扇窗戶太高了，他們沒辦法看到裡面。後門邊有塊牌子寫著：**潘特麗烘焙店，訂做蛋糕**。她隱約聽見裡面的收音機開著，還有吱嘎的聲響——是拉開烤箱門的聲音嗎？她敲了敲門等候，接著再敲一次，這次比較大聲。收音機關了，現在有一種刮擦的聲音，一聽就知道是在拉抽屜，拉開又關上。

有人開了門鎖把門打開。麵包師傅站在燈光裡打量著他們。「我們休息了，」他說。「這麼晚你們想要什麼？現在是半夜。你們是喝醉了還是怎麼的？」

她踏入亮著燈光的門口。他眨著厚重的眼皮認出了她。「是妳，」他說。

「是我，」她說。「史考帝的母親。他是史考帝的父親。我們想進來。」

麵包師傅說，「我正在忙。我有工作要做。」

不管怎樣，她反正已經踩進來了。霍華跟在她後面。麵包師傅往後退。「這裡的味道聞起來就像個麵包店。這裡聞起來是不是就像個麵包店，霍華？」

「你們要幹什麼？」麵包師傅說。「是來拿蛋糕嗎？一定是，你們決定來拿蛋糕了。你們確實是訂了蛋糕，對不對？」

「你這個麵包師傅，算你厲害，」她說。「霍華，不斷打電話過來的就是這個人。就是這個做麵包的。」她握緊拳頭，惡狠狠的瞪著他。她內心有火在燒，怒火使她自我膨脹，她覺得她不只比原來的自己強大，甚至強過這兩個男人當中的任何一個。

「等一下，」麵包師傅說。「妳想要拿那個已經放了三天的蛋糕？是嗎？我不想跟妳吵架，太太。蛋糕就在那兒，都快壞了。我就以半價賣給妳。這樣吧。妳想要？想要就拿走。這個蛋糕現在對我毫無用處，對任何人都毫無用處。為了做這個蛋糕，我費時費錢。如果妳還要它，沒問題，如果妳不要了，那也沒問題。反正我得去忙我的了。」

他看著他們，舌頭在牙齒後面打轉。

「還在說蛋糕，」她說。她知道現在她已經能克制了，能壓住自己內心高漲的火氣了。她很鎮定。

「太太，我在這個地方一天工作十六個小時賺錢養家，」麵包師傅說。他在圍裙上擦著手。「從早忙到晚，才能勉強過日子。」安妮臉上的表情讓麵包師傅倒退一步說，「嗨，別鬧事啊。」他搆到工作臺上，用右手拿起一支擀麵棍，往另外那隻手心啪嗒啪嗒的敲。「那個蛋糕妳到底是要還是不要？我得回去幹活了。麵包師傅都在晚上幹活的，」他又說。他的眼睛很小，顯得很刻薄，她心裡想著，幾乎整個嵌在臉頰上的橫肉裡了。他的脖子全是厚厚的肥油。

「我知道麵包師傅都在晚上幹活，」安妮說。「他們也都在晚上打電話。你個混蛋，」她說。

麵包師傅繼續朝手心敲著那支擀麵棍。他瞥了霍華一眼。「小心點，別太過分啊，」他對霍華說。

「我兒子死了，」她冷冷的，甚至決絕的說。「星期一下午被車撞了。我們一直等，一直等，等到最後他死了。當然啦，你當然不可能會知道這些，是吧？麵包師傅不可能樣樣都知道。能嗎，麵包師傅先生？可是他死了。死了啦，你個混蛋！」憤怒來得快，也退得快，忽然就讓位給了別的東西，讓給了一種令人暈眩作嘔的感覺。她緊靠著撒滿麵粉的木桌，兩手摀著臉，失聲痛哭，她的肩膀不斷的前後抖動。「不公平，」她說。

「太不——太不公平了。」

霍華把手搭在她的背上，看著麵包師傅。「你真是無恥，」霍華衝著他說。

「無恥。」

麵包師傅把擀麵棍放回工作臺。他解下圍裙，也把它拋到工作臺上。他站了一分鐘，看著他們，眼神呆滯而痛楚。然後他從放著報紙、收據、計算機和電話簿的桌子底下，拉出一把椅子。「請坐，」他說。「我再去幫你拿張椅子，」他對霍華說。「請坐。」麵包師傅去前面帶了兩張鐵皮椅子回來。「請坐下來吧，兩位。」

安妮擦乾眼淚，望著麵包師傅。「我本來想殺了你，」她說。「想要你死。」

麵包師傅為他們把桌子清出一些空間。他把計算機、一大疊的便條紙和收據推到一邊。再把那本電話簿推到地板上。霍華和安妮坐下來，順手將座椅拉近桌子。麵包師傅也坐了下來。

「我不怪妳，」麵包師傅說，他把兩隻手肘架在桌上，慢慢的搖了搖頭。「首先。容我致上最深的歉意。我心裡的難受只有上帝知道。聽我說。我只是一個做麵包的師傅。別無所求。也許有過那麼一次，好多年以前，那時候我是一個跟現在完全不同的人。我已經忘了，搞不太清楚了。就算有過，現在我也不是那個我了。現在我只是一個麵包師傅。我知道，並不能用這些話做藉口來原諒我的所作所為。我太難過太抱歉了。我為你們的孩子感到難過，我為我自己夾在事件當中攪局的行為感到抱歉。唉，這真是，」麵包師傅說。他張開兩手，翻個面，露出掌心。「我自己沒有孩子，對兩位的感受我只能憑想像。現在我唯一能說的就是我很抱歉，希望兩位肯原諒我，」麵包師傅說，「我不是一個惡人，我不認為我是。我絕對不像妳在電話裡說的那麼惡毒。說實在，因為這件事，我真的不知道該如何待人處事了。兩位，」這人說。「不知道兩位是否能夠真心的原諒我？」

麵包店裡很暖和，霍華起身脫掉大衣，他也幫安妮脫下大衣。麵包師傅看了他們一會，忽然點點頭從桌旁站起來，走到烤箱那邊關了幾個按鈕。他找了幾只杯子，從電動咖啡壺裡倒了咖啡，再在桌上放了一紙盒子奶油，和一碗糖。

「兩位可能需要吃點東西，」麵包師傅說，「我希望兩位願意嘗嘗我做的熱餐包。兩位需要吃點東西才有力氣。在這種時候，吃是一件很小，很美的事，」他說。

他給他們端上了剛出爐的肉桂麵包，麵包上的糖衣還軟呼呼的。他把牛油和塗抹牛油的小刀放到桌上。這位麵包師傅陪著他們一起坐上餐桌。他等著。等著他們終於從盤子裡一人拿起一個餐包來吃。「稍微吃一些東西很好，」他看著他們說，「還多著，盡量吃，吃到飽。這裡什麼都沒有，就麵包最多。」

他們吃著麵包喝著咖啡。安妮突然間好餓，那餐包又熱又甜。她一連吃了三個，麵包師傅好高興。他打開話匣子，他們認真的聽著。雖然兩個人很疲憊、很痛苦，還是認真聽著麵包師傅說話。麵包師傅說到孤單，說到他邁入中年的時候那份疑惑徬徨的心情，他們頻頻點頭。他告訴他們這麼多年過著無兒無女的日子是什麼滋味。天天重複著烤箱滿了又空，空了又滿，永無止境，沒完沒了。他為別人做了多少宴會、慶典的餐點。那些厚得不得了的糖衣。那些插在蛋糕上的一對對迷你小新人，到現在怕有好幾百個，不，好幾千個了。那些生日。光是那些蛋糕上的蠟燭，想想看把這些蠟燭全部同時點亮的樣子吧。他技術好，有主顧。他是個麵包師傅。好在他不是花匠。能把人餵飽總是比較好，總是比給人家一些東西擱了一陣子最後扔掉的好，麵包的香味也比花朵來得好聞。

「喏，聞聞看這個，」麵包師傅說，他掰開一條黑麵包。「這麵包很粗很結實，可是很香醇。」他們聞了聞，他要他們試試味道。有糖蜜和五穀雜糧的味道。他們不斷的聽他說，不斷努力的吃。他們把黑麵包吞下了肚。在日光燈底下，屋子裡亮得就像白晝。他們聊到了清晨，窗戶上已經透出灰白色的天光，他們還不想離開。

8 跟兩個女人說我們要出去

比爾・詹米生和傑瑞・勞伯茲一直很要好。兩人一起在舊市場附近的南區長大，一起讀完小學國中，再一起上艾森豪高中，在學校裡他們也盡量選相同的班次和授課老師，兩個人的襯衫、毛衣、窄管褲都彼此換著穿，甚至和同一個女孩約會上床——一切都理所當然。

夏天他們倆一起打工——洗桃子，採櫻桃，串蛇麻草，什麼事都做，只要能賺點小錢讓他們在假期花用，只要那裡的老闆不會每隔五分鐘就對著他們的後腦杓呼氣。傑瑞不喜歡聽命行事。比爾無所謂；他喜歡由傑瑞負責主導。就在上高中前的那個夏天，他們合資，花三百二十五塊美金買了一輛五四年份的普里茅斯。傑瑞開一個禮拜，再換比爾開。兩個人習慣了分享東西，倒也相安無事。

不料傑瑞在第一學期結束之前結婚了，他占了車子，退了學，在羅比超市找了一份固定的工作。他們的友好關係首度出現了緊張。比爾喜歡凱洛・韓德森，他認識她好幾年了，幾乎和傑瑞認識她的時間不相上下，可是在傑瑞跟她結婚之後，這兩個好朋友之間的一切再也不似從前。他常去他們家，尤其最初那段時間——有了結過婚的朋友，他覺得自己忽然老很多——他去那裡吃午餐、晚餐，或者晚上去聽貓王、比爾・海利與彗星合唱團⑤的歌，另外還有幾張肥仔多米諾⑥的唱片他也很愛，只是每當凱洛和傑瑞當著他的面激情擁吻的時候，令他覺得十分尷尬。有時候他不得不找藉口，走去加油站買兩瓶可樂，因為公寓只有一張床，所謂的主臥房就在客廳的正中央。還有些時候，傑瑞和凱洛直接以扭麻花的姿態進入浴室，比爾只好轉向廚房，假裝忙著在碗櫃和冰箱裡亂找一通，假裝什麼也沒聽到。

所以，他後來不太去他們那裡了。到六月他畢業之後，在黃金牛乳製品廠找了一份差事，同時加入國民警衛隊。一年後，他有了自己的行銷網，並開始跟琳達・威爾森交往——一個賢慧的好女孩。他和琳達每星期多半會去傑瑞他們家一次，喝喝啤酒，聽聽唱片。凱洛和琳達處得不錯。凱洛私下跟他說，她覺得琳達「很棒」，比爾非常高興。傑瑞也很喜歡琳達。「她真的好。」他對比爾說。

比爾和琳達結婚那天，傑瑞當然是伴郎，在登奈麗飯店的會客室裡，傑瑞和比爾似乎又回到了從前，兩個人打打鬧鬧，勾肩搭背，盡興的喝著甜酒。只是，在歡樂之中，比爾看著傑瑞，覺得他怎麼那麼蒼老，比實際年齡二十二歲老太多了。他的頭髮愈來愈少，就像他父親那樣，身材也發福了。他和凱洛已經有兩個孩子，她又有喜了，而他仍舊待在羅比超市，現在升到了副理。傑瑞在會客室裡喝得爛醉，不斷跟兩個伴娘調情，還想跟一名招待打架。凱洛只好趕在他沒鬧事之前開車帶他回家。

他們兩家每隔兩三個星期碰一次面，次數多寡看天氣決定。如果天氣好，像現在，他們就會在星期天去傑瑞家裡聚會，吃烤肉、熱狗或是漢堡，讓孩子們在玩具游泳池裡玩耍，這個不花錢的小泳池是某個女店員給的。

傑瑞的家很舒適。位在郊外的一座小山上，俯瞰納契斯河。四周圍也有六、七棟屋子，不過比起城市，還是很清靜。他喜歡朋友來家裡；因為要幫幾個孩子洗澡，換衣服，再塞進車子（一輛紅色，六八年份的雪佛蘭），實在太麻煩。現在他和凱洛有四個

⑤ Bill Haley & His Comets，與貓王同期的美國搖滾樂團。

⑥ Antoine Dominique "fats" Domino Jr.，一九二八—，美國著名搖滾及R&B歌手、鋼琴家、詞曲創作人。

孩子，全是女孩，凱洛又懷了第五胎。生完這個之後他們不想再生了。

凱洛和琳達在廚房洗碗，收拾善後。時間大約是下午三點。傑瑞的四個女兒跟比爾的兩個男孩在圍牆邊的角落玩耍，孩子們把一個紅色的塑膠大球不斷往小池子裡丟，濺起的水花樂得他們哇哇大叫。傑瑞和比爾坐在天井的躺椅上，喝啤酒聊天。

多半都是比爾在說。說他們共同相熟的人，說黃金乳廠波特蘭總公司那邊的金錢遊戲，說他和琳達打算買一輛新型四門龐蒂克的硬頂敞篷車。

傑瑞偶爾點個頭，多半時候只是呆看著曬衣繩或車庫。比爾覺得他心情不是很好，忽然想起從去年開始傑瑞就顯得很消沉。比爾點起一支菸，問說，「怎麼了，老大？」

傑瑞乾了啤酒，把罐子壓扁，他聳聳肩。「我們出去轉一轉？就在附近，找個地方喝一杯。嗨，每個星期天都這麼坐著，人都要長霉了。」

「好啊，我去跟兩個女人說我們要出去。」

「就我們兩個，別忘了。天哪，千萬別全家出動。就說我們去喝點啤酒什麼的。我在車上等你，開我的車。」

他們倆已有好長一段時間沒有單獨一起行動了。兩個人走納契斯河公路直下格里，由傑瑞開車。天氣晴朗暖和，風透過車窗吹拂著頭頸和胳臂，感覺好舒暢。傑瑞開心的咧著嘴。

「我們去哪？」比爾說。他看見傑瑞心情變好也感覺舒服多了。

「去雷利那兒好不好，去打一局？」

「好啊。嘿，我們好久沒玩了。」

「男人偶爾就該這樣出來透透氣，否則都發霉了。明白我的意思吧？」他看著比爾。「不能老是工作沒有玩樂。你明白我的意思。」

比爾不確定。他喜歡跟廠裡的傢伙們在星期五晚上一起打打保齡球，喜歡一個星期裡跟傑克．鮑德利克在下班後去喝一兩次啤酒，但是他也喜歡待在家裡。不會，他並不會有人發霉的感覺。他看看手錶。

「老店還在，」傑瑞說，他把車停在格里休閒娛樂中心前面的石子路上。「常經過，可是一年多沒進去過了。根本沒空。」他啐了一口。

他們走進去，比爾幫傑瑞撐著門。傑瑞經過時輕輕的敲了一下比爾的肚子。

「嘿嘿！看誰來了？不知道多久沒看見你們了。這陣子都去哪啦？」雷利從櫃檯後面轉出來，滿臉堆笑。他是個禿頂的壯漢，一件短袖印花襯衫掛在牛仔褲外面。

「啊呀，渴死了，光頭，快給我們兩罐『奧林』吧，」傑瑞邊說邊對比爾使個小眼色。「你都好嗎？」

「還好，還不錯。你們呢？在哪高就？有沒有外快啊？傑瑞，上次看見你，你老婆還懷著六個月的身孕。」

傑瑞眨著眼，呆站了一會。「那是多久的事了，雷利？有那麼久嗎？」

「『奧林』呢？」比爾說。「雷利，跟我們一起喝一杯吧？」

他們三個坐在靠窗的高腳椅上。傑瑞說，「這裡怎麼了，雷利，星期天下午居然沒半個妞？」

雷利哈哈大笑。「大概沒什麼搞頭吧，老弟。」

他們各喝了五罐啤酒，花兩小時打了三局輪番撞球，兩局司諾克。雷利沒上場，只是坐在高腳椅上看他們玩，一邊閒聊。

比爾不斷的看錶，再看傑瑞。最後，他說，「我們是不是該走了，傑瑞？我是說，你覺得呢？」

「哎，好啊。我們喝了這罐啤酒就走。」過一會傑瑞把啤酒乾了，把罐子捏扁，坐上高腳椅轉動著手裡的啤酒罐。「再會了，雷利。」

「要常來啊，小老弟，聽到了嗎？放輕鬆。」

車子上了高速公路，傑瑞把車速飆到八十五、九十，路上車很多，人們都從公園，山上下來趕著回家了，他不時的左閃右閃，享受超車的快感，但是最後還是得跟著別的車子減到五十的車速。

就在他們超過一輛載滿家具的老爺貨卡時，看見了兩個騎單車的女孩。

「你看！」傑瑞說著減慢了速度。「我可以來『耍』一下了。」

他繼續往前開，兩人還一起回頭望。兩個女孩看了直笑，她們沿著路肩繼續向前。

傑瑞開了一哩路左右，把車停在空地旁邊。「我們回頭去。試試看。」

「這，不好吧，老大。我們該回去了。再說這兩個妞太年輕了，對吧？」

「都大到可以落紅了，都大到可以……這話你總聽過吧。」

「是啊，不過我還是覺得不好。」

「嗨呀。我們不過是鬧一鬧，逗她們一下。」

「好吧，好吧。」他看了看手錶，再望一眼天空。「搭訕的事由你來。」

「我！我在開車。你負責搭訕。再說，她們騎在靠你那邊。」

「很難哪，老大，我都『生鏽』了。」

傑瑞把車子一轉，呼嘯著往回頭路駛去。

車子開到跟那兩個女孩幾乎並行了，他才放慢速度，慢慢駛向對面的路肩。

「嘿，妳們去哪？要不要搭個便車？」

兩個女孩彼此看一眼，放聲大笑，仍舊繼續騎車。最靠近路側的那個女孩，十七、八歲，黑頭髮，高高的，很苗條，她趴在單車上。另外一個同樣年紀，個子比較小，髮色比較淺。兩個人都穿著短褲和露背小可愛。

「臭婊子，」傑瑞說，「我們追上去。」他等著其他車子開過之後，打個大迴轉。「我上那個黑頭髮的，你上那個小個子，如何？」

比爾背靠著座椅，推了推墨鏡的橋架。「搞什麼嘛，這簡直在浪費我們的時間——她們不會有什麼戲唱的啦。」

「嗨呀，老大！幹嘛，還沒上就先洩氣。」

比爾點起一支菸。

傑瑞在馬路對面慢慢開，不到一兩分鐘就跟上了兩個女孩。「好，上場吧。」他對比爾說。「好好露一手，釣釣她們。」

「嗨，」車子慢慢的跟著兩個女孩走，比爾說，「我叫比爾。」

「不錯啊。」黑髮妞說。另外一個哈哈大笑，黑髮妞也笑了起來。

「妳們去哪？」

女孩不回答，小個子的那個不斷偷笑。她們繼續向前騎，傑瑞的車也繼續跟在她們身邊慢慢的開。

有輛車從後面趕上來，駕駛猛按喇叭。

「叭你個頭啊！」傑瑞說著把車稍微偏向路肩；過一會兒，那輛車的駕駛抓住空檔立刻超車。

他們又跟兩個女孩並駕齊驅了。

「讓我們載妳們一程吧，」比爾說，「想上哪都行，我們說話算話。妳們一定騎得很累了，妳們看起來就很累了。運動量太超過並不好哦，兩位。」

兩個女孩哈哈笑。

「好啦，請問芳名。」

「我叫芭芭拉，她叫莎朗。」小個子說。她說完又笑了。

「有進展了，」傑瑞對比爾說，「再問一次，她們要去哪？」

「兩位要去哪？芭芭拉……妳們去哪，小芭比？」

她哈哈的笑著。「沒去哪，」她說，「就一路騎下去。」

「騎到哪裡去呢？」

「妳要我告訴他們嗎？」她對另一個女孩說。

「我無所謂。反正沒差；反正我又不想跟他們攪和。」

「我也不想啊，」她說，「我不是這個意思。」

「搞什麼！」傑瑞說。

「妳們要去哪？」比爾再問一次。「是不是去彩繪岩？」

兩個女孩又開始大笑。

「她們就是去那裡，」傑瑞說，「彩繪岩。」他稍微加快速度，超過兩個女孩，挨著路肩開，逼使她們非得繞到他這一側。

「不要這樣嘛，」傑瑞說，「來啊，快上車吧。我們大家都認識了嘛，這有什麼關係呢？」

兩個女孩只是笑，車子照騎，等到傑瑞一說出「我們又不會吃掉妳們」，她們笑得更凶。

「我們哪知道啊？」小個子側著臉往回喊。

「聽我的就是了，小妞。」傑瑞壓著嗓門說。

黑髮女孩回頭看，瞥見了傑瑞的眼神，眉頭一皺把視線移開了。

傑瑞把車駛回路面，沙土、石塊順著後車胎往外蹦。「待會兒見啦。」經過她們的時候比爾說。

「十拿九穩了，」傑瑞說，「看見剛才那騷貨盯我的眼神嗎？聽我的準沒錯，絕對能上。」

「我不知道，」比爾說，「我看我們還是回家吧。」

「不行，不行，我們一定能上！聽我的就是了。」

到了彩繪岩，他把車開到樹蔭底下。公路在這裡分叉，一條往亞奇馬，另外一條是幹道，通往納契斯、伊能克勞、奇奴克山口、西雅圖。離公路一百碼處是一塊陡斜的黑岩，屬於附近丘陵地的一部分，滿山遍野都是人行的便道和小洞窟，好些洞窟的牆壁上隨處可見印地安人的標示。岩塊陡峭的一邊，面對公路，上面寫著許多告示和警語，像是「納契斯67」、「格里山貓」、「耶穌救世人」、「打敗亞奇馬」，字體多半很潦草，用紅色或白色的顏料塗的。

他們兩個坐在車裡抽菸，守著公路，聽著林子裡時而傳來啄木鳥敲木頭的聲音。幾隻蚊蟲飛進車子，不停繞著他們的手和臂膀打轉。

傑瑞轉著收音機，用力拍了一下儀表板。「現在來一罐啤酒多好！靠，真想喝它一罐。」

「是啊。」比爾說。他又看手錶。「快六點了，傑瑞。我們還要等多久？」

「啊呀，她們馬上就來了。她們到了目的地總要停下來的嘛，對吧？我跟你賭三塊錢，我身上全部的財產，再過兩三分鐘她們就會到了。」他對比爾咧咧嘴，撞撞膝蓋，就自顧自的拍打起換檔桿。

兩個女孩出現的時候，他們的車停在公路對面，面向著車流。

傑瑞和比爾下了車，靠著前頭的擋泥板，等候。

兩個女孩轉上路肩，進入樹林，一瞧見這兩個男人，立刻加快速度。小個子笑呵呵的抬起身子出力的踩著踏板。

「別忘了，」傑瑞邊說邊走，「黑頭髮的歸我，小個子歸你。」

比爾停住。「我們要幹嘛？老大，別亂來啊。」

「靠，只是找點樂子嘛。我們只是叫她們停下來聊聊天而已。誰在乎啊？她們不會說出去的，她們也是玩玩。被人盯上她們樂得很哪。」

他們朝著岩壁晃過去。兩個女孩扔下單車，跑上一條小路，轉個彎不見蹤影，過一會兒又出現了，她們站在比較高的位置，停下來往下看。

「你們跟著我們幹嘛？」深色頭髮的喊著。「啊？你們要幹什麼？」

傑瑞不回答，只管順著小路往上走。

「我們快跑，」芭芭拉說，她邊喘邊笑。「快。」

她們轉個彎，開始小跑步。

傑瑞和比爾用慢走的方式。比爾抽著菸，每隔十步左右就停下來吸口氣。他真希望現在能回家。天氣還很暖，很晴朗，但頭頂上岩石和樹林的陰影已經在他們前面愈拉愈長了。轉過彎，他回頭看，瞥見了他們的車子。他沒想到他們爬得這麼高了。

「快啊，」傑瑞催著，「怎麼那麼慢？」

「來了。」比爾說。

比爾轉到右邊。他繼續往上攀，中間只停了一次，坐下喘口氣。現在他看不見他們的車，也看不見公路。往左邊，他可以看見納契斯河，遠遠望去只有彩帶的寬度，挨著旁邊一棵縮小版的白杉樹閃爍著。右手邊，可以俯瞰山谷，山坡上蘋果和梨子園整齊的一路排列到谷底，看得見零星的幾間屋子，小路上偶爾一輛耀著陽光的車子經過。周遭安靜無聲。歇了一會兒，他站起身，在褲子上擦了擦手，繼續順著小徑走下去。

他感覺愈走愈高，忽然開始下坡，向左轉，就是山谷了。他繞過一個彎道，看見那兩個女孩趴在一塊突出的岩石後面，望著下方另一條小路。他停下來，假裝不經意的點根菸，卻發覺自己的手指居然在發抖。他盡量擺出若無其事的樣子走向女孩。

聽見腳踩到石塊的聲音，她們立刻回頭，看見是他，驚得跳起來，小個子發出尖叫。

「嘿，等等！我們好好坐下來聊一聊吧。我走得太累了。嘿！」

傑瑞也循著聲音趕過來了。「等一下，媽的！」他想堵住她們，她們卻竄到另外一個方向，小個子又叫又笑，兩個人光著腳丫在岩塊和沙土上奔跑，跑在比爾的前面。

比爾心想不知道她們把鞋子丟去哪裡了。他邊想邊往右手邊包抄過去。小個子猛的回轉，奔上山坡；黑髮妞也轉過身，停頓一下，然後選了山坡旁邊通往山谷的一條小路。

比爾看看手錶，在岩塊上坐下來，摘下墨鏡，再看一眼天際。

黑髮妞一步一跳的繼續奔跑，一直跑到一個小山洞，洞口隱蔽在一大塊懸岩後面。她用最快的速度爬進去，坐下來，低著頭拚命喘氣。

不到一兩分鐘她就聽見他過來了。到了懸岩，他停下來，撿起一小塊頁岩，扔進暗影裡，石片剛好擊中她頭頂的岩壁。

「嘿，你想幹什麼——砸瞎我的眼睛嗎?不要亂扔石頭了，壞蛋。」

「我猜想妳就躲在裡面。快出來吧。兩手舉高了出來，不然我就進去囉。」

「等一下，」她說。

他跳上一小塊岩石，往黑暗裡窺探。

「你到底想怎樣啊?」她說。「為什麼不肯放過我們呢?」

「唔，」他看著她，讓視線在她身上慢慢游移，「妳們不跑，我們就不會追。」

她走近他，忽然一閃準備開溜，可是他把手往岩壁上一按，堵住了去路。他咧開嘴笑。

她也笑，然後咬著嘴唇試圖從另一邊闖關。

「妳知道嗎，妳笑的時候超可愛的。」他伸手攬她的腰，她一轉身，閃開了。

「夠了啦!不要這樣了啦!讓我走吧。」

他再一次轉到她前面，用手指碰她的胸部。她一把拍掉他的手，他乾脆抓住她的奶，很用力。

「啊，」她說，「你弄痛我了。不要，求求你，你弄痛我了。」

他放鬆一些，但沒放手。「好，」他說，「我不弄痛妳。」他放手了。

她把他推倒，飛快的跳過去，衝上小路，往下坡狂奔。

「他媽的，」他大吼，「給我回來！」

她選了右邊一條山路，又再往上攀。他在草叢上打滑，摔一跤，掙扎著爬起來，再開始跑。這時她轉入一條狹窄的小路，大約一百呎長，小路另一頭看得見亮光和山谷的風景。她拚命的跑，光腳丫劈啪的敲在岩石地上，呼應著他嘶啞的呼氣聲。最後她回轉身大嚷，「走開啦！」她的聲音分叉了。

他節省力氣，不出聲。她轉個彎不見人影。他走到小路盡頭側身往上看，看見她手腳並用的在往上爬。現在他們兩個人都在山谷邊，她正朝著一個小山頭攀爬。他知道只要她翻過這個小山頭，大概就沒指望了；他沒辦法再追下去，太遠了。於是他想盡辦法用力的爬，拿岩塊和樹叢當把手，他的心狂跳，呼吸急促到上氣不接下氣。

就在她搆到山頂的時候，他一把捉住了她腳踝，兩個人同時爬上了山頂的小平臺。

「操！」他語不成聲的說。他仍舊拽著她的腳踝，她用另一隻腳拚命踢他的頭，踢得他耳朵嗡嗡響，兩眼冒金星。

「妳，妳個賤貨，」他痛得眼淚直流。他壓到她的腿上，抓住她兩隻手臂。

她不斷想要弓起膝蓋，可是他壓著她不放。

兩個人就這樣躺了一會，都在大喘氣。女孩的眼睛睜得好大，眼裡盡是恐懼。她不斷的甩頭，不斷的咬嘴唇。

她馬上點頭。

「聽著，我會放妳走。妳要不要我放妳走？」

「好，我放，不過我要先上。妳明白嗎？不可以出任何花樣。行嗎？」

她不說話。

「行嗎？行嗎，我說？」他搖她。

過了一會兒她點點頭。

「行，行。」

他鬆開她的手臂，直起身子，開始拉扯她的短褲，想把拉鍊拉開，褪下她的褲子。

她一把掐住他耳朵的同時，順勢往側邊一滾。他跟著向前撲。她開始大喊大叫。他跳上她的背，硬生生把她的臉壓到地上。他用力扣住她的頭頸。過了一會兒，見她停止掙扎，他剝了她的短褲。

§

他站起身，背向著她，開始整理自己的衣服。再看她的時候，她已經坐起來，兩眼盯著被蹂躪過的地面，一面搓著額頭上的幾絡髮絲。

「妳會說出去嗎？」

她不吭氣。

他舔舔嘴唇。「最好不要。」

她身子向前傾，默默的哭了起來，一隻手背貼在臉上。

傑瑞想點菸，火柴掉了，他也不去撿，就這麼走開了。走了一會他停下來，回頭望。一時間他不明白自己究竟在做什麼，這個女孩又是誰。他不安的瞥看山谷，太陽漸漸西沉。涼風拂面。山谷裡遍布著山丘、岩石，和樹林的陰影。他再看那個女孩。

「我說過妳最好不要說出去。我……天哪！很抱歉，真的很抱歉。」

「你……走開。」

他靠近了。她準備起身。她才直起一邊膝蓋，他一個箭步上前，一拳打上她的太陽穴，她尖叫一聲往後翻倒。她試著要站起來，他拾起了石塊，砰的砸向她的臉。他確確實實的聽見她牙齒和骨頭碎裂的聲音，鮮血從她的嘴唇中間冒出來。他扔下石塊。她重重的倒下去，他伏在她身上。她漸漸有動靜的時候，他拾起石塊再砸她，這次出手不太重，砸她的後腦杓。然後他扔下石塊，碰碰她的肩膀。他搖著她。過了一會，他把她翻轉過來。

她的眼睛睜著，眼神呆滯，把頭慢慢的來回轉動，她的舌頭轉得很不靈活，努力想要把嘴裡的血和牙齒碎片吐出來。她腦袋左右轉動的時候，兩隻眼睛始終盯著他，過了好久才移開。他站起身，走了幾呎，又回來。她正準備坐起來。他蹲下，兩手搭在她的肩膀上，像是要她再躺下。他的手滑上了她的喉嚨，動手掐她。他沒辦法一氣呵成，先是稍微鬆開手，她的呼吸聲立刻歇斯底里的從氣管送上來。他彎下腰翻鬆了一大塊岩石。他把石塊先舉到齊眼的高度，然後再舉過頭，石塊底部的沙土紛紛散落。他直接用這大石塊砸到女孩的臉上。那聲音像打了一巴掌。他再一次舉起石塊，盡量不去看她，再一次砸下去。然後他再舉起來，再砸下去。

比爾總算到了這條小路。時間已經很晚，幾乎就是晚上了。他看見有別人走過的足跡，便調整方向，改走一條比較容易走的小路。

他已經追上了那個小個子，芭芭拉，不過僅止於此；他連吻她的念頭都沒有，更不必談其他了。再說，他很害怕。她也許會願意，也許不會，他犯不著冒這個險。現在她已經到達她們騎的單車旁邊，在等她的朋友。不，他真的不想冒險，他只想跟傑瑞會合，趕緊回家。他知道琳達一定會把他罵個半死，而且一定擔心得不得了。實在太晚了，他們早該在幾個小時前就回去了。他非常緊張，全力衝刺完最後幾步，登上山頂，到達小平臺。

比爾只覺得自己在收縮，變得又瘦又輕，輕到連一點重量都沒有。在這同時，他又有一種站在強風口的感覺，強風拍打著他的耳朵。他只想掙脫，只想跑，跑，可是有一樣東西向他逼近過來。岩石的黑影隨著那個形體一起移動，又好像是藏在那個形體底下。地面隨著角度怪異的光線在變換。他莫名其妙的想起山腳下，那兩輛停在車子附近等候主人的單車，彷彿去掉其中之一，就可以改變所有這一切，就可以讓那個女孩制止他爬上這座小山。然而現在，傑瑞站在他面前，一身衣服鬆垮垮的掛在身上，好像全身骨頭都不見了似的。比爾感覺他們倆的身體竟是如此要命的接近，兩個人中間還不到一隻手臂的距離。接著，那顆頭落到了比爾的肩膀上。他抬起手，彷彿連這一點點分隔的距離都不該有，至少也值得這樣的一個動作：他開始輕輕的拍著，摸著對方，而他的眼淚已經決堤。

9 只要你喜歡

伊蒂絲・派克戴上耳機，抽著香菸。電視不出聲的開著，她盤腿坐在沙發上，翻著一本新聞雜誌。吉姆斯・派克從那間被他改成了辦公室的客房走出來。他穿著尼龍防風夾克，看見她坐著不動，先是驚訝，再是失望。她看見了他便摘下耳機，把香菸扔進菸灰缸，向他擺了擺穿著長襪子的腳趾頭。

「賓果，」他說，「今晚我們到底要不要去玩賓果？要遲到了，伊蒂絲。」

「去，」她說，「當然去。我大概聽得太忘我了。」她喜歡古典樂，他不愛。他是個退休的會計師，但仍在替幾個老客戶處理退稅的事，今晚他很忙。她不想讓音樂的聲音干擾他，令他分神。

「如果要去，就快走吧。」他說。他看一眼電視，走過去把它關了。

「走，」她說，「不過我得去上個洗手間。」她闔起雜誌站起來。「少安勿躁，親愛的。」她笑笑的說著，離開了房間。

他去檢查一下後門有沒有關好，把門廊上的燈打開，再回到客廳站著。到社區活動中心大約十分鐘的車程，顯然已經趕不上第一局了。他講究準時，也就是說稍微早個幾分鐘，好讓他有時間跟大家打打招呼，這些人從上星期五晚上到今天已經一個星期沒見面了。他也喜歡趁加糖調咖啡的時候，跟芙瑞達．帕森開幾句玩笑。她是俱樂部裡每星期五晚上賓果遊戲的播號員之一，其他時間她都在城裡唯一一家藥妝店裡當店員。他喜歡有比較充裕的時間，讓他和伊蒂絲從芙瑞達手裡拿了咖啡，從容的坐到靠牆邊的最後那張桌位。他喜歡這個位子，每星期五晚上他們占著這個老位子已經好幾個月了。記得來這兒玩賓果的第一個星期五晚上，他贏了四十塊獎金。事後他告訴伊蒂絲他玩上癮了。「我就是想找一個能上癮的惡習。」他咧著嘴開心的笑。這裡每張桌上堆了一堆的賓果卡，你可以挑選自己想要的、或認為很可能會中獎的卡，然後坐下來，從桌上的大碗裡舀起一把白豆，等著遊戲開場，等候頂著一頭聖潔白髮的播號員組長伊蓮娜．班德開始轉動籃子裡的數字籤牌，喊出號碼。這就是必須早到的原因了：挑個好位子，挑一堆好卡。當你拿到一些自己喜歡的卡，一週接著一週，你跟這些卡似乎混熟了，感覺上它們的排列組合就是比別的卡來得好——這就是幸運卡，也說不定。所有的卡片在右上角都印著號碼，如果某個數字編號的卡曾經讓你得過「賓果」，或者差一點得到，或者純粹只是感覺對了，你就更該提早進場，好從眾多卡片中搶先挑出這個號碼的卡，然後你會開始把這種卡叫做你的卡，每個星期你非要找到它們才會安心。

伊蒂絲終於走出了洗手間。她臉上有一種困惑的表情，看樣子準時到場是絕無可能了。

「怎麼了？」他說。「伊蒂絲？」

「沒什麼，」她說，「沒事。我看起來還好嗎，吉米？」

「很好啊。嗨，我們不過是去玩賓果嘛，」他說，「那邊都是一些熟人。」

「就是這句話，」她說，「所以我才要看起來很像樣。」

「妳看起來很像樣啊，」他說，「妳一直都很像樣。我們可以走了嗎？」

今天活動中心四周圍的車子似乎停得特別多。他平常停車的老位子，停著一輛標了迷幻標誌的老舊廂型車，他不得不開到街底再迴轉過來。

「今晚車子好多。」伊蒂絲說。

「要是早點來，就不會有這麼多了。」他說。

「還是會有這麼多，只是我們看不到。」她捏了一下他的衣袖，揶揄的更正他的說法。

「伊蒂絲，既然要來玩賓果，我們就應該守時，」他說，「生活守則第一條就是守時。」

「噓，」她說，「我覺得今晚一定會有好事，你等著瞧吧。我們會『賓果』一整晚，我們會把莊家的錢全部贏過來。」她說。

「這話說得好，」他說，「這就叫信心。」他終於在靠近街尾的地方找到一個空位停了進去。他熄了引擎，關掉車燈。「我不知道今晚的運氣是好是壞。我只在傍晚的時候曾經有過這個想法，大概只有五分鐘左右，當時我正在計算霍華的稅收，現在好像沒這個感覺了。為了玩賓果得走上半哩多的路，我實在不覺得運氣有多好。」

「跟著我就是了，」她說，「我們會贏。」

「我不覺得有什麼運氣，」他說。「把車門關好。」

兩個人開步走了。一陣冷風吹來，他把夾克拉鍊一路拉到脖子，她把大衣攏得更緊。他聽見活動中心後面的山崖底下，浪花不斷的拍打著岩石。

她說，「我要抽一根你的菸，吉米，抽了菸再進去。」

他們在轉角的街燈下停住。撐著老舊街燈的電線在風中搖擺，惹得街燈也把周圍黑影照得前前後後的在人行道上亂晃。街的盡頭已看得見活動中心的燈光。他圈起手，先為她點火，再為自己點上了一根。「妳打算哪時候不玩了？」他說。

「你不玩的時候，」她說，「我做好了心理準備的時候。就像你做好心理準備要戒酒那時候。說不定哪天早上醒來我就決定不玩了，就這樣。就像你一樣。然後我再找一個嗜好。」

「我可以教妳編織。」他說。

「我大概沒那個耐心，」她說，「再說，家裡有一個人會編織就夠了。」

他笑了，挽起她的手臂繼續向前走。

到了活動中心前面的臺階，她把菸扔了，用腳踩一下。兩人一起步上臺階走入大廳。房間裡有張沙發、一張傷痕累累的木桌和幾把折疊椅。牆壁上掛著一些老照片，有漁船和一艘一次大戰時候的海軍驅逐艦，艦艇翻覆擱淺在城外的沙岸上。他特別感興趣的一張照片是退潮時岩石堆裡一艘船底朝天的小船，有個男人站在龍骨上對著攝影機揮手。一個橡木框裡框著一幅海圖，還有幾幅由俱樂部會員畫的田園風景：前有池塘和果林，後有起伏不平的山脈，還有海上的落日餘暉。他們穿過房間，走進了大廳，他再度挽起了她的手臂。有幾個女會員坐在入口右手邊的長桌子後面。大廳裡大約有三十幾張桌子和折疊椅。座位大多坐滿了。大廳盡頭是一個舞臺，聖誕節晚會，或者一些業餘的戲劇表演都是在這個舞臺上。伊蓮娜．班德，握著麥克風在喊號碼。

他們沒停下來喝咖啡，沿著牆壁快走到最後面的老位子。每個人的腦袋都埋在桌子上，沒有一個人抬頭看他們。大家專注的盯著自己的紙卡，等著叫出下一個號碼。他帶頭走向桌位，可是今晚遊戲已經開始，他知道他們的老位子一定有人了。果然沒錯。是一對嬉皮，這倒是令他很意外，一男一女，那女的，其實應該說是女孩。

女孩穿了一身褪色的舊牛仔裝：牛仔褲，牛仔夾克，和一件男生的斜紋布襯衫，戴著一堆戒指、手鐲和長耳環，只要她一動，耳環就跟著晃。現在她在動，她轉向旁邊穿鹿皮夾克的那個長髮男，手指著他卡片上的一個數字，再捏一下他的胳臂。那傢伙把一頭長髮紮在腦後，臉上還髒兮兮的搭著一撮頭髮。他戴著一副鋼架小眼鏡，耳朵上掛著一枚很小的金環。

「天哪。」吉姆斯停下腳步。他轉到另一張桌子。「這裡有兩個位子。我們就坐這裡，碰碰運氣吧。老位子給嬉皮占了。」他生氣的朝嬉皮的方向瞟一眼。他脫了夾克，幫伊蒂絲寬了大衣，坐下來，再朝那對嬉皮看了一眼。那女孩隨著喊出來的數字查看手上的紙卡。她又靠向那個長髮男，再查看他的卡片，就好像——吉姆斯覺得，她擔心他沒能力自己圈號碼似的。吉姆斯從桌上拿起一堆賓果卡，分一半給伊蒂絲。「選一些好牌吧，」他說，「我就拿最上面的三張。反正今天晚上選不選都無所謂了。今晚我沒有幸運的感覺，就是沒感覺，沒辦法。那一對傢伙到底在幹什麼？簡直不上道。」

「別老盯著人家，吉米，」她說，「他們又沒害人，只是年輕嘛。」

「這是每週五晚上專門給社區裡的人玩的賓果，」他說，「我真不知道他們來幹什麼。」

「他們想玩賓果啊，」她說，「否則就不會來了。吉米，親愛的，這是一個自由的國家。你不是要玩賓果嗎？那就開始吧，好不好？喏，我的卡選好了。」她把選剩下的卡給他，他就把這些放到桌子中央那堆不用的卡片裡面。他看見那對嬉皮前面也是一堆廢卡。好吧，既來之則安之，好好玩吧。他從碗裡抓起了一大把豆子。

這些卡片每張二十五分錢，或者三張五十分。伊蒂絲拿了三張。吉姆斯從事先準備好的一捲零頭鈔票裡面抽出一塊錢。他把那一塊錢放在他選的卡片旁邊。再過幾分鐘，一個瘦瘦的，淺藍頭髮，脖子上有塊黑斑的女服務員——他只知道她叫做愛麗絲——就會拿著一個空咖啡罐過來收錢：一元紙鈔，五分，十分，一角的硬幣，必要的時候還可以找零。負責收錢和發獎金的就兩個人，一個是愛麗絲，或是另外一個叫白蒂的女人。

伊蓮娜．班德喊出「I-25」，大廳中間位置有個女人大吼一聲，「賓果！」愛麗絲穿過兩排桌位。她彎下腰核對伊蓮娜．班德剛才喊出的幸運號碼。「是賓果。」愛麗絲說。

「這個賓果，各位女士先生，價值十二元。」伊蓮娜．班德說。「恭喜妳！」愛麗絲數了幾張紙鈔交給那女人，淡淡的笑一下，走開了。

「大家準備，」伊蓮娜．班德說，「再兩分鐘開始下一局。我現在設定幸運號碼。」她開始轉動籌碼筐。

接下來連著三、四局毫無動靜。其中一次吉姆斯有一張卡非常接近，只差一個數字。不料伊蓮娜．班德連著喊出五個號碼，這下無論是他，還是其他的人，沒有一個全部對中喊出賓果的，他知道她不可能再喊出他要的那個號碼了。

「那次你還真的很接近呢，」伊蒂絲說，「我在注意看你的卡。」

「接近有什麼用，」他說，「還不如差個十萬八千里來得好。她這是在尋我的開心罷了。」他翻起卡片，讓豆子滑進手裡，再握起拳頭，搖晃著那些豆子。他情不自禁想起一個向窗外拋豆子的小孩。印象中好像是在某個嘉年華會，或是商展之類的。他記得好像還有一隻牛。這麼遙遠的記憶突然冒了出來挺煩人的。

「繼續玩吧，」伊蒂絲說，「有大事要發生了。換幾張卡吧，說不定。」

「這些卡那些卡沒什麼兩樣，」他說，「反正今晚不是我的日子，伊蒂絲。」

他又再一次看那對嬉皮。那男的不知說了什麼，兩人哈哈大笑。他看見女孩在桌子底下揉著那男的腿。他們簡直旁若無人。愛麗絲過來收取下一局的錢。就在伊蓮娜・班德喊出第一個號碼之後，吉姆斯剛好又瞥到了那兩個嬉皮。他看見那男的把一顆豆子放在他沒付錢的一張卡上，這張卡應該放進廢卡堆裡才對。可是那張卡攤開著，那傢伙看見了就順手牽羊把它跟他手上的卡和在一起。伊蓮娜・班德喊出另一個號碼，那傢伙又在這同一張卡上擺了一顆豆子。吉姆斯對這個行為先是驚訝，再是生氣。他根本沒法專心在自己的卡上。他繼續看著那個嬉皮的動作，現場似乎沒有任何人發覺這件事。

「吉姆斯，看你的牌，」伊蒂絲說，「注意看牌，親愛的。你漏看了三十四號。喏，這裡。」她把一顆豆子壓在他的號碼上。「專心一點，親愛的。」

「占了我們位子的那個嬉皮在作弊，怎麼會這樣？」吉姆斯說。「我簡直不敢相信我的眼睛。」

「作弊？他在做什麼？」她說。「玩賓果怎麼作弊啊，吉米？」她看看周遭，有些恍神，彷彿已經忘了那兩個嬉皮坐的位子在哪裡了。

「他在玩一張沒付錢的牌，」他說，「我親眼看見的。天哪，他們什麼事都幹得出來。連賓果也不放過！應該有人出來檢舉他。」

「不是你，親愛的。他並沒有傷害到我們，」伊蒂絲說，「一屋子的人，多一張牌也沒什麼。隨他吧，愛玩幾張就玩幾張，這裡有些人還不是都玩六張牌。」她說得很慢，邊說邊盯著自己的牌。她在一個號碼上做了記號。

「可是人家是花了錢的，」他說，「那我不會介意。那是兩回事。這個渾球是在作弊，伊蒂絲。」

「吉米，算了啦，親愛的。」她說。她從掌心挑了一顆豆子放在號碼上。「別管他了。親愛的，看卡片。你把我都搞糊塗了，害我漏掉了一個號碼。拜託，好好的看你的卡吧。」

「做了壞事還大剌剌的，什麼玩意兒。」他說，「我很生氣，真的。」

他把視線拉回到自己的卡片上，可是他知道這一局已經玩完了。出了這種怪事，剩下的幾局也好不到哪裡去。他的號碼牌上只有幾顆豆子而已。他根本不記得到底漏聽了多少號碼，又到底落後了多少。他緊緊的握著那些豆子，不抱任何希望的擠了一顆豆子到剛剛喊出來的號碼上，G-60。有人大吼，「賓果！」

「天哪！」他說。

伊蓮娜．班德宣布休息十分鐘，讓大家站起來活動活動。休息之後的一局是今晚的特別獎，一張卡一元，贏者全拿。這個星期的獎金，伊蓮娜宣布，有九十八元美金。全場又是口哨，又是鼓掌。他望向那兩個嬉皮。那男的在摸耳朵上的金環，一面看著大家；那女孩又把手擱上了他的大腿。

「我要去一下洗手間，」伊蒂絲說，「把香菸給我。你要不要去買一包我們剛才看到的葡萄小餅乾，再一杯咖啡。」

「我去買，」他說，「而且，我決定換牌。這幾張簡直穩輸不贏。」

「那我去上洗手間了。」她說。她把他的菸放進小包包，站了起來。

他去排隊買小餅乾和咖啡。芙瑞達．帕森向他打招呼，他點點頭，付了錢，慢慢走回那兩個嬉皮坐的位子。他們已經買了咖啡和小餅乾，就像一般人那樣邊吃邊喝邊聊。他停在那男的座位後面。

「你做的事我都看見了。」吉姆斯對他說。

那男的轉過頭，他兩隻眼睛在鏡片後面瞪得好大。「對不起？」他看著吉姆斯說。

「我做了什麼事？」

「你自己知道，」吉姆斯說。那女孩似乎被嚇到了。她握著餅乾，死盯著吉姆斯。

「用不著我大聲說出來，」吉姆斯對那男的說，「好話只說一遍。你幹的好事我全看見了。」

他走回自己的桌位。他全身發抖。全世界的嬉皮都去死吧，他心裡想著。這次接觸真是夠了，他覺得現在太需要喝一杯，沒想到，居然在賓果遊戲的場合碰上這種需要喝酒壓驚的怪事。他把咖啡和餅乾擺在桌上，抬眼望著那個嬉皮，那傢伙正在看他。那女孩也在看他。然後，那嬉皮男咧開嘴笑，那女孩咬了一口餅乾。

伊蒂絲回來了。她把那包菸遞還給他，坐下來。她很安靜，非常的安靜。過了一會兒吉姆斯終於回過神說，「怎麼了，伊蒂絲？妳還好嗎？」他仔細的看著她。「伊蒂絲，出了什麼事？」

「我還好，」她說著端起咖啡。「不對，我覺得應該要告訴你，吉米。雖然我很不想讓你擔心。」她喝一小口咖啡等了一會兒，才說，「我又出現『點點』了。」

「點點？」他說。「什麼意思，伊蒂絲？」其實他知道她的意思，到了這個年紀，出現了她所說的那種痛，這可能意味著他們最害怕的事出現了。「點點。」他靜靜地說。

「你知道的，」她拿起一些卡片整理著，「我有些小出血。天哪。」她說。

「我看我們應該回家，我看我們快走吧，」他說，「不太對，是吧？」他很怕她會告訴他說開始痛了。他早該問她的，早該留意她的狀況，她現在應該進醫院才對。他知道。

她理了理卡片，好像有些著慌，有些尷尬。「不，我們留下來。」過了好一會兒她說。「也許沒什麼，你別擔心。我覺得還好，吉米。」她說。

「伊蒂絲。」

「我們留下來，」她說，「喝咖啡吧，吉米。沒事，我確定。我們來的目的就是要玩賓果。」她勉強笑一笑。

「這真是史上最糟的一次賓果，」他說，「我隨時可以走。我認為我們應該現在就走了。」

「我們等過了特別獎再走，頂多再四十五分鐘左右，這點時間不會有事的。我們來玩賓果吧。」她努力表現出愉悅的口氣。

他吞了幾口咖啡。「我不想吃餅乾，」他說，「我這一份也給妳。」他把原來的卡移開，再從沒有動過的那堆賓果卡片裡取了兩張。他惱火的瞪著那兩個嬉皮，彷彿事情發展到這步田地都是他們惹出來的。那傢伙離開了桌位，那女孩也拿背對著他。她在座位上轉個向面對舞臺。

特別獎項開場了。他抬頭望過一次，發現那嬉皮男重施故技，又在玩一張他沒付費的卡。吉姆斯還是覺得他應該出面檢舉，可是他不能分心，這可是一張一塊美金的卡，不能分心。伊蒂絲的嘴唇抿得很緊。她臉上一副堅決的表情，也或許是在憂心。

吉姆斯的一張卡上壓了三個號碼，另外一張上面五個號碼，這是他原本準備放棄的一張卡，就在這時候那嬉皮女孩爆出尖叫。「賓果！賓果！賓果！我中了一個賓果！」

那男的拍著手跟她一起嚷。「她中了一個賓果！她中了一個賓果，各位！一個賓果！」他繼續拍手。

伊蓮娜・班德親自走到女孩的桌位，核對她的號碼牌。核對之後她說，「這位年輕的女士確實贏得了九十八元的獎金。大家請給她熱烈的掌聲。」

伊蒂絲跟著其他的玩家一起拍手，吉姆斯卻把手擱在桌上不拍。嬉皮男緊緊擁抱那女孩。伊蓮娜・班德遞給那女孩一只信封。「妳數一數吧。」她帶著笑容說。那女孩搖搖頭。

「他們很可能就拿這筆錢去買毒品。」吉姆斯說。

「吉姆斯，拜託，」伊蒂絲說，「這是個機會遊戲。她贏得很公平。」

「她也許，」他說，「可是她的搭檔太不像話了。」

「親愛的，你還要不要繼續玩啊？」伊蒂絲說，「人家要開始下一局了。」

他們繼續玩下去，一直玩到最後一局，這局叫做「累計加碼獎」。這一局是賓果遊戲中的累計獎，如果叫出的號碼組始終沒人中，獎金就會每週追加。如果到最後一個號碼叫出來仍舊沒有人中賓果，這一次的賓果賽就宣告結束，增加的五元獎金連同號碼就累計到下一週。這一局從開始的第一週算起，獎金有七十五元，三十個號碼。這一週累計到了一百二十五元，四十個號碼。四十個號碼之前賓果的機率不大，到了四十個號碼之後，隨時都會有人賓果。吉姆斯押了賭注，也沒抱任何希望，連一點點想贏的念頭都沒有。他幾乎已經瀕臨絕望，就算那個嬉皮男贏了這局他也不會感到意外。

四十個號碼叫出來了，居然沒有一個人喊賓果，伊蓮娜．班德說，「今晚賓果到此為止。謝謝各位的光臨。願上帝祝福大家，希望在祂的應許之下，我們下週再見。晚安，祝各位週末愉快。」

吉姆斯和伊蒂絲隨著其他牌友一起走出大廳，只是有意無意的總是走在那對嬉皮後面，那對男女有說有笑的談著她中的大獎。那女孩拍拍她的外套口袋，哈哈大笑，然後一隻手伸進那男的鹿皮夾克裡攬著他的腰，手指碰著他的臀部。

「讓他們走前面，什麼東西。」吉姆斯對伊蒂絲說，「這兩個是瘟疫。」

伊蒂絲不說話，不過她跟著吉姆斯稍微落後幾步，讓那一對走到他們前面。

「晚安，吉姆斯。晚安，伊蒂絲。」亨利．寇肯說。寇肯是個灰頭髮的重量級大漢，幾年前一次翻船意外失去了兒子。意外之後沒多久他太太也跟別的男人跑了。他酗酒了很長一段時間，最後靠戒酒中心做了斷，吉姆斯就在中心認識他，聽他講了這些事。現在他在鎮上擁有兩個加油站，偶爾也幫他們修理一下車子。

「下禮拜見。」

「晚安，亨利，」吉姆斯說，「下禮拜見。不過今晚真是很不爽。」

寇肯哈哈大笑。「我明白你的意思。」他說著走開了。

起風了，吉姆斯覺得在一片引擎聲裡都還能聽見拍岸的濤聲。他看見那對嬉皮停在廂型車旁邊。他早該想到了，他早該把這兩件事連在一塊兒了。那男的拉開車門，再探過手去打開女生那邊的車門。就在他們走過路肩的時候，那男的開始發動車子，打開車頭燈，把吉姆絲和伊蒂絲的影子投射在附近人家的牆面上。

「蠢貨。」吉姆斯說。

伊蒂絲不答腔。她抽著菸，另一隻手插在大衣口袋裡。他們繼續沿著路肩走。廂型車駛過他們身邊，到了街角換檔加速。街燈在風中搖擺。他們慢慢走向自己的車子。吉姆斯為她開了車門，再轉到自己這邊。兩人繫好安全帶開車回家。

伊蒂絲走進浴室關上門。吉姆斯脫下防風夾克，扔在沙發背上。他打開電視坐下來等待。

伊蒂絲很快就從浴室出來了，她什麼也沒說。吉姆斯眼睛盯著電視，等著。她走去廚房放水。他聽見她關掉水龍頭。一會兒她走到廚房門口說，「看樣子明天早上要去看克勞福醫生了，吉米。那下面恐怕是有些不對勁。」她看著他，接著說，「啊呀，真是該死，該死，什麼狗屎運啊。」她哭了起來。

「伊蒂絲，」他走向她。

她站在那裡搖頭。他摟住她，她摀著眼睛倒入他的懷裡。他摟著她。

「伊蒂絲，最親愛的伊蒂絲，」他說，「我的天啊。」他無助又害怕，只能站在那裡摟著她。

她搖搖頭。「我還是先去睡吧，吉米。我太累了，我真的覺得很不舒服。明天一早我就去看克勞福醫生。應該沒事的，我想，親愛的。你別擔心。就算要擔心，也由我來擔吧。你千萬不要，你已經夠煩的了。我想應該沒事，」她邊說邊撫摸著他的背。「我剛煮了水準備泡咖啡，不過我想我還是先去睡吧。我實在太累了，都是賓果。」她努力擠出一點笑容。

「我把這些關了也睡覺去，」他說，「今晚我也不想熬夜了，老婆。」

「吉米，親愛的，希望你不介意，我現在只想一個人靜一靜，」她說，「很難解釋，現在我就想一個人。親愛的，也說不出什麼道理。你明白的，對嗎？」

「一個人。」他重複一遍，捏了捏她的手腕。

她伸手捧住他的臉，仔細端詳一會兒，然後吻了他。她走進臥室，打開燈。

她再回頭看他一眼，關起房門。

他走向冰箱。站在敞開的冰箱門前面喝著番茄汁，一面查看冰箱裡面。冷空氣陣陣吹向他。架子上塞了許多小包裹和食物盒，有一隻覆蓋了保鮮膜的雞，幾包用鋁箔紙裹好的廚餘，所有這一切忽然令他感到十分的厭惡。不知怎麼的他想起了愛麗絲，想起她脖子上的黑斑，他打了個冷顫。他關上冰箱門，把最後一口番茄汁吐到水槽裡。他漱漱口，泡了杯即溶咖啡，端進客廳，客廳裡電視還開著，在播映一部老西部片。他坐下來點了根菸，對著螢幕看了幾分鐘，忽然覺得這電影他看過，有好些年了。電影裡的人物角色還依稀認得出來，有些對白感覺上也很熟悉，電影情節倒是差不多都忘了。戲裡的主角，最近去世的一位電影明星，說了句話——好像是在問另個角色一個難題，這人是剛剛進來小城的陌生客——看到這裡他有了頭緒，吉姆斯立刻知道那陌生客做了什麼樣的回答。接下來的情節他也知道了，不過他還是抱著一切了然的心態繼續看下去。火爆的場面一觸即發。主角和那些化身副手的鎮民們表現出大無畏的勇氣和毅力，但是單靠這些美德是不夠的。只要一個狂人一支火把就把所有的東西付之一炬了。他喝咖啡，抽菸，看著影片一路進展到非常暴力和必然發生的結局之後，他關掉電視。他走到臥室門口，仔細的聽，但聽不出她到底是不是醒著。至少門縫底下沒有透出燈光。他希望她睡著了。他繼續聽著，心裡有一種脆弱又不值得的感覺。明天她要去看克勞福醫生。誰知道他會發現什麼？當然會做一些測試。為什麼是伊蒂絲？他不明白。為什麼是我們？為什麼不是別人，為什麼不是今晚那兩個嬉皮？他們的日子倒是過得優游自在，沒有半點責任，也不擔心未來。為什麼不是他們，或者其他像他們一樣的人呢？實在沒有道理。

他離開了臥室的門。他想出去走走，偶爾在晚上他也常會這麼做，但是風很大，他聽見屋子後面樺樹的枝椏喀啦喀啦的響。外面一定很冷，今晚這個時間獨自外出散步的想法很不宜。

他又坐到電視前面，只是不開機。他抽著菸，想著那個嬉皮男隔著大廳對他咧嘴笑的模樣。想著他走向廂型車時那副吊兒郎當不可一世的德性，女孩的手臂還攬著他的腰。他記得厚重的浪濤聲，他想著在這一刻大浪一定在黑暗中勇猛的往海灘上沖刷。他想起那傢伙的耳環，不自覺的拽著自己的耳朵。像那傢伙那樣吊兒郎當的走路，再讓一個嬉皮女孩勾著你的腰，不知道會是什麼味道？他搔著頭髮，無奈的搖頭。他想起那女孩在喊賓果時候的表情，想著大家用羨慕的眼光看著她那張年輕興奮的臉龐。如果他們知道了，她跟她那個朋友；如果，他把他們的事告訴大家。

他想著伊蒂絲躺在床上，血液在她體內流來流去，不斷的想找尋一條出路。他閉上眼，再睜開。明天早上他要起個大早，他要為他們倆做一頓豐盛的早餐，然後等診所開門，她會打電話給克勞福醫生，約好看診時間，由他開車送她到診所，他會坐在候診室裡邊等邊翻閱那裡的雜誌。等到伊蒂絲帶著「消息」出來的時候，他想那對嬉皮可能正在吃早餐，他們做了一夜愛做的事胃口好得不得了。這實在太不公平了。他真希望他們現在就在這裡，在客廳裡，在他們人生日正當中的時間。他要告訴他們未來是什麼，他要他們認清事實。他要打斷他們的自負和歡笑，他要告訴他們真相。他要告訴他們在戒指和手鐲，在耳環和長頭髮，在做愛之後等著他們的是什麼。

他站起來，走進客房，打開床頭的檯燈。他看一眼那些文件、帳簿、書桌上的計算機，忽然升起一股無名的怒火。他在抽屜裡找了一套舊睡衣，開始脫衣服。他把床上的被子拉開，再走回屋子，關燈，檢查門窗。今夜不喝不行。他驚覺這是今天晚上第二次想要喝上一杯，這念頭太令人洩氣了，他連肩膀都垮了下來。他們說在戒酒中心永遠不會太累、太渴或者太餓——或者太得意，他可以再加一個。他站在那裡，望著廚房窗外的樹在強勁的風裡搖擺。窗緣發出嘎嘎的聲音。他想起了活動中心的畫作，那些擱淺的小船，但願今晚海上平安無事。他留著門廊上的那盞燈，走回客房，從書桌底下取出編織籃，坐上皮椅。他掀開蓋子，取出繃著白色亞麻的鋼圈，對著燈光他握起細細的針，拿藍色的繡線穿過針眼，對著前幾晚設計好的花樣開始做針線活。

記得他第一次戒酒的時候，曾經對這個建議嗤之以鼻，有天晚上戒酒中心裡一個中年生意人說他或許可以學做一些針線活。那人告訴他，可以打發多餘的時間，現在他真的上手了，之前這些空檔他都用來喝酒。這話無疑在暗示，無論白天黑夜，針線活是可以讓他填補空檔的好方法。「一針一針專心的繡下去。」那人對他眨眨眼說。吉姆斯當時一面大笑一面搖頭。不料戒了幾個星期的酒，他發現自己忽然空出許多時間，他愈來愈需要找些事情來占據他的手和心，他讓伊蒂絲去為他買一些針線材料和刺繡方面的入門書。他根本不擅長此道，他的手指動作緩慢又僵硬，可是在為家裡做了幾個枕頭套和抹布之後，帶給他很大的滿足。他也做了一些編織物，替孫兒孫女們編織帽子、圍巾和手套。每當一件作品完成就有一份成就感，不管成品攤在面前看起來多麼普通。

他又從圍巾、手套進展到小地毯，他們家裡現在每個房間的地板上都有。他還做了兩塊披肩，他和伊蒂絲去沙灘漫步的時候披著；到目前為止，最壯觀的一件工程就是織了一條阿富汗毛毯，這件大作整整讓他忙了六個月。他每天晚上都在忙這件大事，把小方塊一塊一塊的拼湊起來，他樂在其中。伊蒂絲現在就睡在這張阿富汗毛毯底下。深夜裡，他喜歡繡花綳圈的感覺，喜歡鋼圈把白布緊緊綳住的那股力道。追隨著設計圖樣的輪廓，繡花針不斷在亞麻布上一進一出。到了該打結的時候，他打好一些小小的結，剪掉多餘的線頭。但過不了多久，他又想起那個嬉皮男，不得不停下工作。他又開始光火。這是原則問題，當然是。他知道作弊並沒有給那個嬉皮男帶來任何機會，除了占了那麼一點點的便宜。他並沒有贏，這才是重點，這才是應該記取的。你不可能真的因此而大贏，這是不可能的。他和那個嬉皮男都在同一條船上，他想著，只是那嬉皮男不知道而已。

吉姆斯把刺繡放回工具籃裡，盯著自己的一雙手看了一會。然後他閉上眼，試著禱告。他知道今晚做禱告能給他一些慰藉，只要他能找到適當的禱告詞。自從戒酒之後，他沒有再禱告過，他也從來不覺得禱告有多大用處，然而在眼前的狀況下，他能夠做到的似乎也僅止於此了。此時此刻，做做禱告反正也無傷，即使他對什麼都不相信，尤其關於他戒酒的定力這件事。但有時候在做完禱告之後，他確實感覺舒坦得多，他認為這才是重點。那段時間，幾乎每晚他都記得要做禱告。尤其是醉著上床的時候，只要記得，他一定禱告；有時候在早上還沒喝第一杯的時候，他會藉禱告的力量叫自己不喝。有時候，當然啦，在情緒很壞，甚至絕望無助，只想抓住一樣「壞東西」的時候，他禱告，但一做完禱告，他發現自己立刻又去喝酒。最後他終於戒了酒，不過他不把它歸功於禱告的力量，而且從此以後不再禱告。他已經四年不曾禱告。在戒酒之後。

四年前有天早上宿醉醒來，他不像平常那樣給自己倒一杯加了伏特加的橘子汁，他決定不喝了。伏特加仍舊好端端的在屋子裡，這才是最不得了的大事。那天早上他硬是沒喝，那天下午和晚上也沒喝。當然，伊蒂絲注意到了，只是什麼話也沒說。他全身抖得厲害。第二天第三天也都一樣；他不喝，保持清醒。到了第四天，傍晚，他鼓起勇氣告訴伊蒂絲，他已經連著好幾天滴酒不沾。她只簡單的說，「我知道，親愛的。」他現在想起來了，那天她看著他，摸他的臉，就跟今晚她摸他的臉的感覺完全一樣。「我為你驕傲。」她說，她只說了這一句。他開始去參加戒酒所的聚會，再過不久，他開始做針線活。

在變本加厲酗酒之前，他曾經為了能戒掉這個惡習而禱告，在那以前他也三不五時的禱告過好些年，就在他的么兒跑去越南飛噴射機之後。有時候在白天，每當他在報上看到一些關於那個地方可怕的報導時，他就會聯想到兒子；有時在夜裡，在黑暗中躺在伊蒂絲身邊，回想起白天的種種，他的思緒又會回到兒子的身上。這時他就會做禱告，很隨興，就像大多數信仰不夠虔誠的人那樣。不過，他確實很誠心的祈禱兒子能活著回來。而他也確實平安回來了，只是吉姆斯也不肯把這件事歸功於他的禱告，連一分鐘也沒這麼想過——這跟禱告當然扯不上關係。此時此刻他忽然想起很久很久以前的一次禱告，那次他認真得不得了，當時他二十一歲，還十分的相信禱告的力量。他為父親禱告了一整夜，希望他能夠從車禍中康復。最後父親死了。他是因為酒駕超速又撞樹，無論如何也挽救不了他的性命。即使到現在，他仍清楚的記得自己守在急診室外面，直到日光照進窗子，他一直不斷的為他父親禱告再禱告，他流著淚許了各種各樣的願，只要父親能夠撐過去。他的母親坐在他旁邊，哭著握著他父親的鞋子，不知道為什麼，到醫院的時候他的鞋子並沒有在救護車上。

他站起來，把工具籃收好，站到窗口。後門廊的燈照著屋後那株樺樹，樹幹圈在那一個亮著黃光的小區塊裡，樹頂卻迷失在黑暗之中。樹葉早在幾個月前就掉光了，只剩枯枝在疾風中搖擺。他站著站著忽然害怕起來，害怕的感覺愈來愈強，真實的恐懼感堵著他的胸口。他感應到今晚似乎有一種晦澀陰沉的東西在外面蠢蠢欲動，隨時準備破窗而入，筆直的撲向他。他退後幾步，站到後門廊燈光照得到他的一個角落。他的嘴好乾。他不能吞嚥。他向著窗子兩手高高舉起，再放下。他忽然覺得這一輩子他的思緒幾乎沒有平靜過，此時此刻，這個想法更令他驚嚇，更令他覺得萬般的不值。

他非常的累，四肢都快沒力了。他套上睡褲，似乎只剩下爬上床的一點力氣了。他勉強撐起身子關掉檯燈。他在黑暗中躺一會，開始嘗試做禱告，起先很慢，只是無聲的動著嘴唇默禱，然後出聲了，聲音愈來愈大，禱告愈來愈熱烈。他祈求從這些事情裡面得到一些啟示，他祈求對於眼前的狀況能有所了解。他為伊蒂絲禱告，祈禱她平安無事，祈禱醫生檢查不出什麼問題，千萬不要，千萬不要是癌症，他禱告得最強烈的就是這個。接著他為孩子們禱告，各分東西的兩兒一女，甚至也包括了他的孫兒孫女。再然後，他的思緒又轉上了那個嬉皮男。他不得不坐起來，點一根菸。他坐在床上摸黑抽著菸。那個女嬉皮，她明明只是個孩子，年紀和長相都跟他女兒沒差。可是那男的，那傢伙跟他那副小眼鏡，他就另當別論了。他坐了半晌，把所有的事仔仔細細的想一遍。他滅了香菸，回到被窩裡，側身躺著。過一會兒他翻了個身子。就這樣不停的翻來翻去，最後他平躺下來，瞪著黑暗的天花板。

同樣的黃色燈光同樣的來自後門廊的那盞燈，照著窗戶。他睜眼躺著，聽著風聲不斷拍打著屋子。他覺得內心又在翻騰，只是這次不是怒氣。他一動不動的躺了半晌，他躺著，彷彿是在等待。於是好像有某個東西離開了他，又有某個東西填補進來。他發現眼裡有淚水。他又開始禱告，不連貫的字句不斷的在內心堆積。他放慢速度，把字句組合起來，一句接一句的，禱告著。這次他可以把那女孩和那嬉皮男一起放進他的禱告詞裡了。讓他們去吧，沒錯，讓他去開廂型車，讓他們去狂妄自大，讓他們去笑，去戴戒指，甚至去作弊，隨他們吧。在這個時刻，禱告是最需要的。他們也能用得上，就算是他的禱告，尤其是他的禱告。「只要你喜歡。」他說，在新的禱詞裡，他為所有的人禱告，活人死人全部在內。

10 家離有水的地方這麼近

1

我先生胃口很好，可是看上去很累，很緊張。他慢慢的嚼著，手臂橫在桌上，兩眼盯著房間的另一邊。他看我一眼，又轉向別的地方，用餐巾擦了擦嘴，聳一下肩膀，繼續吃。儘管他不願意相信，但我們之間確實出了問題。

「幹嘛老盯著我？」他問。「怎麼了？」他放下叉子說。

「我有嗎？」我說，我笨拙的搖搖頭，真的很拙。

電話響了。「不要接。」他說。

「可能是妳母親，」我說，「狄恩——說不定是狄恩的事。」

「等著看吧。」他說。

我拿起話筒聽了一會。他停下來不吃了。我咬著嘴唇掛上電話。

「我剛才怎麼說的？」他說。他又開始吃了，只一會兒就把餐巾甩在盤子上。「我靠，人為什麼都那麼愛管閒事？我哪裡錯了就告訴我，我會聽啊！這太不公平了吧。她死了，不是嗎？那時候我旁邊還有其他人。我們大家經過討論一起做的決定。我們剛剛走到那裡。我們走了好幾個鐘頭，不可能再回頭，我們離車子有五哩路遠，而且那天是活動的第一天。搞什麼啊，我實在看不出錯在哪裡。看不出，我就是看不出。別這樣盯著我，聽見沒有？我不許妳這樣批判我。妳沒資格。」

「你很清楚，」我說著搖了搖頭。

「我清楚什麼，克萊兒？告訴我。告訴我我到底清楚什麼。我只清楚一件事：就是妳最好別跟著起鬨。」他給了我一個自以為含意十足的眼神。「她已經死了，死了，死了，妳聽見了嗎？」隔一會他又說，「確實很遺憾，這我同意。她是個年輕女孩，確實很遺憾，我很難過，跟別人一樣難過，可是她死了，克萊兒，她就是死了。這事別再提了。拜託，克萊兒。就別再提它了吧。」

「問題就在這裡，」我說，「她死了——你難道看不出來嗎？她需要有人出手幫忙啊。」

「我投降。」他舉起雙手。他把椅子推開，拿了菸，拎著罐啤酒走去院子。他來來回回的走了一會，坐到涼椅上，再度撿起那份報紙。他的名字登在第一版，連同他那幾個朋友的名字，就是另外那幾個參與「恐怖發現」的同道。

我閉了會兒眼睛，用力的把著瀝水板。我真的不可以再想這件事了，我必須忘了它，打心裡，眼裡，徹底的忘掉它，好好「活下去」。我睜開眼。不管三七二十一，我伸出胳臂往瀝水板上一掃，把所有的碟子杯子全掃到地上，摔得粉碎。

他不動。我知道他聽見了，他抬起頭好像在聽，但他並沒有動，也沒回頭看。我就是恨他這一點，連動都不動。他等了一會，然後往椅背上一靠，抽起香菸。看他動也不動的聽著，再靠回椅背、抽菸的這些動作，我真替他感到可憐。風把他嘴裡吐出來的菸氣吹成了細絲。我幹嘛去注意這些呢？他永遠不會知道我在可憐他，可憐他那樣一動不動的坐著，聽著，讓菸絲不斷從他嘴裡送出來。

上星期天，就在陣亡將士紀念日的前一週，他計畫好了要去山裡釣魚。他，高登．強森，梅爾．鐸恩和佛恩．威廉。他們四個經常在一起玩撲克，打保齡，釣魚。他們去釣魚的時間都在春天和初夏，魚季剛開始的那兩三個月，趕在全家度假、棒球小聯盟，和探訪親友之前。這幾個都是工作認真又顧家的好男人。他們的兒女跟我們家的兒子狄恩也一起上學。星期五下午，四個大男人開始踏上為期三天的納契斯河垂釣之旅。他們把車子停在山裡，再徒步幾哩路走到目的地。他們帶了睡袋、糧食、烹飪用具、撲克牌、威士忌。到達河邊的第一天傍晚，甚至還沒來得及紮營，梅爾．鐸恩就看見那女孩臉朝下的漂在水上，全身赤裸，夾在靠岸邊的一些樹枝中間。他叫喚其他三個人，大家都過來看著她，一邊商量該怎麼辦。其中一個（史都華沒說是哪個），或許是佛恩．威廉吧，他是個很愛笑，很樂天的大塊頭——其中一個認為他們應該立刻回去車上。另外三個用鞋子翻著沙子說他們想留下來。他們的理由是累了，時間也晚了，再說那女孩反正「哪也去不了」。最後全體決定留下來。他們走到前面，搭好帳篷，生了火，開始喝威士忌。他們喝了很多，月亮升起的時候他們聊起那女孩。有人認為應該想個辦法防止屍體漂走。萬一屍體在晚上漂走了，怕會給他們帶來麻煩。於是他們帶了手電筒，跌跌撞撞的來到河邊。起風了，一陣冷風吹起，浪花拍著沙岸。其中一個人（我不知道是誰，說不定就是史都華，他是會做這種事的），其中一個人涉入水中，抓住那女孩的手指把她拉到淺水的地方——女孩仍舊面朝下——然後拿一根尼龍繩綁住她的手腕，再把繩子固定在樹根上，這段時間另外三個人的手電筒一直在女孩的身體上照來照去。過後，他們回到營地，又喝了些威士忌，就去睡了。第二天早上，星期六，他們煮早餐，喝很多咖啡，很多威士忌，再分頭去釣魚，兩個人在上游，兩個人在下游。

那天晚上，他們煮好魚和馬鈴薯，又喝了些咖啡和威士忌之後，把盤子帶到河邊，離那女孩躺著的位置只有幾碼遠的地方清洗。四個人繼續喝，再拿出撲克牌邊玩邊喝，一直喝到連牌面都看不清楚為止。佛恩．威廉先去睡，其他三個講講黃色笑話，吹吹牛，說一些調皮搗蛋的往事，誰也沒提起那女孩，後來是高登．強森，不經意的說起他們釣的鱒魚很結實——因為那河水變得特別冷，才又讓他想起來。三個人這時住了口，只是默默的繼續喝酒，其中一個不知怎麼的絆了一跤，大罵風燈的不是，幾個人這才爬進睡袋去睡覺。

第二天早上他們起得很晚，又喝威士忌，釣了會兒魚之後再喝，到了下午一點鐘，那天是星期日，比他們原來的計畫提早一天，大家決定下山。他們拔了帳篷，捲起睡袋，收拾好鍋碗瓢盆，魚和釣具，開始出發。臨走之前也沒再去看那女孩。到了停車位，四個人悶不吭聲的上車，開上公路，看到電話亭才停下來。史都華撥了個電話給警局，其他三人站在大太陽底下聽他說話。他把他們幾個的名字告訴了電話那頭的人——他們沒什麼要隱瞞的，他們沒做虧心事——所以他同意在加油站等警局的人過來查問更多的細節和一些個人資料。

他在晚上十一點到家。我已經睡了，聽到他進廚房就醒了過來。我看見他靠著冰箱在喝一罐啤酒。他用厚實的手臂摟著我，兩手在我背後上下的揉搓，這雙手離開我兩天了呢，我想著。

上了床，他這雙手又上了我的身，卻不見動靜，好像在想什麼事情。我輕輕轉身，再動了動腿。事後，我知道他一直醒著沒睡，到我睡著了他還醒著；後來，我驚醒過一會兒，睜開眼聽見一點聲音，窸窸窣窣拉扯被單的聲音，外面天快亮了，小鳥在唱歌，他平躺著邊抽菸邊望著拉下窗簾的窗子。我半夢半醒的喚他的名字，他沒有應聲。我又睡著了。

那天早上他起得比我早，大概是趕著看報紙上有沒有相關的報導，我猜想。八點過後，電話鈴短促的響了一下。

「去你的！」我聽見他對著話筒吼。過一會電話又響，我急忙趕進廚房。「該說的我都已經對警官說過了，其他無可奉告。就這樣！」他啪的甩上話筒。

「怎麼了？」我警覺不妙。

「坐下來。」他說得很慢，手指不斷不斷的刮著他的鬍碴。「我要告訴妳一件事。我們去釣魚的時候出了點事。」我們面對面坐在餐桌上，他把來龍去脈告訴了我。

他敘述的時候，我喝咖啡專注的盯著他。他把報紙推過來，我看了報紙上那篇報導……身分不明的女孩，年齡約十八到二十四歲之間……屍體在水中已有三到五天……動機疑似性侵……初步勘驗結果顯示遭人勒斃……胸部和骨盆區有刀傷和瘀痕……屍體解剖……強暴，有待深入調查。

「妳必須了解，」他說，「不要那樣看著我。小心點，我說真的。放輕鬆，克萊兒。」

「你昨晚為什麼不說？」我問。

「我只是……我沒。妳這話是什麼意思？」他說。

「你知道我是什麼意思。」我說。我看著他的手，粗粗的手指，長滿汗毛的指節，在動，正在點菸，這些手指昨晚還在我身上遊走，還進入了我的身體。

他聳聳肩。「這有什麼差別呢，昨晚，今天早上？妳那麼想睡，我想不如等今天早上再跟妳說。」他望著院子，一隻知更鳥從草坪飛上野餐桌，在那裡梳理牠的羽毛。

「這不是真的，」我說，「你們不會就那樣把她丟在那兒不管吧？」

他飛快的轉過頭說，「那我該怎麼辦？妳給我聽仔細了，我就說這一遍。什麼事也沒發生，我一點都不必感到抱歉或者自責。妳聽見我說的話了嗎？」

我站起來，走向狄恩的房間。他醒著，穿著睡衣，在玩拼圖。我幫他找了衣服，再回到廚房，把他的早餐擺到桌上。電話又響了兩三次，史都華說話的口氣每次都很衝，每次都是非常生氣的把它掛斷。他打給梅爾・鐸恩和高登・強森，很慢、很嚴肅的跟他們說了些話，然後他開了罐啤酒，再抽根菸，狄恩吃早餐時，還問了些他學校和同學之類的事情，就像沒事似的。

狄恩想知道他離家這兩天有什麼收穫，史都華從冷凍庫取出幾條魚給他看。

「今天我帶他去你母親那兒吧。」我說。

「好啊。」史都華看著他說，狄恩手裡握著一尾冷凍的鱒魚。「只要妳想去，他也願意去，就好啊。其實用不著這樣，真的沒事。」

「我想去。」我說。

「我可以去游泳嗎？」狄恩問，一面把手指往褲子上擦。

「應該可以，」我說，「天氣很暖和，把游泳衣帶著，我相信奶奶會答應的。」

史都華又點了根菸，看著我們。

我和狄恩開了車到小鎮另一邊史都華母親的家。她住在一棟有泳池和桑拿浴室的公寓裡。她的名字叫凱薩琳・甘。其中「甘」這個字居然跟我的姓一模一樣，這似乎是很難遇到的事。好多年前，史都華告訴我，她的朋友都叫她甘蒂。她是個高高冷冷的女人，一頭泛白的金髮。她給我的感覺老是在批判，批判。我用很低的聲音向她簡略的說明了一下情況（她還沒看報紙），並且答應傍晚時候過來接狄恩。「他帶了游泳衣。」我說。「我和史都華有些事情要談一談。」我含糊的補上一句。她從眼鏡框上面盯著我瞧了半天，點點頭，轉向狄恩，說，「你好不好啊，小帥哥？」她彎下身子摟住他。我開門離去的時候她又看了我一眼。她老是喜歡這樣一聲不吭的看著我。

我回到家，史都華在餐桌上吃東西喝啤酒……

過了一會，我把地上的破碟子破杯子掃乾淨，走去外面。史都華就平躺在草地上，望著天，報紙和啤酒擱在伸手可及的地方。風微微吹著，天氣很暖和，鳥兒吱吱喳喳。

「史都華，我們開車去兜風好不好？」我說。「隨便開去哪裡。」

他翻個身看著我點了點頭。「帶幾罐啤酒，」他說，「我希望妳別把這事放在心上了。體諒我一點，我只有這麼點要求。」他站起來，經過我身邊的時候碰了碰我的屁股。「等我一下，馬上就好。」

我們一言不發的開車穿過小鎮。出城之前他先在路邊的市場買了啤酒。我注意到進門的地方堆著一大堆報紙。臺階頂上有個穿著印花布的胖女人在拿甘草棒給一個小女孩。幾分鐘之後，我們過了艾弗森小溪轉進鄰近溪水的一塊野餐區。溪水經過橋下流入幾百碼外的一個大池塘。池塘岸邊，有十幾個大人小孩在柳樹底下，釣著魚。

家離有水的地方這麼近，他幹嘛非要跑那麼遠去釣魚呢？

「你為什麼非要去那裡呢？」我說。

「納契斯河？我們一直都去那兒。每年，至少一次。」我們坐在陽光下的長椅上，他打開兩罐啤酒，遞一罐給我。「我哪知道會出那種怪事？」他搖搖頭聳了聳肩膀，就好像這已經是陳年往事，也好像是別人的事。「好好享受這個下午吧，克萊兒。看天氣多好。」

「他們也說他們是無辜的。」

「誰？妳在說什麼？」

「麥道克斯兄弟。他們在鎮上殺了一個叫阿蓮赫利的女孩，就在我小時候住的小鎮附近，他們把她的頭割下來，再把她扔進克里厄倫河裡。我和她讀同一所高中，事情發生的時候我還是個小女孩。」

「怎麼會想起這種亂七八糟的事。」他說，「好了，別說了。妳快把我惹火了。妳真想這樣嗎？克萊兒？」

我看著小溪。我看見我漂向池塘，眼睛睜開，臉朝下，瞪著水底的石塊和青苔，陣陣的微風把我推進了湖裡。沒有任何事因此而有所改變。我們還是會過下去，繼續繼續繼續的過下去。其實我們現在就這樣，若無其事。我隔著野餐桌逼視他，他拉長了臉。

「我不知道妳哪根筋不對了，」他說，「我真不——」

我突然摑了他一巴掌。我抬起手，幾乎一秒不到，就重重的照他的臉頰巴了過去。我們應該十指緊扣才對。我們應該互相扶持才對。這簡直是瘋了。

在我二度出手之前他捉住了我的手腕，而且抬起了他的手。我縮著身子，等待，看見他眼底出現了一些東西，很快又不見了。他放下手。我在池塘裡轉得更快，愈來愈快。

「走吧，上車，」他說，「我帶妳回家。」

「不，不要。」我說，我用力掙脫他。

「走，」他說，「我靠。」

「妳對我太不公平了，」後來在車上他說。田野，樹木，農舍在車窗外飛快的掠過。「妳這樣很不公平。對我們兩個。或者對狄恩，我要說。想想狄恩，想想我。妳該想想別人的立場。」

現在我對他已無話可說。他拚命想要專心開車，卻不時的望著後照鏡。從他的眼角，他瞄到我屈著膝蓋坐在位子上。太陽烤著我的臂膀和側臉。他又開了罐啤酒，邊開車邊喝，然後把啤酒罐夾在腿中間，吁了口氣。他知道，我可以當面笑他，我也可以哭。

2

今天早上史都華以為他能讓我多睡一會兒。其實鬧鐘還沒響我就醒了，躺在床的最邊邊，離他那兩條毛腿和還沒睡醒的手指遠遠的，想事情。他先把狄恩送出門去上學，再刮鬍子，穿衣，準備上班。他到臥室查看過兩次，故意咳兩聲，我繼續閉著眼裝睡。

我在廚房看到他留了張字條，末尾簽了個「愛」字。我在曬著陽光的早餐間喝咖啡，用咖啡在字條上畫圈圈。電話不響了，這倒不錯。從昨晚起就不再有電話打過來。我看了看報紙，在桌上隨便的翻來又翻去。最後把它拉近了再仔細看那篇報導。屍體仍舊身分不明，沒人認領，顯然還沒有人追究。過去的二十四小時裡面，一定有不少人曾經檢查過它，把一些東西放進它裡面，把它剖開來，秤它的重量，量它的長度，再把這些東西放回去，縫合起來，尋找正確的死亡時間和原因。還有，性侵的證據。我敢肯定他們希望是朝這個方向。因為性侵比較容易理解。報上說屍體將運往基斯基斯殯儀館處理善後，歡迎民眾提供線索，等等。

有兩點可以確定：一，大家不再關心別人的事。二，不管出了什麼事都沒差。看看眼前吧。對我和史都華來說哪裡有什麼改變？我的意思是，真正的改變。我們會變老，我們兩個都會，比如早上我們同一時間用浴室時，從那鏡子裡看見彼此的臉，就看得出來。而我們周圍的某些事物也會有改變，或多或少，會變得比較容易或是比較麻煩，不過基本上沒有什麼兩樣。我絕對相信這點。我們已經做了決定，我們的生活照著設定運轉，就這樣繼續不斷的走下去，直到自動停止的一天。但如果那是真的，那又怎樣？我的意思是，就算你相信那是真的，可是你始終遮掩著，到最後有一天真正的改變出現了，你卻視而不見，什麼也改不了了。那又會怎樣？在這同時，你周圍的人，他們的言談舉止一切照常，就好像你還是昨天、昨晚，甚至五分鐘前的那同一個人，然而實際上你一直處在危機裡，你的心毀損了……

過去的事模模糊糊，彷彿一部年代久遠的老電影。我甚至不確定自己記得的那些事是否真的發生過。從前有一個父母雙全的女孩——父親經營一間小餐館，母親在小餐館裡當服務生兼收銀員——那像在夢裡似的，小女孩順利的從小學到高中，隔一兩年，進入了祕書專科學校。後來，很後來——這中間發生過什麼呢？——她到了另外一個城鎮，在一家電子零件公司擔任接待員，並且認識了公司一位工程師，他開始跟她約會。最後，她看清了他的意圖，也接受他的誘惑。當時的她很有直覺，特別對於誘惑這件事，後來即便她再努力，這種直覺也回不來了。交往不久兩個人就決定結婚了，只是這些都已經是過去——是她的過去，漸行漸遠的過去了。而未來是她無法想像的事。每當想到未來，她會微笑，彷彿是她的一個祕密。有一次，兩個人大吵特吵，她已經記不得為了什麼原因，大概是結婚五年多的時候吧，他對她說總有一天，「這段情分」（這是他的說法）會以暴力收場。這事她永遠記得。她把它收藏在某個角落，不時的拿出來大聲複誦。

有些時候，她一整個上午都跪在車庫後面的沙坑裡，跟狄恩和他的幾個小朋友一起玩耍。不過，每天一到下午四點鐘她的頭就開始痛。她搗著額頭，痛得發暈。史都華要她去看醫生，她去了，對於醫生的殷勤關切她私下很得意，還到醫生推薦的一個地方待過一陣子。史都華的母親因此特地從俄亥俄州趕過來照顧孩子。但是她，克萊兒，克萊兒攪亂了一切，只過了幾個星期她就回家了。他的母親搬了出去，在小城另一邊租了間公寓，從此待在那兒，好像一直在等著什麼似的。有一晚在床上，兩個人快睡著的時候，克萊兒跟他說她在迪威特診所聽見幾個女病人在討論口交。她想他或許有興趣聽這件事。她在黑暗中微微的笑著。史都華果然很有興趣。他撫摸她的臂膀。一切都會好起來的，他說。從現在起，一切都會變得不同，一切只會更好。他的職位升遷了，還加了不少薪。他們甚至又買了輛車，休旅車，屬於她的車。他們要快樂的活在當下。他說這些年來他第一次有了輕鬆的感覺。在黑暗中，他不斷撫摸她的臂膀……他仍舊照常打保齡球，玩牌，跟他那三個朋友一起去釣魚。

那天晚上一共發生三件事情：狄恩說學校同學告訴他，他父親在河裡發現了一具屍體。他想知道細節。

史都華解釋得非常簡短，省略了大部分的情節，只說：對，他和另外三個人確實在釣魚的時候發現了一具屍體。

「什麼樣的屍體呢？」狄恩問。「是不是女生？」

「是的，是個女生，一個女人。然後我們打電話給警察。」史都華看著我。

「他怎麼說？」狄恩問。

「他說他會處理。」

「屍體是什麼樣子？可不可怕？」

「夠了。」我說，「去把盤子洗了，狄恩，洗了盤子就下去吧。」

「可是那屍體是什麼樣子的？」他很堅持。「我想知道嘛。」

「你聽見我說的話了，」我說，「你聽見我說的話了嗎，狄恩？狄恩！」我好想過去搖他。我好想把他搖到哭。

「聽媽媽的話。」史都華平靜的對他說，「就是一具屍體，沒別的。」

我在清理桌子，史都華從後面碰觸我的手臂。他的手指發燙。我嚇一大跳，幾乎把一個盤子給摔了。

「妳是怎麼了？」他說著把手放下。「告訴我，克萊兒，怎麼了？」

「你嚇了我一跳。」我說。

「我就是這個意思。我輕輕碰妳，不至於讓妳嚇成這樣吧。」他站在我面前咧了咧嘴，他想捕捉我的眼神，忽然就伸手把住我的腰，另一隻手抓住我空著的那隻手按在他的褲襠上。

「拜託，史都華。」我抽開手，他往後退，搭了一下手指。

「莫名其妙，」他說，「妳愛怎樣就怎樣吧。只是給我記住。」

「記住什麼？」我飛快的說，屏住氣看著他。

他聳聳肩膀。「沒什麼，沒什麼。」他把指節按得喀喀響。

第二件發生的事是晚上我們在看電視的時候，他坐在那張皮躺椅裡，我拿了毯子和雜誌窩在沙發上。屋子好安靜，除了電視，節目中有個插播的聲音說那名遇害的女孩身分已經查明，詳情將在晚間十一點的整點新聞播出。

我們互看了一眼。過了一會兒他站起來說要去倒一杯睡前酒。問我要不要。

「不要。」我說。

「我一個人喝也沒關係，」他說，「我只是問一聲。」

我看得出他有些小受傷，我別開視線，一時間覺得又尷尬又生氣。

他在廚房裡待了很久，播新聞的時候他拿著酒出來了。

一開始新聞主播先把當地四名釣客發現屍體的情節重複一遍，接著電視臺播放那女孩的高中畢業照，一個深色頭髮的女孩，有張圓臉，飽滿的嘴唇帶著微笑，然後是女孩的父母進入殯儀館認屍的片段。帶著疑惑、悲傷的表情，他們慢慢的從人行道走向門階，有個穿黑色西裝的男人站在門前為他們撐著大門。忽然，好像只過了短短的一秒鐘而已，好像他們才剛剛走進門轉個身又走了出來，鏡頭前這對夫婦離開了殯儀館，那女的在流淚，用手帕摀著臉，那男的停下腳步對一名記者說，「是她，是蘇珊。我現在什麼也說不上來。我只希望盡快抓到那個人或者那幾個人，以免再發生同樣的事情。這種暴力……」他對著攝影機虛弱的比了個手勢。然後這對男女登上一輛舊車，駛入了午後的車潮中。

新聞主播繼續說該名女孩，蘇珊．米勒，在桑密特一家電影院當售票員，那地方在我們小鎮北邊，大約有一百二十哩路。當時有一輛新型的綠色轎車停到戲院前面，根據目擊者的說法，那女孩好像一直就在等這輛車，她走過去上了車，這個說法讓警方懷疑轎車的駕駛是她的朋友，或至少是個熟人。警方很希望跟綠色轎車的駕駛談一談。

史都華清了清喉嚨，靠在椅背上慢慢的啜著酒。

第三件事是新聞之後史都華伸懶腰，打哈欠，再看著我。我起身為自己在沙發上鋪床。

「妳在幹嘛？」他顯得很困惑。

「我還不太睏。」我說，盡量避開他的眼睛。「我想再待一會兒，看些雜誌什麼的再睡。」

他看著我把被單鋪在沙發上。我準備去拿枕頭的時候，他站在臥室門口，擋住路。

「我再問妳一次，」他說，「妳到底要鬧到什麼時候才算完？」

「今天晚上我想一個人靜一靜，」我說，「我需要一點時間好好想想。」

他吁了口氣。「我覺得妳這樣真的是大錯特錯。我覺得妳最好想清楚自己究竟要幹嘛。克萊兒？」

我沒辦法回答，不知道該說什麼。我轉身把毯子的邊緣塞好。他瞪著我看了足足一分鐘，然後挺起肩膀。「隨妳的便，我懶得理妳。」他說完轉身搔著脖子走開了。

今早我在報上看到蘇珊・米勒的喪禮安排在桑密特的松林教堂舉行，時間是明天下午兩點。同時，警方也從目睹她坐入綠色雪佛蘭的三個人口中取得了證詞，但還沒有車牌號碼。案情漸漸有了眉目，偵查持續進行。我握著報紙坐了半天，想了一下，撥電話給美容院預約時間。

我坐在大吹風機底下，腿上擱著一本雜誌，讓蜜莉幫我修指甲。

「我明天要去參加一個喪禮。」我們聊了一會離職的一個女孩之後，我說。

蜜莉抬頭看我一眼，再回到我的手指上。「聽到妳說這個挺難受的，甘太太，真的挺難受的。」

「一個年輕女孩的喪禮。」我說。

「這種事最教人難受了。我姊姊死的時候我還是個小孩子，可一直到今天我還是回復不過來。誰死了？」過一會之後她問。

「一個女孩。也不算太熟，妳知道，可還是——」

「太不好了，我真的很難受。我們一定會把妳打扮得很得體，放心好了。妳看這樣行嗎？」

「我看……還不錯。蜜莉，妳有沒有希望過自己是另外一個人？或者誰也不是，什麼都不是？」

她看著我。「我好像沒想過耶，沒有。如果我變成另外一個人，恐怕會很不習慣，也不喜歡自己了。」她握著我的手指，一副若有所思的樣子。「我不知道……來，換另外那隻手吧，甘太太。」

晚上十一點，我又在沙發上鋪了床，這次史都華只看我一眼，舌頭在嘴裡打個轉，逕自穿過走道回臥室去了。我夜裡醒來，聽著院子的門被風颳得不斷碰撞著圍牆。我不想一直這麼醒著，就閉起眼睛躺了很久。到最後還是爬了起來，拿著枕頭穿過走道。臥室裡燈火通明，史都華攤在床上張著嘴，呼吸聲好重。我走進狄恩的房，跟他擠一床睡。他在睡夢中挪開一些位置給我。我躺了一會，摟住他，讓臉貼著他的頭髮。

「怎麼了，媽媽？」他說。

「沒什麼，寶貝。睡吧。沒事，沒事。」

聽見史都華的鬧鐘響，我趕緊起床，趁他刮鬍子的時候煮咖啡，準備早餐。

他出現在廚房門口，毛巾搭在他赤裸的肩膀上，打量著我。

「喏，咖啡，」我說，「蛋一會兒就好了。」

他點點頭。

我叫醒狄恩，我們三人一起吃早餐。史都華看了我一兩次，好像想要說什麼，每次我都剛好在問狄恩要不要加牛奶，要不要再一片吐司之類的。

「我今天會給妳電話。」史都華開門的時候說。

「我今天大概不會在家，」我接得飛快，「今天我有很多事要忙。說不定，連晚飯都趕不及了。」

「好。沒關係。」他其實很想知道。他把公事包從這手換到那手。「不如今晚我們就在外頭吃吧？妳覺得呢？」他繼續看著我。他是真的已經忘記那女孩了。「妳……妳還好嗎？」

我上前整了整他的領帶，放下手。他想親我一下道別。我卻往後退一步。「那就，祝妳有愉快的一天。」他最後說。他轉身朝著車子走去。

我仔細的穿衣裝扮。我戴上好些年沒有戴過的一頂帽子，照了照鏡子又摘下帽子，化了些淡妝，再給狄恩寫張字條。

寶貝，媽媽今天下午有事，會晚點回家。
你乖乖待在屋裡或是後院，等我們回來。

愛你

我對著「愛」這個字看了一會兒，在底下加了條線。在寫字條的時候才發現我居然不知道後院（backyard）這個字是合體的還是分開的，我乾脆在「後」（back）跟「院」（yard）中間加了一道連接線。

我停車加油，順便問路。巴瑞，一個四十歲左右的技工，留著小鬍子，從洗手間出來，靠著前面的擋泥板；另外一個男的，路易士，把油管塞進油箱裡，開始慢條斯理的擦洗擋風玻璃。

「桑密特，」巴瑞看著我，一根手指順著兩撇小鬍子畫下來，「去桑密特的路不好走，甘太太。差不多要開上兩個——兩個半鐘頭的路程，要翻過山。對女人來說這條路真的不容易開。桑密特？去桑密特幹什麼，甘太太？」

「有點事情。」我有些不自在的說。路易士已經去服務另外的客人了。

「噢。嗨，我要不是被綁在這兒，」他拿拇指往車棚的方向一比，「我一定開車送妳去桑密特，來回跑一趟。這路真的不好走。我不是說路不好，只是彎道之類的太多。」

「我不會有事的，謝謝你。」他靠著擋泥板。我打開包包的時候能感覺到他的眼光。

巴瑞接過信用卡。「別在晚上開，」他說，「路況真的不太好，我說過，不過我可以打包票妳這車絕沒問題，我知道這種車，不過爆胎之類的事誰也說不準。為了安全起見，我還是檢查一下輪胎吧。」他用鞋子踢了踢前面一個輪胎。「先把這個送上升降機吧，要不了多久的。」

「不要，不要，沒關係的。真的，我來不及了。我看這些輪胎還好。」

「一下子就好了，」他說，「為了安全啊。」

「我說不要。不要！輪胎沒事。我得走了，巴瑞……」

「甘太太？」

「我非走不可了。」

我簽了名。他把收據、信用卡和幾張印花交給我，我全部收進包包裡。「別生氣別生氣，」他說，「回頭見啦。」

在等著轉上公路的時候，我回頭望，看見他還在盯著我看。我閉閉眼睛，再睜開。他對我揮揮手。

我在第一個紅綠燈轉彎，再轉彎，終於開上高速公路，我看路標：桑密特117哩。時間是十點半，天氣很暖和。

公路環繞著小鎮邊緣，穿過農地，穿過許多橡樹園、甜菜園和蘋果園，隨處可見一小群一小群的牛在開闊的牧場上吃草。然後，一切忽然改變了，農地愈來愈少，這裡的房子看著不像房子，倒像是簡陋的草棚，果園也換成了一根根豎立的木頭。頃刻間我就入山了，右邊很低的地方，我瞥見了納契斯河。

過一會兒，後面出現一輛綠色的小貨卡，跟在我後面開了好幾哩路。我不斷故意減速希望他超車，後來又故意加速，我抓的時間點都太不對。我緊握著方向盤，握到手指好痛。後來在一條很長又很直的路段上他終於超車了，不過他跟我並排開了一會兒，一個穿藍色工作衫、理平頭的男人，最多三十出頭，我們對看了一眼。他揮揮手，按了兩次喇叭，揚長而去。

我放慢速度，找個地方，在靠路肩的一條泥土路，我停車，熄了火。樹林下傳來潺潺的水聲。再往前走，這條泥土路一直通進樹林裡。這時，我聽見那輛小貨卡回頭了。

小貨卡在我後面煞住的時候我剛好發動引擎。我鎖上車門，搖起車窗，感覺臉上手臂上拚命的冒汗。我排了檔，可是無路可開。

「妳沒事吧？」那人走過來說。「哈囉，嗨。」他敲著玻璃。「妳還好嗎？」他把兩條胳臂靠在車門上，再把臉貼近車窗。

我瞪著他一句話也說不出來。

「我超過去之後稍微放慢了速度，」他說，「從照後鏡裡沒瞧見妳，我就停下來等了兩三分鐘。妳還是沒出現，我想最好還是轉回來查看一下。都沒事吧？妳幹嘛把自己鎖在車子裡呢？」

我搖頭。

「哎，快把車窗搖下來。嘿，妳真的沒事嗎？喂？妳知道一個女人單獨在這種鄉下地方亂轉實在很不好。」他搖了搖頭，看看公路再回頭看我。「快啦，把車窗搖下來，好不好？我們總不能老這樣說話啊。」

「拜託，我要趕路。」

「開開車門，好嗎？」他說，好像根本沒在聽似的。「起碼把車窗搖下來。妳在裡頭會窒息的。」他看著我的胸部和腿。我的裙子捲到了膝蓋上面。他的眼睛在我腿上遊走，我僵硬的坐著，一動也不敢動。

「我就是要窒息，」我說，「我開始窒息了，你看不出來嗎？」

「搞什麼鬼？」他說著往後退，離開車門，轉身走向自己的小貨卡。忽然，從側照鏡裡我看見他又折回來，我閉上眼睛。

「妳不要我跟在後面護送妳到桑密特嗎？我無所謂，上午我還有時間。」

我再搖頭。

他遲疑了一會兒，聳聳肩。「那就隨妳的意思吧。」他說。

我等他上了高速公路之後，才倒車出來。他換了檔開得很慢，不時的還從照後鏡望著我。我把車停在路肩，把頭抵在方向盤上。

棺木已經闔攏，上面撒滿了鮮花。我在教堂最後面的位子剛剛坐定，風琴就開始彈奏了。民眾陸續的進來入座，有一些中老年人，但大部分都在二十出頭或甚至更年輕。這些人不管是穿西裝打領帶，或者一身運動休閒服，或者黑衣加皮手套，看起來都很不自在。一個穿著喇叭褲和黃色短袖襯衫的男孩坐在我隔壁的位子，開始在咬嘴唇。教堂一側的門開了，我抬頭看，乍看之下那停車場讓我想起了青青草原，就在這時陽光強烈的反射在車窗玻璃上。家族親人列隊走進側邊一個垂著簾子的區塊。他們坐下來的時候椅子吱嘎的響著。過了幾分鐘，一個穿深色西裝的金髮壯漢站起來叫大家低下頭。他為大家，為所有活著的人，做了簡單的祝禱，禱告完畢，他再叫大家為死去的，蘇珊·米勒的靈魂默禱。我閉上眼，想起報紙和電視上她的照片。我似乎看見她離開戲院，上了那輛綠色的雪佛蘭。我想像她隨波逐流的旅程，赤裸的身體撞擊著岩石，絆住了樹枝，身體飄著轉著，她的頭髮在水裡像霧氣似的散開來。接著她的手和頭髮被垂下的樹枝勾住了，擋住了，直到來了四個男人看見她。我可以看見其中一個喝醉酒的（史都華嗎？）拽著她的手腕。這裡有誰知道這事呢？萬一他們知道又該如何？我環顧四周，看著這些人的臉。這些事情，這些事件，這些臉孔，其中一定有某種程度的聯繫，只要我能夠把它找出來。但我找得太用力，頭好痛。

他在說蘇珊・米勒的各種天賦優點：爽朗美麗，優雅熱誠。垂簾後面有人在乾咳，有人在啜泣。風琴的樂聲響起。喪禮結束。

我跟隨其他人緩緩走過靈柩。我走出來了，走上臺階，走入午後燦爛炎熱的陽光裡。一名走在我前面的中年婦人，一跛一跛的下了臺階四處張望，她的視線落到我身上。「他們逮到他了，」她說，「也算是一點安慰吧。今天早上抓到的。我來之前聽收音機廣播。就是鎮上的一個傢伙。長頭髮，妳想也知道。」我們朝炙熱的人行道邁了幾步。大家都在發動車子。我伸手扶著計時收費器。陽光耀著原來就夠亮的引擎蓋和擋泥板。我的腦袋發暈。「他承認那天晚上跟她發生過關係，可是他說他並沒有殺害她。」她哼了一聲。「這還用說嘛。不過，到時候他們很可能會給他判個緩刑，然後放人。」

「他有可能不是一個人做的，」我說，「這一點警方應該查清楚。他有可能在掩護什麼人，自己的兄弟，或者朋友。」

「這孩子從小我就認識她了。」女人繼續說著，她的嘴唇在抖。「小時候她常去我那兒，我給她烤餅乾，讓她坐在電視機前面吃。」她看著遠方，搖著頭，淌下了眼淚。

3

史都華坐在餐桌旁，面前擱著一杯酒。他眼睛紅紅的，一開始我還以為他哭過。他看著我不說話。我直覺以為狄恩出事了，心頭大亂。

他人呢？我說。狄恩在哪裡？

外面，他說。

史都華，我好害怕，好害怕，我靠著門說。

妳害怕什麼呢，克萊兒？告訴我，寶貝，也許我能幫得上忙。我很願意幫忙，妳不妨試試看。做丈夫的本來就該這樣的。

我說不上來，我說。我就是害怕。我覺得，我覺得，覺得好像……

他乾了杯子裡的酒，站起來，眼睛始終不離開我。我想我大概知道妳要什麼，寶貝。讓我來扮演醫生，好嗎？現在放輕鬆。他伸出胳臂摟著我的腰，另一隻手開始解開我外套上的釦子，再來是我的上衣。重要的事先做，他說，他試著說笑。

現在不要，拜託，我說。

現在不要，拜託，他學我的口氣逗我。拜什麼託啊。他忽然走到我身後，一手鎖住我的腰，另一隻手滑進了我的胸罩。

停，放手，停，我說。我用力踩他的腳趾。

緊接著我被高高舉起來，然後重重的落下。我坐在地板上仰看著他，我的脖子好痛，裙子撩到了膝蓋上。他湊下來說，去死吧妳，妳聽見了嗎，賤貨？我希望妳那個鬼地方整個摔爛，我也不用再碰了。他哽咽著，我知道他幫不了我。他也幫不了他自己。他奔向客廳的時候，我興起一股可憐他的衝動。

昨晚他沒睡在家裡。

今天早上，送花來了，紅的黃的菊花。門鈴響的時候我正喝著咖啡。

甘太太嗎？年輕人說，手裡捧著一盒鮮花。

我點點頭，攏了攏睡袍的領口。

打電話來的先生，他說妳知道。年輕人看著我的睡袍，領口開著，他點一點帽子。

他叉著腿站在那兒，兩腳穩穩的定在最上層的臺階上，好像在叫我碰他的「下面」似的。祝妳有愉快的一天，他說。

過一會兒電話就響了，史都華說，寶貝，都好嗎？我會早回來的，我愛妳。妳有沒有聽見？我愛妳，對不起，我會補償妳的。再見，我得走了。

我把鮮花插在花瓶裡，放在餐桌的正中央，把我的東西都移到客房裡。

昨晚，十二點左右，史都華撬壞了我房門的鎖。他這麼做，我認為只是要我知道他不是不能，因為把鎖撬開之後他啥也沒做，只是站在那兒，穿著內衣，愣頭愣腦的站著，臉上的怒氣已經遁走了。他慢慢的把門關上，幾分鐘之後我聽見他在廚房裡開一盒冰塊。

今天他來電話跟我說，他請他媽媽過來跟我們住幾天。我待了一會，想了一會，就把電話掛了，他還在那頭說個沒完。但過一會兒我撥了他上班地方的電話，等到他終於過來接聽的時候，我說，沒關係了，史都華。真的，我說真的，來不來都沒關係了。

我愛妳，他說。

他還說了些別的，我聽著，慢慢的點著頭。我覺得很睏。稍後我忽然清醒過來說，老天啊，史都華，她只是個孩子。

11 啞巴

啞巴死後，我父親有好一陣子非常緊張暴躁，我相信這也代表著他人生當中全盛時期的一個結束，因為不久之後他自己的健康就開始大壞。首先是啞巴，接著是珍珠港事件，再下來就是他搬去溫納奇我祖父的農場，每天以照顧十幾株蘋果樹和五頭牛度他的餘生。

對我來說，啞巴的死代表的是我非凡又漫長的童年時光告一段落，也不管我有沒有準備好，硬把我送進了大男人的世界——在這個世界裡，挫敗和死亡簡直無所不在。

最初我父親把事情全怪罪到那個女人，啞巴老婆的頭上。後來他說，不對，是那條魚。要不是那條魚，事情不會發生的。我知道他覺得他自己也有錯，因為是父親把登在《野地與溪流》分類廣告上的這則廣告拿給啞巴看的，內容是「生猛黑鱸運銷全美」（就我所知，確實如此）。那天下午上工時間，父親問啞巴為什麼不訂購幾條鱸魚養在他家後面的池塘裡。啞巴當時舔著嘴唇，父親說，他仔細研究那則廣告，還費了好大力氣把它抄在一張糖果包裝紙背後，再把包裝紙塞進工作褲的口袋裡。後來，在收到魚貨之後，他開始行為怪異起來。這些魚徹底改變了他的個性，父親說。

我從來不知道他真正的名字叫什麼。就算有人知道，我也從來沒聽誰叫過。當時人家叫他啞巴，現在我就只記得他叫啞巴。他是個五十好幾的小矮個，一臉皺紋，禿頭，矮歸矮，胳臂和腿倒是很結實。咧嘴笑的時候——這種時候極少——兩片嘴唇就往後翻，露出一嘴黃板爛牙，給人一種很不討喜，甚至奸巧的表情；這副表情我到現在還記得很清楚，雖然都過了二十五年。在你說話的時候，他那對混濁的小眼睛老是盯著你的嘴唇，有時候也會過分親熱的在你臉上、身上漫遊。不知道為什麼，我印象中他並不是真的聾子，至少不像他裝出來的那麼聾。不過那不重要。他不能說話，這倒是千真萬確的。

他跟我父親在同一間鋸木廠工作，華盛頓州亞奇馬市的飛瀑木材公司，就是這間工廠的人給他取了綽號叫「啞巴」。他從一九二〇年代初就在這兒工作了。我認識他的時候他擔任清潔工，我相信廠裡各種粗活他大概都做過。他戴一頂油污的毛氈帽，穿卡其襯衫，工裝褲外面罩一件輕薄的粗布夾克。在他胸前的口袋裡總是放著兩三捲衛生紙，感覺上打掃廁所、供應人家衛生紙也是他的工作之一（因為那些值大夜班的人下班後都習慣在便當盒裡裝一兩捲衛生紙走）。雖然他都上白天的班，但還是隨身帶著手電筒；另外還帶著扳手、鉗子、螺絲起子、黑膠帶，凡是技工該有的東西他全帶了。有些新手像泰德·史雷或是強尼·威特，喜歡在餐廳裡惡毒的取笑他，或是說一些黃色笑話要他好看，只因為他們知道他最不喜歡聽黃色笑話；或者像卡爾·羅伊，那個鋸木工，每次見啞巴走過平臺底下的時候，就會伸手戳他的帽子，可是啞巴似乎都不當回事，就好像他原本就是來接受戲弄的，早都習以為常了。

有一次，那天我中午幫父親送便當去，看見四、五個人把啞巴推到一個桌角，好像在向啞巴解釋什麼，拿著他的鉛筆在紙上這裡那裡的點著。啞巴皺著眉頭。我看他脖子脹得赤紅，忽然間他往後退，一拳打在桌上。在一陣錯愕的安靜之後，全桌的人爆出哄堂大笑。

我父親很不贊同這種玩笑。就我所知，他從來沒取笑過啞巴。父親是個肩膀寬厚的大漢，理平頭，雙下巴，還有一個大肚腩——這一點，只要有機會，他最愛展示。他的笑點很低，同樣的，激怒他的爆點也很低。啞巴常常會進他的工作房，坐在板凳上專心看我父親拿金鋼砂輪磨鋸子，只要他不太忙，他就會一邊幹活一邊跟啞巴聊天。啞巴似乎很喜歡我父親，父親也很喜歡他，我敢肯定。父親和啞巴，各自以他們自己的方式成了好朋友。

啞巴住在靠近河邊一間糊滿防水紙的小屋子裡，離鎮上大約五、六哩路。屋子後面半哩路遠，在牧場盡頭，有一個好大的砂石坑，那是好些年前政府為了在那一區鋪設道路挖出來的。當時一共挖了三個大坑洞，經過這些年，坑洞裡積滿了水。久而久之，這三個分離的水池子匯合成了一個超大的池塘，池塘旁邊堆了好多大石塊，有一邊堆得特別高，另外一邊的兩堆比較小。池水挺深的，那顏色綠得發黑；表面很清澈，愈往底下愈陰暗。

啞巴娶了一個比他小十五、二十歲的女人，這女人出了名的喜歡跟一些墨西哥人鬼混。父親後來說都是工廠那些愛管閒事的傢伙把他老婆這些事告訴了他，才讓啞巴走上絕路。她是個壯實的小女人，有一雙閃爍多疑的眼睛。我只看過她兩次：一次是我和父親去啞巴他們家釣魚，她走到窗口；另外一次是我和彼得．強生騎腳踏車，停在他家門口要杯水喝。

我會覺得她有距離又不友善，不完全是因為她讓我們在大太陽底下站在門廊上等，也不請我們進屋裡去，其中一部分是她說話的方式，「你們要幹嘛？」當時她一打開門就這麼說話，我們都還來不及開口呢。另一部分是她拉長臉的樣子；還有一部分，我認為是那間屋子，門一開傳出來的那股子霉味，使我想起瑪莉姑媽家的地窖。

她跟我認識的其他一些年長女人有很大的不同。我當時愣了一會兒，什麼話也說不出來。

「我是代爾．弗瑞瑟的兒子。他，他跟妳先生是同事。我們在騎腳踏車，我們想跟妳要杯水……」

「等著，」她說，「就在這兒等著。」

我和彼得互相對看了一眼。

她一手拿著一小錫杯的水。我一口就把它喝光了，還用舌頭舔著涼涼的杯口。她也不肯再多給一點水。

我說，「謝謝。」一面把杯子遞還給她，一面擦嘴。

「多謝！」彼得說。

她看著我們，也不說話。就在我們準備騎上腳踏車的時候，她忽然走到門廊的邊緣。

「小伙子現在有車啦，哪天搭個便車跟你們進城去。」她咧開嘴笑。那牙齒白得發亮，從我站的位置看過去，跟她的嘴相比，那口牙未免太大了。這要比看見她拉長臉的樣子更糟。我來回的轉著車把，不自在的看著她。

「我們走吧，」彼得對我說，「說不定傑瑞會給我們一瓶汽水，要是他爸不在家的話。」

他踩著腳踏車走了，騎了幾秒之後他回頭看著那女人，她仍舊站在門廊上，咧著嘴陶醉在自己的「幽默」之中。

「我要是有車也不會載妳進城！」他喊著。

我趕緊快騎，頭也不回的跟著他衝上了大路。

華盛頓州在我們這個區塊可以釣到黑鱸魚的地方不多：多半是彩虹鱒，少數溪紅鮭和北嘉魚，都在一些高山溪流，或是布魯湖、林姆洛克湖一帶；多半就是這些，除了在晚秋時候，幾條淡水河裡會出現不少從外地洄游來的虹鱒和鮭魚。如果你是個漁夫，這下夠你忙的了。不過就我所知，沒有人會去釣黑鱸。我知道許多人一輩子都沒看過真正的黑鱸，只有在照片，或是一些戶外雜誌上。可是我父親看過很多黑鱸魚，在阿肯色和喬治亞他小時候成長的地方——在家鄉，就是他常喜歡說的「南邊」。現在，他只喜歡釣魚，並不太在乎釣到什麼魚。我甚至認為他連釣不釣得到魚也不太在乎了；我相信他只喜歡整天待在外面的那種感覺，吃著三明治，喝著啤酒，跟朋友一塊兒坐在小船裡，或者一個人在河堤上走過來走過去，想事情，也許在那個特別的日子他最想做的就是這個。

說起鱒魚，種類繁多，秋天有鮭魚和虹鱒，冬天在哥倫比亞河裡有白鮭。父親什麼都釣，全年無休，興致勃勃，但我認為他尤其高興啞巴準備要在池塘裡養黑鱸魚，因為當然啦，父親篤定認為當黑鱸魚長到夠大，他就能經常跑去那裡垂釣，啞巴是個朋友，夠交情嘛。那天晚上他告訴我說啞巴郵購了一批黑鱸魚的時候，他兩眼發光。

「我們的私房池塘！」父親說，「等著釣黑鱸吧，傑克！你一定會成為釣鱒魚的高手。」

三、四個星期後魚運到了。那天下午我到市立游泳池游泳去了，這事是父親後來告訴我的。啞巴的車子停在車道上的時候，他剛剛下班回家換過衣服。啞巴抖著兩手把他收到郵包裡的那份電訊拿給我父親看，電訊上說從路易斯安那州巴頓魯治寄出的三箱活魚等候領取。我父親也興奮得不得了，他們兩人立刻開了啞巴的小卡車趕去取貨。

那三箱——其實應該說三桶才對——每一箱都加裝了氣味清香的白色松木板條，頂上和四面都有很大的長方形開口。三個箱子立在火車站的倉庫最裡面，比較陰暗的位置，我父親和啞巴兩個人合力才把這三箱魚抬上卡車後座。

啞巴一路小心翼翼的開車，全程都以每小時二十五哩的速度慢慢開回到他家裡。他開過他們家院子也沒停，一直開到離池塘五十呎的地方。這時天已經快黑了，他把車頭大燈打開，他的座位底下有一把鐵鎚和拆卸車胎的鐵棒，車子一停，他手裡就多了這兩樣東西。他們先把三個箱子用力拖近池塘，啞巴這才開始打開第一個箱子。他就著車燈的光忙碌著，有一次不小心拇指被鐵鎚帶爪子的那頭砸到，鮮血把白色的木板全染紅了，他只當沒看見似的。他撬開第一只箱子上的木板之後，發現裡面還遮著厚厚一層粗麻布和一種類似藤條的東西；還有一塊很厚的木板蓋子，蓋子上面散布著十幾個銅板大小的洞孔。他們倆抬起木蓋巴著水箱往裡看，啞巴拿出手電筒。水箱裡，一大堆一指長，魚鰭泛黑的小黑鱸。手電筒的光線絲毫沒干擾到牠們，這些小魚就在水裡昏天黑地的轉圈子亂游一通。啞巴朝著水箱四周照了好幾分鐘，才把手電筒關掉收回口袋。他悶哼著使勁拎起桶子，準備下水。

「等一等，啞巴，我來幫你。」父親叫住他。

啞巴先把水箱擱在池塘邊緣，再移開蓋子，慢慢的把裡面的小魚倒入池塘。他取出手電筒，照著水裡。父親走下水，可是什麼也看不見；小魚全散開了。池塘四面的青蛙倒是叫得很起勁，黑色的夜空裡，盤旋的夜鷹在追逐昆蟲。

「另外一箱我來開，啞巴。」父親說，一面伸手過去像是要從啞巴的工作褲裡拿出鐵鎚。

啞巴往後一退搖搖頭。另外兩箱也都由他一個人打開，木板上留下更多暗紅色的血漬，他拿手電筒對著水箱裡照了很久，照著那些小黑鱸在清澈的水裡，慢慢的從這一邊游到另一邊。這段時間裡啞巴始終張著嘴，呼吸聲很重，等到忙完了，他把木板，粗麻布罩，桶子全部集攏起來，乒乒乓乓的扔進卡車的後車廂。

從那晚起，父親決斷的說，啞巴完全不一樣了。當然，改變並非立刻出現，而是從那晚以後，逐漸逐漸的，很慢很慢的，啞巴走向了無底深淵。他開車送我父親回家，拇指腫脹，斷斷續續的還在出血，他的眼睛在儀表板的反光下顯得特別突出又呆滯，卡車一路蹦蹦跳跳的穿過了牧場。

那年夏天我十二歲。

從此啞巴不許任何人去到那兒，直到兩年後的一個下午，我和父親才又試圖去那邊釣魚。在那兩年裡面，啞巴把他屋子後面的牧場全部圍了起來，而且在池塘周圍架了通電的鐵絲網。光是這些材料就花掉他五百塊錢，父親滿肚子不高興的跟我母親說。

父親跟啞巴不再來往。一直到我們去的那個下午，接近七月底的時候。父親跟啞巴甚至連話也不說了，其實他不是那種絕情絕義的人。

即將邁入秋天的一個黃昏，父親在加班，我送晚餐去給他吃，一盤蓋著鋁箔紙的熱食和一個玻璃瓶的冰茶，我看見他站在窗前跟技工席德．格魯佛在說話。我走進去的時候父親剛好在笑，笑聲短促又不自然，他說，「那傻瓜的德性簡直就像跟那些魚結婚了似的，我真不知道哪時候醫院的人會過來把他帶走。」

「我聽人家說，」席德說，「他應該把屋子圍起來才對。說得更白一點，最好是把臥室給圍起來。」

父親四下看一眼，看見了我，眉毛微微一抬。他再看著席德。「我不是跟你說過上次我和傑克去他家的事嗎？」席德點頭，父親若有所思的搓著下巴，朝窗外吐了口痰之後才回頭跟我打招呼。

一個月前，父親終於說動啞巴，讓我們兩個人去池塘裡釣魚。其實用「脅迫」兩個字比較恰當，因為父親說他決定不再接受任何理由任何藉口了。他說他看得出在他堅持非去不可的時候啞巴也很強硬，可是父親說得飛快，根本不讓他有說話的餘地，他笑話啞巴只會把黑鱸魚愈養愈瘦，要他對剩下的那些鱸魚幫個忙，行行好等等。啞巴只是站著，拉扯自己的耳朵，兩眼盯著地板。父親最後說我們明天下午去看他，就在下班以後。啞巴轉身走了。

我很興奮。父親之前告訴過我說那些魚繁殖得超快，到時候就像把魚線投進孵化池裡一樣。那天晚上，母親進房去睡了，我們倆還坐在廚房的餐桌上，聊天吃宵夜聽收音機。

第二天下午父親把車開上車道，我在屋子前面的草坪等著。我把六只黑鱸釣鉤從盒子裡取出來，用手指試了試魚鉤的銳利度。

「準備好了嗎？」他跳下車對我喊。「我要上個廁所，你先把東西放上去。你想開車的話，由你來開也行。」

「沒問題！」我說。一開始諸事順利。我把所有的裝備都放到後座，正要往屋裡走，父親剛好從前門出來，頭上戴著帆布釣魚帽，兩手捧著一塊巧克力蛋糕邊走邊吃。

「上車，快上車，」他咬著蛋糕說，「都好了嗎？」

我坐上駕駛座，他繞到另外一邊上車。母親看著我們。一個皮膚白皙，不苟言笑的女人，她的金髮紮成了一個髮髻梳在腦後，用一支萊茵石髮夾夾著。父親向她揮揮手。

我鬆開手煞車，倒檔，慢慢駛上大路。她目送我們，一直到我換了檔之後才揮起手，仍舊沒有一點笑容。我揮了手，父親又再揮手。他把蛋糕吃完了，兩手往褲子上一擦。「出發！」他說。

天氣很不錯的一個下午。我們把這輛一九四〇年份福特休旅車的車窗全部搖下來，涼風陣陣的送進車子裡。路邊的電話線在風中發出嗡嗡的聲響，我們過了莫克西橋轉上西邊的史雷特路，一隻大公雞和兩隻母雞低飛過我們車子前面，鑽入一片苜蓿田裡。

「快看！」父親說。「今年秋天我們可以來這裡。哈蘭．溫特斯在這附近買了塊地，正確的位置我不是很清楚，他說等狩獵季開始他會讓我們去那兒打獵。」

在我們的另一邊，起伏著一塊塊綠色的苜蓿田，偶爾出現一兩棟房屋，或是加蓋了穀倉的農舍，圍欄後面還圈養了一些牲畜。再往西，是一大片黃褐色的玉米田，在玉米田後方，一整排的白樺樹挺立在河流旁邊。天空飄著幾朵浮雲。

「好棒，對不對，爸？我是說，我不知道該怎麼說，就覺得我們做的這一切都好有趣，對吧？」

父親兩腿交叉的坐在那裡，腳趾點著車地板，一隻臂膀伸到車窗外面，任風吹拂。「對啊，一切的一切。」過了一會，他又說，「當然，當然有趣啊！活著真是太好了！」

幾分鐘之後我們停在啞巴家的門前，他走出屋子，頭上戴著他的帽子。他太太在窗口張望。

「你的煎鍋拿出來了沒，啞巴？」他走下門階的時候，父親對著他喊。「黑鱸菲力配上炸馬鈴薯。」

我們站在車子旁邊，啞巴走了過來。「天氣配合得多好啊！」父親繼續地說。「你的魚竿呢，啞巴？你不去釣魚嗎？」

啞巴的腦袋來回抽動個不停。他把全身的重量從這條拐腿換到另一條拐腿上，先是看著地面，然後看著我們。他的舌頭待在下嘴唇上，右腳開始鑽地上的土。我扛起魚簍，立刻感覺到啞巴的眼睛盯上了我，我把釣竿遞給父親，同時也拿起自己的。

「可以走了嗎？」父親說，「啞巴？」

啞巴摘下帽子，用同一隻手的手腕擦了擦他的禿頭。他突然掉頭就走，我們立刻跟著他，向著離他家大約一百呎的圍籬走去。父親得意的對我眨眨眼。

我們慢慢走過軟綿綿的牧草地，空氣裡有一股新鮮乾淨的味道。差不多每隔二十呎左右就有鷸鳥從田埂邊緣的草堆裡飛起來，一度還看到一隻雁鴨從一窪小到幾乎隱形的水潭裡蹦出來，嘎嘎亂叫著飛走了。

「說不定這是她的窩。」父親說。再向前走了幾呎，他吹起口哨，只吹了一會兒就停了。

到了牧場盡頭地勢稍微有了些坡度，變得比較乾燥結實，這裡那裡的有一些蕁麻叢和低矮的橡樹。我們前方，在高大的柳樹林後面，聳著一堆大石塊，起碼有五十到七十五呎高。我們轉向右邊，跟著一條舊有的車痕走下去，穿過一片及腰的乳草叢。在我們經過的時候，草梗頂上的乾草莢劈劈啪啪的爆裂開來。啞巴一直走在前面，我隔開兩三步的距離在後面跟著，父親在我後面。忽然間，越過啞巴的肩膀，我看見了一汪水光，我的心怦怦跳。「在那裡！」我脫口大叫。「到了！」父親伸長了脖子跟著說。啞巴走得更慢了，他不斷緊張的抬起手，把帽子在頭上來來回回的轉著。

他停下來不走了。父親上前走到他身旁說，「你覺得怎麼樣，啞巴？哪個位置好？我們該選哪個？」

啞巴舔著下嘴唇，上下左右的看著我們，好像很害怕。

「你是怎麼了，啞巴？」父親厲聲說。「這是你的池塘，不是嗎？你怎麼好像我們是非法入侵似的？」

啞巴低頭往下看，把工裝褲前面的一隻螞蟻摘掉。

「嗨，搞什麼啊。」父親呼了口氣說。他掏出懷錶。「你要是沒問題，啞巴，我們大概還可以釣四十五分鐘到一個小時的魚。在天黑之前。吭？怎麼樣？」

啞巴看著他，把兩隻手都插在前面的口袋裡，轉身向著池塘。他又起步走了。父親看看我聳了聳肩膀。我們尾隨著他。啞巴的表現似乎硬是想把我們的興頭滅掉一些。父親連咳都沒咳一聲就連著吐了兩三次痰。

現在我們看得見整個池塘了，起落的魚群激得水面泛起陣陣漣漪。隔不到一兩分鐘就會有一條黑鱸躍出水面再投入水中，濺出好大一片水花，池面漾起一圈又一圈的波紋。我們再走近些，可以清楚聽見啪嗒啪嗒魚群打水的聲音。「我的天哪。」父親壓著嗓門說。

我們來到一處開闊的地方，大約五十呎長的一道碎石岸。左邊長著高及肩膀的水草，這片水很清很闊，就在我們面前。我們三個並排站了一會，看著魚群浮上來集中在一起。

「低下身子！」父親說著，姿勢笨拙的蹲了下來。我跟著蹲下，順著他看的方向，盯著面前的池水。

「天哪天哪。」他小小聲的說。

一大群黑鱸魚悠悠然的游著，起碼有二、三十條，每一條絕對不止兩磅。

魚群緩緩的游開。啞巴仍舊站在那兒，看著牠們。過了一會兒，同樣那群魚又回來了，在暗黑的水裡層層疊疊的游著，幾乎要撞在一起了。在牠們慢慢划過去的時候，我可以看見那一隻隻厚眼皮的大眼睛都在看我們，發亮的身體在水底翻動著。牠們又回來了（這已經是第三次），然後再游開，後面還跟著兩三條落單的傢伙。不管我們坐著或站著，這些魚完全不會怕我們。父親後來說他肯定啞巴每天下午都去那兒餵牠們，因為，這些魚非但不像一般的魚那樣躲著我們，反而特別的靠近岸邊。「這真是難得一見啊。」他後來說。

我們在那裡坐了十分鐘，我和我父親，看著這些黑鱸魚從深水裡游上來，慵懶的游過我們面前。啞巴只是站著，拽著手指頭，對著池塘東看西看，好像在等什麼人似的。父親說，我往水裡看，可以很清楚的看見最高的那堆石頭斜斜的一路伸進水底，最深的那個部分，父親說。我讓眼睛順著池塘的周邊遊走——柳樹林，樺樹林，更遠處的蘆草叢，約莫一條街的距離，黑鸝鳥在那裡飛進又飛出，發出屬於夏天的高亢啼聲。太陽這會兒到了我們身後，暖洋洋的曬在我的脖子上，很舒服。沒有風。整個池塘只見一群群的黑鱸魚游上來偎著水面，或者騰出水面，再側身落下，或者只露出背鰭，像一把把黑色的扇子在水面巡游。

終於我們站起來準備拋竿了，我興奮到全身發抖，幾乎沒辦法把魚鉤從釣竿的軟木塞上拔出來。啞巴忽然用他的大手指鉗住了我的肩膀，那張枯槁的瘦臉離我只有幾吋。他拿下巴衝著我爸上下點了兩三次，意思是只許我們一個人拋竿，就是我爸。

「搞什麼嘛！」我父親看著我們兩個說。「搞什麼鬼啊！」他把釣竿放在碎石地上，摘下帽子，又再戴上，氣呼呼的瞪著啞巴，然後走到我站的位子。「只管去，傑克，」他說，「沒事，只管去，兒子。」

我拋竿之前看了一眼啞巴：他表情僵硬，下巴上有一條很細很細的口水線。

「人家要是出手，你可千萬別手軟啊。」父親說。「鉤子一定要固定好囉，這些傢伙的嘴巴可是硬得跟門把一樣。」

我鬆開了線圈，胳臂往後撐，再往前甩，把黃色的餌標使勁的拋遠。浮標啪嗒落到四十呎外的水裡。我還來不及收緊線圈，池水已經沸騰了。

「拉啊！」父親吼。「你釣到牠啦！拉啊！快拉！再拉啊！」

我用力往回拉，拉兩次。我確實釣到牠了。鋼質的釣竿彎了下來，瘋狂地來回彈跳。父親不斷的吼，「鬆開一點，讓牠走！讓牠拉著跑！再放線，傑克！收線！不對，讓牠拉著跑啊！喲呵！你看看牠跑的！」

這條黑鱸繞著池塘活蹦亂跳，每次衝出水面都在甩頭，我們都能聽見餌標震動的聲音。這時黑鱸又竄走了。過了十分鐘我把這魚側拉到靠岸幾呎的地方。這魚看起來十分巨大，有六、七磅重吧，也許，牠側著身體，拍著水，張著嘴，魚鰓緩慢的開闔著。我兩隻膝蓋軟軟的幾乎站不直了，但我還是把釣竿舉得很高，線扯得很緊。父親穿著鞋子就下水了。

啞巴在我後面嘟囔，可是我不敢移開視線。父親靠得更近了，他現在傾身向前，垂下手臂，試著抓那魚的腮幫子。啞巴突然一步搶到我前面，一個勁的搖頭揮手。父親瞪著他。

「幹嘛，你究竟怎麼了，渾球？這孩子釣到了一條我前所未見的大魚；他不可能把牠放掉的嘛。你哪根筋不對了？」

啞巴繼續搖頭，一面朝著池塘比畫。

「我絕不會把這孩子釣的魚放掉，你想都別想。」

啞巴伸手過來拉我的釣線。就在這同時，黑鱸又恢復了力氣，翻個身又開始游走了。我大吼一聲。我想我大概是慌了，便一記拍下捲軸上的煞車輪，開始收線。黑鱸做出最後一次瘋狂的掙脫，餌標飛過我們的頭頂勾進了樹枝。

「走吧，傑克，」父親一把抓起他的魚竿說。「趁我們沒像這混蛋一樣發瘋之前趕緊走吧。快，不然我就要揍人了。」

我們離開了池塘，父親氣得咬牙切齒。我們走得超快。我好想哭，但是盡量忍住，硬把眼淚吞回去。一度父親絆著一塊石頭，向前衝了好幾呎才穩住，沒栽倒在地上。「這死混蛋。」他碎碎唸著。太陽馬上就要下山了，微微的起了風。我橫過肩頭往回看，看見啞巴仍舊在池塘邊，只是現在他走到了柳樹旁邊，一手抱著樹幹，湊著身子在往水裡看。在池水邊，他顯得特別黑特別小。

父親看見我往回看，轉身停下來。「他在跟牠們說話，」他說，「他在對牠們說對不起。他根本是個瘋子，那個混蛋！走吧。」

那年二月河水氾濫。

十二月的頭幾個星期我們這一帶下大雪，之後天氣變得非常冷，就在聖誕節前，地面全結凍了，雪積得又快又厚。到了一月底，奇努克風⑦來襲。有天早晨我醒來聽見屋子被大風颳得呼呼作響，雨水不斷不斷的沿著屋頂流下來。

這風連著颳了五天，到了第三天河水開始大漲。

⑦ Chinook Wind，北美洲西部的焚風。

「漲到十五呎了，」一天傍晚父親看著報紙說，「已經超過洪水位三呎了。啞巴的魚沒了。」

我想跑去莫克西橋看看水到底有多高，父親卻搖頭。

「洪水沒什麼看頭，洪水我看得太多了。」

兩天後河水漲到最高點，過了之後大水慢慢開始消退。

一星期後，星期六的早上，我和奧林．馬修、丹尼．歐文斯一起騎了五、六哩的腳踏車到啞巴家去。我們先把腳踏車停靠在路邊，再徒步走過啞巴家劃分地界的牧草地。

那是個潮濕、颳風的天氣，滿天支離破碎的烏雲，快速的掠過灰暗的天空。地面濕答答的，草叢裡到處是水潭，我們無處可躲只好一路的踩過去。丹尼剛剛學會罵髒話，所以他的鞋子每進一次水，那些髒話就全部出爐。我們看得見牧場盡頭暴漲的河水，水位仍然很高，溢出了原來的河道，盤繞著樹幹，也吞沒了岸邊的土地。靠近河中間，水流又大又急，不時的會有一些小樹叢，或是整棵矗著枝椏的樹幹在水面漂過。

我們到了啞巴的圍籬，看見一頭母牛卡在鐵絲網裡。牠全身浮腫，皮膚灰黑透亮。無論大小，這都是我這輩子第一次見到的屍體。奧林還拿木棒戳了戳那兩隻睜開著、眼神混濁的眼睛。

我們沿著圍籬，順著河流走，誰也不敢去觸碰鐵絲網，害怕它仍舊帶電。到了一條好像是深溝的邊緣，鐵絲網突然中斷了。這裡的地面直接陷進水裡，連同這部分的鐵絲網圍籬一起。我們跨過鐵絲網，沿著這條忽然出現的水道向前走，這條水道直接切入啞巴的土地，再筆直的匯入他的池塘。走近了才發現這水道是由縱向進入池塘，在另外一頭給自己開了一個出口，再拐了好幾個彎，跟遠在四分之一哩路外的河流會合。池塘現在等於像是大河的一部分，寬闊奔騰。毫無疑問的，啞巴的黑鱸魚多半都已經被河水帶走了，剩下來的一些，等水退了，去留也都任隨牠們了。

就在這時我看見了啞巴。看見他，我嚇壞了，趕緊向其他兩個人示意，我們全部蹲下身子。他站在池塘最遠的一邊，靠近出水口，專注的盯著湍急的水流。過不久他抬頭看見了我們三個。我們立刻分散開來飛也似的往回跑，就像三隻受驚的野兔。

「我真替啞巴難過。」幾星期後的一個晚上，父親在飯桌上說。「他的運氣真背，這點可以肯定。雖然這都是他自找的，可還是替他感到難過。」

父親接著又說起上星期五晚上，喬治．雷考克瞧見啞巴的太太在運動家俱樂部裡跟個大塊頭的墨西哥人坐在一起。「這還只是其中的一部分……」

母親抬起頭嚴厲的瞟他一眼，再看看我，我裝作什麼也沒聽到似的繼續吃我的飯。

「看個屁啊，貝，這孩子夠大啦，該懂事啦！總而言之，」隔了片刻他又說，似乎並沒特別針對哪個人，「麻煩大了。」

他變了很多，啞巴他變了。他不再跟別人來往，其實就算他想也不能了。他上班時間既不休息，也不跟其他人一起午餐了。自從上次卡爾．羅伊敲掉他帽子，被他拿著兩吋厚的木棒子追著打之後，再沒人願意跟他開玩笑了。而且平均每個星期他總要缺席一兩天，廠裡開始出現要解雇他的閒話。

「他是在自找死路，」父親說，「要是再不注意，他真的會瘋掉。」

然後，在五月裡的一個星期天下午，就在我生日的前一天，我和父親在清理車庫，母親來到後門說，「代爾，有你的電話，我聽好像是佛恩。」

我跟著他進屋裡沖洗，聽見他拿起電話說，「佛恩？你好嗎？什麼？不會吧，佛恩。不！這不會是真的，佛恩。好的。是，再見。」

他放下電話轉向我們，臉色發白，一手按在桌上。

「壞消息……是啞巴。他昨晚拿鐵鎚鎚死了老婆，再把自己給淹死了。佛恩剛剛從收音機聽到的廣播。」

一個小時後我們開車去了他那裡。好多車停在他家門前，屋子和牧場之間也有車。

有兩三輛警車，一輛公路巡邏車，和好幾輛別的車。通往牧場的門敞著，我可以看見往池塘的那條路上都是輪胎印子。

那扇紗門被人用一只盒子抵著，不讓它關上，一個痲子臉的瘦子，穿著運動衫褲，肩上佩著槍套，站在門口。他看著我們走下休旅車。

「怎麼回事？」父親問。

瘦子搖搖頭。「得等到明晚看報紙了。」

「他們……找到他了沒？」

「還沒，還在找。」

「我們可以過去看看嗎？我跟他很熟。」

「我無所謂。他們可能會把你趕走。」

「你要不要待在這裡，傑克？」

「不要，」我說，「我想一起過去。」

我們循著車輪的印子走過牧場，這條路線跟我們去年夏天走的路線幾乎完全相同。走得更接近的時候，我們聽見汽艇的聲音，池上漫著汽艇排出來的廢氣。現在整個池塘只剩一絲絲的細水在那裡流進流出，但仍然看得出地面被大水淹過，石塊和樹木被大水帶走的痕跡。上面各有兩名警員的兩艘小船在水裡緩慢的來回巡邏。一個警員在前面駕駛，另外一個坐在後面，操控掛鉤上的繩索。

一輛救護車停在碎石岸上；好久以前的一個傍晚，我們曾在這裡釣過魚。有兩個穿白衣服的男人懶洋洋的靠在車後，抽菸。

幾呎外，在救護車的另外一邊，停著一輛車門打開的警車，聽得見擴音器不斷傳來嘰嘰呱呱的聲音。

「怎麼回事？」一名警官站在池塘邊，兩手扠腰，盯著其中一艘小船，父親問他。

「我跟他很熟，」他補上一句，「我們是同事。」

「兇殺和自殺，大概吧，」那人把嘴上叼著的一根沒點火的雪茄拿開了說。他上下打量我們一眼，繼續回頭盯著小船。

「怎麼發生的？」父親鍥而不捨。

警官把手指頭勾著皮帶，調整一下他大屁股上那管左輪槍的位置。他咬著雪茄，撅起嘴唇說了。

「昨晚他把老婆從酒吧裡拉出來，在卡車上拿鎚子把她打死了。有好幾個目擊證人。然後……他的名字叫什麼，不管了……他就直接開到這裡，這個池塘，老婆也還在車上，就這麼一頭栽了進去。竟有這種事。我不知道，可能不會游泳吧，我也不知道……聽人家說溺死很難受的，要是他會游泳，相信連試都不想試就決定放棄了。當時有個叫賈先還是賈西的傢伙跟蹤他們回來。這傢伙追過那女人，從我們蒐集的資料來的，他說他看見那男的是從石頭堆跳下去的，之後他才在車上發現了那女的，死了。」他吐了口口水。「亂七八糟，是吧？」

一艘汽艇突然熄火。我們全部抬頭看。一條小船上那名警員站了起來，開始用力的拉繩索。

「希望找到人了，」警官說，「我想快點回家去。」

過一兩分鐘我看見有一條手臂從水裡冒了出來；掛鉤顯然勾住了他的側身，或者後背。手臂又下沉了片刻，然後再出現，附帶著一大綑沒形沒狀的東西。不是他，我直覺的認為，那鐵定是在池塘裡待了好幾個月的什麼玩意。

在小船頭的警員走到後面，兩個人合力把滴著水的那一大捆玩意拖上船。

我看父親，他別開臉，嘴唇在抖。他的臉整個揪著，都是皺紋。他忽然變得好老，好驚恐。他轉向我，說，「女人！這就是娶錯女人的下場，傑克。」

說這兩句話的時候他結巴得厲害，兩隻腳不自在的動來動去，我不認為他真的相信這套，只是在這一刻他實在不知道該說些什麼。我也不確定他到底相信什麼，只知道他被眼前這副景象嚇到了，跟我一樣。從那以後，他的人生似乎就變得煎熬起來；從那以後，他做什麼都提不起勁，不再像從前那樣快樂逍遙。總之，不像過去的他了。而對我來說，我知道我永遠都不會忘記那條手臂冒出水面的情景。它就像某種神祕可怕的訊號，在往後的歲月裡如厄運般如影隨形的跟著我們全家。

不過，那是特別容易受影響的時期，從十二歲到二十歲。現在我老多了，已跟當時父親的年紀一樣老了，在這世間也活了好一陣子——照他們的說法是，混久了——現在我很清楚「那」是什麼，那條手臂。很單純，那只是一個淹死的人身上的一條手臂而已。我看多了。

「我們回家吧。」我父親說。

12 派

她的車停在那裡，沒別的車，為此伯特很感恩。他把車開進車道，停在他昨晚掉在地上的派餅旁邊。它還在那兒，鋁盤的盤底朝天，南瓜濺得一地。那天是星期五，聖誕節的第二天，接近中午。

他在聖誕節當天來看太太和孩子。在他來之前薇拉就跟他說過，她的朋友和她朋友的小孩要來晚餐，他必須趕在六點以前離開。他們坐在客廳裡認真的拆著他帶來的禮物。聖誕樹上的小燈泡閃閃爍爍；裹著亮光包裝紙、綁著彩帶蝴蝶結的包裹，都塞在聖誕樹底下等待著六點鐘的來臨。他看著兩個孩子，泰莉和傑克，在打開他們的禮物。他守著，看著，薇拉的手指小心翼翼的解著禮物包上的彩帶和膠紙。她拆掉了包裝紙，掀開了盒子，取出一件米黃色的喀什米爾毛衣。

「太好了，」她說，「謝謝你，伯特。」

「快試穿看看。」泰莉對她母親說。

「穿啊，媽媽，」傑克說，「對吧，爸。」

伯特看著他的兒子，感謝他的大力支持。趁這段放假的時間，他要選一天早上邀傑克騎腳踏車一起去吃早餐。

她果然試穿了。她進臥室去穿了出來，兩隻手在毛衣前面上上下下的順著。

「不錯耶。」她說。

「妳穿起來好看極了。」伯特說，他胸口有一種脹滿了的感覺。

他打開他的禮物包：薇拉送了一張桑登男裝店的二十元抵用券；泰莉送了一組梳子和毛刷；傑克送的是手帕、三雙襪子和一支原子筆。他和薇拉喝了蘭姆酒加可樂。天漸漸黑了，時間已經五點半。泰莉看了看母親，站起來，去餐廳布置餐桌。傑克回臥室了。伯特覺得現在的氛圍很自在，站在壁爐前面，一杯在手，空氣裡漫著火雞的香味。

薇拉也去了廚房。伯特靠坐到沙發上。薇拉臥室的收音機裡傳來陣陣的聖誕歌聲。泰莉不停的在餐廳進進出出，不停的拿一些東西放在餐桌上。伯特看著她把亞麻布的餐巾放在大酒杯裡，接著，一只瘦長的、只插著單朵玫瑰花的花瓶上桌了。這會兒，薇拉和泰莉在廚房裡小聲的說著話。他喝完了酒。壁爐欄裡燒著一小截環保木柴，發出紅藍綠的三色火焰。他從沙發上站起來，把紙箱裡的木柴，一共八塊，全部投進了壁爐。他看著它們慢慢的升起烈焰。然後，走到通往院子的落地窗前，他瞧見餐具櫃上排著一排派餅。他把這些派餅抱在臂彎裡；有五個，南瓜加肉餡——她以為要餵飽一支足球隊啊。他抱著這些派餅離開屋子。上了車道，黑漆漆的，開車門的時候一個派掉了下來。

現在，他繞過砸爛的派餅，走向落地窗。自從那晚他的鑰匙折斷在鎖孔裡之後，前面的大門始終關著。這是個陰天，空氣刺骨的潮濕。薇拉說他昨晚簡直想把屋子給燒了，她對孩子們是這麼說的。今早他來電話道歉的時候，泰莉就這麼一字不漏的向他重複了一遍。「媽媽說你昨晚簡直想把屋子給燒了。」泰莉邊說邊大笑。但他想把話說清楚，也想閒話家常。

落地窗上有一個用松果做的花環。他敲了敲玻璃。薇拉看見他皺起眉頭。她穿著睡袍，把門窗稍稍打開一些。

「薇拉，我為昨晚的事道歉，」他說，「對不起，我做的那些事真的很蠢。我也想跟孩子們道個歉。」

「他們不在，」她說，「泰莉跟男朋友出去了，那個騎摩托車的小混蛋，傑克去踢足球了。」她站在窗門口，他站在院子裡一株長青葛旁邊。他把外套袖子上的一根線頭扯掉。「出了昨天晚上這種事，我對你真的受夠了，」她說，「真的受夠了，伯特。你昨晚簡直想要把屋子給燒了。」

「我沒有。」

「你當然有。在場的每一個人都是證人。你真應該看看那個壁爐，牆壁差一點著火了。」

「我可不可以進來再說？」他說，「薇拉。」

她看著他。她把睡袍的領口攏緊，往後退了一步。

「進來吧，」她說，「不過再一個鐘頭我就要出去。請你盡量克制一點，不要再搗亂了，伯特。看在上帝的分上千萬別再燒我的房子了。」

「薇拉，怎麼這麼說呢。」

「真的啊。」

他不答腔，看看四周。聖誕樹上的燈泡仍舊一明一滅的閃著。沙發一頭堆著一堆面紙和空的盒子。盛著一整隻火雞骨架的大圓盤擺在餐桌正中央。雞骨頭剔得乾乾淨淨，雞皮之類的殘餘高高的坐在墊底的荷蘭芹上面，彷彿是個恐怖的鳥巢。髒污的餐巾東一塊西一塊的丟得到處都是。有些餐碟堆得還很滿，茶杯酒杯全部移到桌子的一頭，感覺上像是有誰想要收拾，最後又決定不管了。真的，壁爐裡的黑煙一直燻上爐臺的磚頭。壁爐裡一大堆灰燼，還有一只空的可樂罐。

「去廚房吧，」薇拉說，「我來泡咖啡。不過我很快就要出門了。」

「妳朋友昨晚什麼時候走的？」

「你要是問這些，我看你現在就走吧。」

「好啦，不問。」

他拉開椅子對著桌上的菸灰缸坐下。他閉上眼再睜開。他拉開窗簾，往後院裡看：一輛缺了一只前輪的腳踏車倒在手把和坐墊上；雜草沿著紅杉木的圍籬茂盛的長著。

「感恩節？」她說。她把水灌進一只單柄的深鍋裡。「你還記得感恩節吧？當時我說那是最後一個讓你給毀了的節日。那天晚上十點我們沒了火雞只能改吃培根煎蛋。一般人沒辦法這樣過日子的，伯特？」

「我知道。我說過對不起了，薇拉。我是真心的。」

「光一聲對不起已經不夠了。真的不夠了。」

火頭打不著，她在爐灶旁邊對著鍋底再試。「別燒到自己了，」他說，「別讓自己著火了。」

她不接話。她點著了瓦斯爐圈。

他似乎看見她的浴袍著了火。他看見自己跳起來，把她壓在地板上，抱著她翻滾，一路滾進客廳，用他自己的身體幫她滅火。或者，他應該先跑進臥室去拿條毯子蓋住她？

「薇拉？」

她看看他。

「家裡有沒有什麼喝的？蘭姆酒之類還有剩嗎？今天早上我好像得喝一杯，去去寒。」

「冰箱有伏特加，蘭姆酒應該還有剩，如果孩子們沒把它喝光。」

「妳什麼時候在冰箱裡放起伏特加來了？」

「別問。」

「好啦，我不問。」

他從冰箱拿出伏特加，找不到酒杯，就在工作臺上隨便拿茶杯倒了一些。

「你就打算這樣喝嗎，就著茶杯？天哪，伯特。說吧，你到底要說什麼？我說過了待會兒有事要出去，一點鐘我要上長笛課。你究竟要幹什麼，伯特？」

「妳還在學長笛？」

「我剛才說了。什麼事？告訴我你到底想說什麼，再不說我就要去準備了。」

「我只想說昨天晚上很對不起。我很心煩，很對不起。」

「你一天到晚都在心煩。你只想喝酒，只想找我們出氣。」

「不是這樣的。」

「那你昨天來做什麼，你明知道我們有事？你可以前天晚上來，我早告訴過你昨天我要宴客。」

「昨天是聖誕節，我想來送個禮物。你們還是我的家人嘛。」

她不吭聲。

「妳對伏特加的看法真對。」他說，「妳有果汁嗎？我想兌一點果汁。」

她打開冰箱挪開一些東西。「只有蔓越莓的。」

「好啊。」他說。他站起來往杯子裡倒了一些蔓越莓汁，再加一點伏特加，用小指頭調了一下。

「我得去浴室了，」她說，「一會兒就好。」

他喝著兌了蔓越莓的伏特加感覺好多了。他點上一支菸，把火柴棒丟在大菸灰缸裡。菸灰缸底下滿滿的菸蒂和菸灰。他認得出薇拉抽的牌子，另外還有一些沒有濾嘴的，別的牌子——薰衣草色的菸頭沾著厚厚的唇膏。他起身把這些髒亂全部丟到水槽底下的垃圾袋裡。這只藍色陶瓷、邊緣高起的菸灰缸，是他們在聖克魯斯一家大賣場，跟一個製陶的大鬍子買的。它大得跟個盤子似的，說不定本來就是這個用途，一個大盤子或是托盤之類的，可是他們倆一買下來就決定拿它來當菸灰缸。他把它放回桌上，把自己的菸蒂捻熄在裡面。

電話鈴響的時候，爐子上的水剛好滾了。她打開浴室的門，隔著客廳喊他。「接一下，好嗎？我剛準備要洗澡。」

「查理在嗎？」一個平板的聲音問他。

「不是，」他說。「你大概打錯了。這裡是323-4464。你打錯了。」

「好。」那聲音說。

他在沖咖啡的時候，電話又響了。他接起來。

「查理？」

「你打錯了。你最好把號碼查清楚，檢查一下前面的代碼吧。」這次他乾脆移開話筒，不掛回去。

薇拉回到廚房，穿了牛仔褲和白毛衣，一邊刷著頭髮。他在兩只倒了滾水的杯子裡放進即溶咖啡，攪和一下，再加了些伏特加。他把杯子端到桌上。

她拿起話筒，聽了聽，說，「這是怎麼了？誰的電話？」

「沒人，」他說，「打錯號碼了。薰衣草色的香菸是誰抽的？」

「泰莉啊，還會有誰？」

「我不知道她抽菸了，」他說，「我沒看過她抽菸。」

「她抽的。我猜她只是不想當著你面抽吧。」她說。「這沒什麼，用不著大驚小怪。」她放下髮刷。「倒是她身邊那個渾球，那可就另外一回事了。他是個麻煩。自從高中退學之後沒幹過一點正經事。」

「說來聽聽。」

「我剛才說了，他是個麻煩人物。我很擔心，可是不知道該怎麼辦。天哪，伯特，我實在忙不過來。有時候真想不通。」

她坐在他對面喝著咖啡。兩個人抽著菸，共用著那只菸灰缸。他想說很多話，說一些親熱的，後悔的，安慰的話。

「泰莉還偷我的『藥』，也抽那玩意兒，」薇拉說，「你要是想知道，家裡就這副樣子。」

「我的媽呀。她吸毒？」

薇拉點點頭。

「我不是為了聽這些來的。」

「那你為了什麼來？為了昨晚沒把派全部帶走？」

他這才想起昨晚把派餅都堆在車子的地板上了。他完全忘了這件事，那些派餅現在還待在他車子裡。只有這一瞬間他覺得應該告訴她。

「薇拉，」他說，「今天是聖誕節，我來是為了這個。」

「聖誕節過了，謝天謝地。聖誕節來了走了，」她說。「我再也不期盼過什麼節日。這輩子我都不想再過什麼節了。」

「那我呢？」他說。「我也不期盼過什麼節日，相信我。反正，現在就剩下新年了。」

「你可以喝到醉。」她說。

「這是我的專長。」他感覺怒火在上升。

電話鈴又響。

「有個人要找查理。」他說。

「什麼？」

「查理。」他說。

薇拉拿起話筒，然後背對著伯特講電話。過一會她轉過身對他說，「我去臥室接這通電話。我接起來的時候你幫我把這邊掛上好嗎？我聽得出來的，一定要幫我把電話掛上。」

他不回答，只是拿起話筒。等她離開了廚房，他把話筒貼在耳朵上，起初什麼聲音也沒有。然後有人，一個男人，在電話線另一頭清了清嗓子。他聽見薇拉接起另一支電話在對他說：「好了，你可以把它掛上了，伯特。我接了，伯特？」

他把話筒擱回座上，站在那裡看著它。他拉開放銀器的抽屜，胡亂的翻著裡面的東西，接著又試另外一個抽屜。他看看水槽，再走進餐廳，在大圓盤裡找到了那把餐刀。他把刀子拿去沖熱水，一直沖到上面的油膩散開為止。他在袖子上擦乾了刀刃，再走到電話旁邊，把電話線對折起來，毫不費力的割斷了塑膠外皮和裡面的銅線。他查看一下兩邊的接頭，再把電話機塞回除臭罐附近的角落。

薇拉進來說，「我說話的時候電話斷了。你有沒有動什麼手腳，伯特？」她看一眼電話，從工作臺上把它拿起來。電話下面拖著三呎長的綠色細線。

「你個混蛋，」她說，「夠了。滾，滾，滾回你的窩去。」她衝著他晃著電話。「夠了，伯特。我要去申請禁制令，我真的要去。現在馬上給我滾，再不滾我就叫警察。」她把電話甩到工作臺上發出叮的一聲。「你再不走我就去隔壁叫人。你簡直沒有人性。」

他拿起菸灰缸，從桌子旁邊往後退。他握著菸灰缸的邊緣，肩膀向上聳，然後做出架式，就像準備把它當成鐵餅似的擲出去。

「求求你，」她說，「走吧。伯特，那是我們的菸灰缸。求求你。走吧。」

他跟她說完再見就從落地窗離開了。他不是很確定，不過他認為他證明了一件事。他希望自己表達得清楚明白，他仍然愛著她，他會吃醋。但是他們沒有交談。他們必須盡快的，嚴肅的好好談一談。有許多事需要釐清，有許多重要的事仍舊需要討論。他們一定會再交談的。也許等這些節日都過去之後，一切就會回歸正常。

他繞過車道上的派餅，上了自己的車。他發動引擎，向後倒車，再轉上大街。然後換低檔，慢慢的往前開。

13 平靜

星期六的早上。白晝變短了，空氣冷冽。我在剪頭髮。我坐在椅子上，三個男人沿著牆壁坐我對面，在等候。其中兩個我以前從沒見過，另外一個有些面熟卻想不起在哪裡見過。理髮師在幫我理髮時我一直看著他，一支牙籤在他嘴裡不斷的轉來轉去。他身材魁梧，五十上下，有一頭波浪型的短髮。我努力的想，終於我「看見」了，我看見他站在銀行大廳裡，戴著帽子穿著制服，佩著槍，兩隻小眼睛在鏡框後面隨時警戒著。他是個警衛。至於另外那兩個，一個年紀挺大的，卻有著滿頭捲捲的灰髮。他在抽菸。另外一個，不算太老，頂上幾乎全禿，兩側的頭髮長過了耳朵。他穿著長筒厚底靴，褲子上泛著機油的亮光。

理髮師一手把住我的頭頂，轉到一個看得比較清楚的角度。他對那警衛說，

「你的鹿抓到了嗎，查理？」

我很喜歡這個理髮師。我們還沒熟到互相叫對方名字的地步，不過我來理髮他認得我，也知道我常去釣魚，所以我們會聊釣魚的事。我不認為他會打獵，可是什麼話題他都能聊，而且是個好聽眾。在這方面我覺得他很像我認識的一些酒保。

「比爾，那說起來真好笑。簡直太奇怪了，」警衛說。他起出牙籤，把它放在菸灰缸裡，搖了搖頭。「說抓到又沒抓到。所以你這個問題的答案可以說是，也可以說不是。」

我不喜歡他的聲音。那聲音跟他的塊頭不搭。我忽然想起我兒子常用的那個字眼，「娘」。那聲音有些女性化，太細了。說不上來，反正不是你期待的，或者希望聽見的那種聲音就是了。另外兩個人都看著他。年紀大的一個在翻閱雜誌，抽著菸，另一個拿著報紙。這會兒兩個人放下了手邊的東西，轉過頭來聽。

「接著說啊，查理，」理髮師說。「讓大夥聽聽。」他再一次轉動我的頭，拿著剪刀停了一會兒，再繼續下剪。

「我們上了費可山，我跟我老頭還有兒子，我們沿著小樹林走。我老頭守住一邊，我和兒子守在另外一邊。這小子宿醉，真要命。我們天亮就出發，到那兒已經下午。這小子臉色發白，一整天都在喝水，喝完我的喝他的。不過我們還是抱著希望，說不定山下一些打獵的會把鹿趕到我們這個方向來。當時我們在一根木頭後面守著，聽見山谷底下響起槍聲。」

「山下有些果園，」拿報紙的傢伙說。他似乎坐不住，蹺著腿，晃著靴子，晃一會兒，又換另一條腿蹺起來。「那些鹿都在果園裡打轉。」

「沒錯，」警衛說。「牠們在晚上進去，這些兔崽子，專吃沒熟的青蘋果。喏，我剛才說到我們聽見了槍聲，當時我們就閒閒的坐在那兒，那隻大公仔直接從矮樹叢裡竄出來，就在我們前面不到一百呎。我兒子看到了，我當然也看到了，他立刻不管三七二十一的開槍轟牠，真是不用腦子。那隻大公仔其實一點都不用怕這小子，可是一開始牠弄不清楚子彈到底從哪來，也不知道到底該往哪跳。這時候我放了一槍，情急之下我這一槍只把牠打昏了。」

「打昏了。」理髮師說。

「你知道，牠只是昏了，」警衛說。「那一槍只打中肚皮而已。所以說牠只是昏了。牠垂下頭開始發抖，全身都在抖。我兒子還繼續掃射。我覺得自己好像又回到了韓戰。我再發一槍沒打中。這時大公鹿先生再度鑽進了矮樹叢，只不過，可憐啊，牠已經沒有了所謂的元氣。這時候我兒子也把槍彈亂射亂掃的全部掃光了，不過我打中了牠。我扎扎實實的送了一顆子彈到牠肚子裡，我讓牠亂了陣腳。這就是我說的把牠打昏了。」

「然後呢？」那傢伙捲起報紙，啪啪的敲著膝蓋。「然後呢？你們一定追上去了吧。習慣上，牠們會找個很隱密的地方去死的。」

我再對那傢伙看一眼。到現在我還記得這些對話。警衛敘述的時候，那年長的一個一直認真的聽著，看著。警衛很得意自己成為焦點。

「你確實追上去了？」老頭子說，這話實在不怎麼像在提問。

「我追上去了。我跟我兒子，我們一起追上去。這小子太差勁，他跑不動，吐了，減慢了我們的速度，那粗胚。」他笑起來，想著當時那情況，不得不笑。「灌了一整夜的啤酒，又瘋了一整夜，還以為第二天可以上山獵鹿。他現在可知道厲害了。不過我們確實追上去了。其實不難追蹤。地上有血跡，樹葉和金銀花上也是血跡。到處是血跡，甚至牠歇腳的松樹幹上也有。沒見過那麼老的公仔會有那麼多的血。我真不知道牠怎麼還撐得住。這時候天漸漸黑了，我們非往回走不可了。再說我也在擔心我老頭，後來發現這擔心是多餘的。」

「有時候牠們會一直的跑下去，不過最後一定會找到一個隱密的地方。」拿報紙的傢伙重複一遍自己的觀點。

「我一路的唸他，怪他從一開始就打偏了，後來他回嘴，我氣到揍他。揍這兒。」他指著腦袋一側，咧著嘴笑。「我賞他幾個巴掌，這小兔崽子。他還沒長大呢，需要教訓。」

「嗯，土狼大概也想出手了，」那傢伙說。「還有烏鴉和禿鷹。」他攤開捲起的報紙，把它撫平了擱在一旁。他又蹺起二郎腿，對我們幾個看了一眼，搖了搖頭，但也看不出他對這事有多在乎。

年長的那個在椅子上動了動身子，望著窗外灰濛濛的晨曦。他點起一支菸。

「我想也是，」警衛說。「真可憐。牠確實是一隻很大的老公仔，我還真希望把牠的大角放進車庫裡。所以說，對於你的問題，比爾，我兩樣都有，我打到了可是沒抓到。不管有或沒有，我們還是有鹿肉上桌。我老頭居然打到一隻小的。他已經把牠揹回了營地，吊了起來，快手快腳的把牠開膛破肚。把那些心啊、肝啊、腎啊的全部用蠟紙包起來收進了小冰箱。他聽見我們的聲音，走出帳篷，對著我們兩手一攤，手上全是乾掉的血漬，一句話沒說。起初真嚇了我一大跳，一時間弄不清楚怎麼回事。那雙老手看著就像上了漆似的。『瞧瞧，』他說。」——說著，警衛伸出他自己的肥手，「他又說，『瞧瞧我的成績。』我們走進燈光裡，看見了吊掛在那兒的那隻小鹿。好小一隻。根本是隻小不點。可是老頭簡直樂翻了。我跟我兒子這一整天下來硬是交了白卷，除了那小子，他還在宿醉，臭著一張臉，帶著一隻被打腫的耳朵。」他大笑著，朝店裡看了一圈，彷彿是在回憶。他拿起牙籤，塞回嘴裡。

年長的那個把香菸滅了轉向查理。他用力吸了口氣說，「你今天不該來這兒理髮，應該上去找那隻鹿才對。這個故事真是差勁。」

「怎麼這樣說話呢，」警衛說。「你個老屎蛋。我鐵定在哪兒見過你。」

「我可沒見過你，你這張肥臉我要是見過鐵定會記得。」

「嘿兩位，夠啦。這是我的理髮店，是我做生意的地方。我不吃這套的。」

「我真該甩你兩個耳光。」年長的說。那一刻我真以為他會從椅子上跳起來，但是他的肩膀升起又落下，呼吸明顯的不順。

「來啊，你試試看。」警衛說。

「查理，亞伯也是我的朋友。」理髮師說。他把梳子髮剪擱到工作臺上，兩手按住我的肩膀，倒像是我要從座位上跳到場子中間似的。「亞伯，查理的頭，他兒子的頭，全都是我理的，多少年了。我希望這事算了吧。」他從這個人看到那個人，兩隻手繼續按著我的肩膀。

「去外面說去。」那個始終事不關己的傢伙說。他漲紅著臉等著看好戲。

「夠了，」理髮師說，「我不希望鬧到不可收拾。查理，我不想再聽這個話題了。亞伯，下一個輪到你，只要再等一會，等我把這位客人處理完。喏，」他轉向那個事不關己傢伙。「我根本不認識你哪位，只希望你別亂攪和。」

警衛站起來說，「我看我晚一點再過來吧，比爾。眼前的氣氛不太對。」他誰也不看的走了出去，帶上門，非常用力。

年長的一個坐在那裡抽菸。他朝窗外看了一會兒，再仔細盯著自己的手背。最後他站起來，戴上帽子。

「對不起，比爾。那傢伙存心找碴，把我惹毛了。我等過兩天再來理吧，反正沒什麼事。下星期見。」

「下星期一定要來啊，亞伯。別放在心上。聽見嗎？沒事了，亞伯。」

年長的男人走出去了，理髮師走到窗口目送他走。「亞伯的肺氣腫去了他半條命，」他就著窗口說，「過去我們常一塊兒釣魚，他把釣鮭魚的訣竅全部教了我。那些女人，老是成群結隊的纏著他，那老小子。只是愈往後他的脾氣變得愈壞。不過今天的事，說句實話，確實是人家把他惹毛了。」我們三人從窗口看著他登上卡車關上車門，發動起引擎開走了。

事不關己傢伙坐不住了。他站起來在店裡四處轉，不時停下來看東看西的，木頭製的舊衣帽架，比爾和幾個朋友拎著魚鮮的照片，五金行給的每月一張的風景月曆——他一張張的翻，最後再翻回到十月——甚至他還走到工作臺盡頭，仔細檢視掛在牆上的理髮師執照。他先踮起一隻腳，再換另一隻，認真讀著證照上的小字。他忽然轉身對理髮師說，「我也先走一步，改天再來。隨你怎麼想吧，反正我得去喝杯啤酒。」他飛快的走了出去，我們聽見他發動車子。

「好，那你呢，你還要不要我把這頭理完？」理髮師態度惡劣的衝著我，好像今天這一切全都是因我而起。

這時候有人進來了，一個穿夾克打領帶的男人。「哈囉，比爾。怎麼啦？」

「哈囉，法蘭克。不值一提啦。你有什麼新鮮事兒啊？」

「沒。」那人說。他把夾克掛在衣帽架上，再鬆開領帶。他往椅子上一坐，拿起剛才那個事不關己傢伙看的報紙。

理髮師把我轉個向面對鏡子。他兩手各按著我的腦袋兩側，最後一次調整我的位置。他低下頭挨近我的臉，我們倆一起望著鏡子，他兩隻手仍舊把著我的頭。我看著自己，他也看著我。但就算他看到了什麼，他也沒提問，也沒置評。他開始用手指前前後後的梳攏我的頭髮，很慢很慢的，彷彿在想什麼心事。那手指穿過我的頭髮，如此溫柔，如此親密，就像情人的手指。

這是在加州的新月城，靠近奧勒岡的邊界。後來不久我就離開了。可是今天我又想起了那個地方，新月城，想起我和我太太在那兒開展新生活，甚至，想起那個早上坐在那張椅子裡，我打定主意離開了再不回頭。我想起當時的那一份平靜的感覺，當我閉上眼，讓那些手指在我髮間穿梭，那些藏著悲傷的手指，我的頭髮早已開始長長了。

14 是我的

白天，太陽出來了，雪融成了髒污的水。一條條的水線沿著面對後院那扇齊肩高的小窗淌下來。外面車輛經過，帶出一地的水花。光線愈來愈暗了，屋裡屋外都一樣。

他在臥室裡把衣物塞進手提箱，她來到門口。

我太高興你要走了，我太高興你要走了！她說。你聽見沒有？

他繼續把衣物往手提箱裡塞，連頭也不抬。

你個混蛋！我真是太高興你要走了！她開始哭。你甚至連看都不敢看我了，啊？忽然她發現床上有小寶寶的照片，她拿起照片。

他看著她，她擦擦眼睛，瞪他一眼，轉個身走回客廳。

把照片拿回來。

快點收拾好東西給我滾蛋，她說。

他不回話。他扣好手提箱，穿上大衣，關燈前再看一眼臥室。他走出來走到客廳。

她站在小廚房的門口，手裡抱著小寶寶。

我要孩子，他說。

你瘋了？

沒有，我就是要孩子。我會叫人過來拿他的東西。

你去死吧！不准你碰這個孩子。

小寶寶開始哭鬧，她掀開蓋在他頭上的毯子。

喔，喔，她看著孩子說。

他走近她。

你想幹嘛！她說。她連忙往後退，退進了廚房。

我要孩子。

滾出去！

她轉身，抱著小寶寶縮到爐子後面的角落，他逼近過來。

他伸長了手，越過爐子，緊緊的巴著孩子。

放開他，他說。

滾開，滾開啊！她哭喊。

孩子滿臉通紅驚聲尖叫。他們爭奪扭打，把掛在爐子後面的一只小花盆也打了下來。

他把她逼到牆角，用力突破她的掌握，他一面抓著孩子，一面用全身的重量壓住她的手臂。

放開他，他說。

不要，她說，你弄痛他啦！

他不再說話。廚房的窗戶上一點光線都沒有了。在幾乎全黑的情況下，他一隻手掰著她扣得死緊的手指，另隻手抄到小寶寶的臂膀底下緊抓著他不放。

她感覺到她的手指硬生生的被他掰開了，小寶寶漸漸脫離她的懷抱。不要，她說，她兩隻手快要鬆開了。她不能放手，孩子抬著胖胖的小臉蛋在桌上的照片裡望著他們。她一把捉住孩子的另一條臂膀，她抓緊了孩子的手腕，往後拽。

他不肯放手。他覺得孩子漸漸在脫離他的掌握，他用力往後拽。他拽得非常用力。

他們就用這種方式決定輸贏。

15 距離

她在米蘭過聖誕節，她想知道小時候住過的地方是什麼模樣。他跟她難得見幾次面，每次她都會提到這事。

告訴我，她說。告訴我那時候那裡是什麼樣子。她啜著女巫酒，目不轉睛的盯著他，等著。

她是一個酷，瘦，非常吸引人的女孩子。父親對她感到十分的驕傲，她已經從青少年順順利利的邁入了輕熟女，他開心又感恩。

那是很久很久以前的事了。有二十年了，他告訴她。當時他們住在法布隆尼他的公寓裡，靠近卡辛那花園城。

你記得的，她說。快啦，講給我聽啦。

妳想聽什麼呢？他問。我還有哪些事好講呢？就講妳還是個小貝比時候的事吧。妳想不想聽他們第一次大吵架？跟妳有關係，他笑咪咪的對她說。

我要聽，她熱切的拍著手說。不過我們再去倒一杯喝的，好不好，省得講到一半要中斷。

他從廚房端了兩杯喝的回來，坐上椅子，慢慢的開講。

那時他們倆還是小孩子，可是兩個人狂熱的愛著對方，一個十八歲的男孩和他十七歲的小女友結婚了，隔沒多久，他們就有了一個女兒。

小寶寶在十一月底一個大寒流天裡出世，剛好碰上這一區水鳥季的最高峰。男孩愛打獵，知道吧，這是故事的一部分。

男孩和女孩，現在是丈夫和妻子，也是父親和母親，他們住在牙醫診所樓下一間三房的公寓。每天晚上他們靠打掃樓上的診所交換房租和水電。夏天他們要忙草坪和花木的維護，冬天男孩要剷走道上的雪，還要在路面撒上粗鹽。妳聽得明白吧？

我明白，她說。這對大家都有很大的好處，包括牙醫在內。

對，他說。除了後來牙醫發現他們偷用他的專用信紙跟人家通信的事。不過那是題外話了。

兩個孩子，正如我跟妳說的，非常的相愛。更加上他們有很大的野心，很大的夢想。他們總是不停的談著好多想要做的事，想要去的地方。

他從椅子上站起來，向著窗外望了一會兒，向晚的微光裡，雪穩當的落在屋頂的瓦片上。

再往下說，她溫柔的提醒。

男孩和女孩睡在臥室裡，小寶寶睡在客廳的嬰兒床上。這時候那小寶寶大概三個月大，開始能夠一覺睡到天亮。

這一個星期六的夜晚，男孩在樓上剛忙完，他走進牙醫的辦公室，把兩隻腳往辦公桌上一擱，撥電話給卡爾．蘇瑟蘭，一個常跟他父親釣魚打獵的老朋友。

卡爾，對方接起電話的時候他說，我做父親了。我們生了個女娃。

恭喜恭喜，孩子，卡爾說，你太太好嗎？

她很好，卡爾。孩子也很好，男孩說。我們給她取名叫凱薩琳。大家都很好。

太好了，卡爾說。聽了很高興啊，代我向你太太問候一聲。你來電話是要問打獵的事吧，我跟你說，大雁成群結隊的全飛來了。我去了這麼些年，還真沒看過這麼多。今天我射了五隻，早上兩隻，下午三隻。明天一早我還要去，你有興趣就一起來吧。

我有興趣，男孩說。所以我才打電話啊。

五點半過來，我們一起去，卡爾說。子彈要多帶。我們一定大有斬獲，放心。明早見。

男孩很喜歡卡爾．蘇瑟蘭。他跟男孩的父親（這時已經去世了），他們是多年的老友。父親去世後，也許是補償心理吧，他們倆都有這種感覺，男孩和蘇瑟蘭開始一起打獵。卡爾．蘇瑟蘭是個直率、個子高大的光頭佬，一個人獨居，不愛閒聊。有時候兩個人在一的時候，男孩會覺得很不自在，不知道自己到底哪裡說錯或是做錯了，因為他很不習慣跟那些長時間不吭一聲的人在一起。但只要是正經的說話，老人家總會給很好的建議。總之這個男人有他的固執，也有滿腹的經綸，令男孩喜歡也佩服。

男孩掛上電話，走下樓去告訴女孩明早要去打獵的事。他開心得不得了，幾分鐘之後，他把東西準備齊全了：打獵穿的外套，子彈匣，靴子，羊毛襪，帶護耳的褐色帆布獵帽，12口徑的散彈槍，衛生內衣。

你什麼時候回來？女孩問。

大概中午左右，他說，也說不定會到五、六點以後。會不會太晚？

還好，她說。我和凱薩琳沒問題的。你只管去輕鬆一下吧，應該的。要不，明天晚上我們幫凱薩琳打扮好了去看看克萊兒吧。

好啊，這主意不錯，他說。我們就這麼辦。

克萊兒是女孩的姊姊，比她大十歲，是個很迷人的女人。我不知道妳有沒有看過她的照片。（她在妳四歲的時候，大出血死在西雅圖一家旅館裡。）當時男孩確實有點愛上她，就像他也有點愛上貝西那樣，她是女孩的妹妹，那時候只有十五歲。有一次他以開玩笑的口吻對女孩說，如果我們倆沒結婚，我可能會去追克萊兒。

那貝西呢？女孩問說，我不想承認，可是我真的覺得她比我和克萊兒都來得漂亮。她如何？

貝西也是，男孩哈哈大笑的說。當然貝西也是。但是我對她的喜歡跟對克萊兒的不一樣。克萊兒年紀大一些吧，我不知道，她有一種說不出來的，很吸引人的東西。沒錯，我相信我會比較喜歡克萊兒，如果要我選。

那你究竟愛誰呢？女孩問。這世界上你最愛的是誰呢？誰是你的太太？

妳是我的太太，男孩說。

那我們會永遠相愛嗎？女孩問，她太愛這樣的對話了，他看得出來。

會，男孩說。我們會永遠廝守在一起。我們會像加拿大的大雁，他說。他用了第一個進入他腦子裡的比喻，這段時間他老是想到這些大雁。牠們一生只結一次婚，而且很早就選定了自己的伴侶，然後廝守終生。如果其中一隻死了或出了什麼事，另外一隻絕不再婚。牠會獨自生活，或是繼續跟著雁群一起生活，但是始終保持單身。

太悽慘了，女孩說。形單影隻地跟著其他的雁群一起生活，我覺得，這要比獨自生活更加悲慘。

是很悲慘，男孩說，但這是天性使然。

你有沒有殺死過這類的夫妻檔呢？她問。你明白我的意思。

他點點頭。有兩三次我射殺了一隻大雁，他說，過了一兩分鐘就看見另外一隻脫離隊伍轉回來，繞著地上躺著的大雁一面兜圈子一面叫喚。

你連牠也射殺了嗎？她關切的問。

盡量吧，他回答。有時候會失手。

那你不會感到不安嗎？她問。

從來不會，他說。在打獵的時候不能想那麼多。我喜歡獵大雁。平常不打獵的時候，就算看著牠們也高興。生命中有各種各樣的矛盾，沒辦法顧全的。

晚餐後他把爐火調大，幫她一起給小寶寶洗澡。他再一次為嬰兒的長相感到驚嘆，有一半像他，是眼睛和嘴巴；另一半像那女孩，是下巴和鼻子。他在那小小的身體上撲了些粉，在手指和腳趾中間也撲了一些。他看著女孩為小寶寶裹上尿布和小睡衣。

他把洗澡水倒入了浴池再上樓。外面天氣陰冷。他的呼吸在冷空氣中冒著熱氣。看著原來的青草地，現在街燈下顯得又灰又硬，看起來就像一塊帆布。雪成堆成堆的積在走道旁。

有輛車子經過，他聽見輪胎輾著砂石的聲音。他想像著明天的光景，想像著雁群在頭頂盤旋，獵槍頂著他的肩膀。

他把門鎖好，下樓去了。

在床上，他們本來想看書，結果都睡著了——她先睡，不到幾分鐘，她手上的雜誌就陷進了被窩；他的眼皮也闔上了，他勉強叫醒自己，檢查完鬧鐘，再關掉檯燈。

嬰兒的哭聲把他吵醒。房間外面的燈亮著，女孩站在小床邊，輕搖著懷抱裡的小寶寶。搖了一會兒她把寶寶放回小床，關了燈回到床上。

凌晨兩點，男孩又睡著了。

半小時後，他又聽見嬰兒的哭聲。這次女孩繼續睡著。小寶寶斷斷續續的哭一陣就停了。男孩仔細聽了一會兒，開始打鼾。

嬰兒的哭聲又再一次吵醒了他。客廳裡燈火通明。他坐起來開亮檯燈。

我不知道這是怎麼了，女孩說，她抱著小寶寶來來回回的走著。我幫她換了尿布，也餵過了，可是她還哭。她哭個不停。我好累，我真怕我要抱不住了。

妳回床上睡去，男孩說。我來抱。

他起身接過孩子，女孩再躺回床上。

多搖她一會兒，女孩在臥室裡說。說不定就會睡著了。

男孩坐在沙發上，抱著小寶寶，用腿輕輕的顛著，孩子的眼睛閉了起來。他自己的眼睛也快闔攏了。他小心翼翼的站起身，把孩子放回小床上。

差一刻鐘四點，他還有四十五分鐘的時間。他爬回床上，立刻睡著。

幾分鐘後，嬰兒又開始大哭，這次兩個人都爬了起來，男孩開罵了。

我的天哪，你這是幹嘛？女孩對他說，她也許是生病了什麼的。也許我們不該給她洗澡的。

男孩抱起孩子。小寶寶蹬著腳，笑了。看吧，他說，我真的不覺得她有什麼問題。

你怎麼知道？女孩說。來，我來抱她。應該給她吃點什麼，可是我不知道該給她吃什麼才對。

她的口氣裡有一種焦慮，男孩認真的看了她一眼。

過幾分鐘孩子不哭了，女孩再把她放回去。等到寶寶又睜開眼大哭的時候，他和女孩看著孩子，再彼此對看一眼。

女孩抱起孩子。寶貝，寶貝，她眼裡含著淚水。

大概肚子不舒服吧，男孩說。

女孩不回答。她繼續搖著懷裡的寶寶，完全不理會男孩。

男孩等了好一會兒，然後走去廚房煮水泡咖啡。他在短褲外面加上羊毛衛生褲和T恤，扣好釦子，開始穿衣服。

你要幹嘛？女孩問他。

去打獵，他說。

我覺得你不應該去了，她說。或許晚一點再去，等孩子沒事之後，我覺得今天早上你不應該去。像現在這副樣子，我不要一個人帶著她。

卡爾講好了要我去的，男孩說。我們計畫好了的。

我才不管你和卡爾的什麼計畫，她發火。我也不管什麼卡爾不卡爾的，我根本不認識這個人。我就是不要你去。在這種情況底下我認為你根本就不應該考慮這件事。

妳以前見過卡爾，妳認得他啊，男孩說。妳說妳不認識他是什麼意思？

這不是重點，你明明知道的，女孩說。重點是我不想單獨一個人帶著一個生病的小寶寶。你不自私的話就應該知道。

嗨等等，這不對吧，他說。妳不了解。

不，是你不了解，她說。我是你的太太，這是你的孩子。她現在病了，看看她。不然她幹嘛一直哭？你不可以丟下我們不管跑去打獵。

不要無理取鬧，他說。

我沒有說你不能去打獵，你任何時間都可以去，她說。現在孩子病了，你居然要丟下我們自顧自的去打獵。

她哭了起來，把孩子放回小床上，孩子又開始哭鬧。女孩連忙用睡衣袖子擦乾眼淚，再度抱起孩子。

男孩慢慢的綁起鞋帶，穿上襯衫、毛衣和外套。廚房裡，爐子上的水壺吹起哨音。

你得做個選擇，女孩說。卡爾還是我們，我是認真的，你必須要做個選擇。

妳什麼意思？男孩慢吞吞的說。

你聽見我說的話了，女孩回答。你如果想要這個家，就必須做個選擇。你只要走出這個門，就不要回來了，我是認真的。

兩個人對看著。然後男孩拿起打獵的裝備上樓去了。他費了一些力氣把車子發動，再繞到車窗周圍，用力的把上面的冰雪刮掉。

夜裡氣溫降低了，天氣卻很晴朗，天上的星星都出來了，在他頭頂上閃個不停。男孩邊開車，邊抬頭看著天上的星子，想到它們之間遙遠又明亮的距離，他感動不已。

卡爾的門燈亮著，他的休旅車停在車道上，馬達在空轉。男孩把車開到路邊的時候，卡爾走出來。男孩下了決定。

你可能得把車停遠一些，卡爾對著走過來的男孩說，我已經好了，等我把燈關掉。今天我真是見鬼了，真的，他繼續往下說。我起先以為你睡過頭，前一分鐘才打了個電話去你家，你太太說你已經走了。這個電話打得真是糟糕。

沒關係，男孩試著拉回話題。他把全身的重量都放在一條腿上，豎起領子。兩手往外套口袋裡一插。她已經起來了，卡爾。我們兩個已經起來好一會兒了。小孩子好像出了些問題，我也不知道怎麼回事。她哭個不停，我的意思是。重點是，這次我大概不能去了。他抖抖身上的寒意，別開了視線。

你給我個電話不就結了，孩子，卡爾說。沒關係。真是，用不著特地跑了來告訴我。真是，打獵這種事可去可不去，沒那麼嚴重。要不要喝杯咖啡？

不了，謝謝，我還是趕緊回去吧，男孩說。

好，我既然起來了也準備好了，我想我還是會去，卡爾說。他看了男孩一眼，點起香菸。

男孩照舊站在門廊上，什麼話也不說。

天氣放晴了，卡爾說，我看今天早上也不會有太多的收穫。太冷了。

男孩點點頭。改天見，卡爾，他說。

再見，卡爾說，嘿，別管人家怎麼說，卡爾在後面喊著。你是個幸運的孩子，我說真的。

男孩發動車子等候著，看著卡爾進屋裡把所有的燈關掉。然後男孩才打上檔把車開走了。

客廳的燈亮著，女孩卻在床上睡著了，嬰兒睡在她身旁。

男孩脫下靴子、長褲、襯衫，只穿著襪子和羊毛衛生衣坐在沙發上，看星期天的早報。

不久，屋子外面明亮起來。女孩和嬰兒繼續熟睡著。再過了一會，男孩進廚房去煎培根。

幾分鐘之後女孩穿著睡袍走出來，一聲不吭的抱住了他。

嘿，別把睡袍燒著了，男孩說。她依偎著他，但確實也碰到了爐子。

早上很對不起，她說，我不知道我是怎麼了，怎麼會說出那些話來。

沒事，他說，好了，親愛的，讓我把培根拿起來吧。

我不是有心要那麼凶的，她說。太可怕了。

是我不好，他說，凱瑟琳怎麼樣？

她現在好了。我不知道她之前是怎麼了。你離開以後我又幫她換了尿布，然後就沒事了，然後馬上就睡著了。我也不知道怎麼回事。千萬別生我們的氣啊。

男孩哈哈大笑。我不會跟妳們生氣的，別傻了，他說，喏，讓我用這只鍋子再做點吃的。

你坐下吧，女孩說，我來做早餐。威化餅配這些培根如何？

太棒了，他說。我餓壞了。

她把培根從鍋子裡取出來，再開始調威化餅的麵糊。他坐在餐桌旁，輕鬆自在的看著她在廚房裡團團轉。

她先去關上臥室的門，再進客廳放上他們倆很喜歡的一張唱片。

我們可別再把那一位給吵醒了，女孩說。

她把盛著培根、煎蛋和威化餅的餐盤放在他面前，再把自己的餐盤也放上桌子。好了，她說。

好好吃的樣子，他說。他在威化餅上抹了奶油，澆上糖漿，就在他動手切威化餅的時候，整只盤子竟翻倒在他腿上。

怎麼有這種事，他跳起來說。

女孩看著他，看到了他臉上的表情，她放聲大笑。

你去照照鏡子，她繼續大笑著說。

他低頭看著覆蓋在羊毛衛生褲前面的糖漿，看著那些黏在糖漿上的威化餅、培根和雞蛋。他也放聲大笑。

我餓壞了，他搖著頭說。

你是餓壞了，她仍舊笑個不停。

他脫下衛生褲，往浴室的門邊一扔，張開雙臂，她立刻投進他的懷抱。他們隨著音樂慢慢的搖慢慢的晃，她穿著睡袍，他穿著短褲和T恤。

我們不要再吵架了，好不好？她說。很划不來，對不對？

對，他說。看看把妳害的。

我們別再吵架了，她說。

唱片放完的時候，他給她深深的一吻。那是十二月裡一個寒冷的早晨，八點鐘左右。

他從椅子上起來，把兩人的酒杯倒滿。

好了，他說。故事結束了。我承認這實在太短了，算不上精彩。

我喜歡，她說。我覺得非常有趣。後來呢？她問。後來會怎樣，我是說。

他聳聳肩，拿著酒走到窗口。天色昏暗，仍在下雪。

很多事情都會改變，他說。孩子們會長大。我不知道後來怎樣了。不過事情一定會改變，它不會事先讓你知道，也不會照著你的意思。

對，確實是這樣，只是——她並沒有把話說完。

她放下了這個話題。從窗戶反射的影像裡，他看見她在端詳自己的指甲。忽然她抬起頭，興致勃勃的問他，究竟想不想帶她去看看這座城市。

當然，他說。穿上妳的靴子，咱們立刻上路。

但是現在他繼續站在窗前，回憶著逝去的人生。在那個早晨之後，接著而來的歲月很不好過。他有了別的女人，她有了別的男人，但是那個早晨，那個特別又特別的早晨，他們曾經一起跳舞。他們跳舞，然後相擁，彷彿那個早晨就是永遠，後來他們為了那塊威化餅笑個沒完。他們互相依偎，開心大笑，笑到眼淚都迸出來，那時候屋外的一切都結了凍，那時候只是那時候。

16 新手

我的朋友賀伯·麥金尼，一位心臟病學家，正在說話。我們四個坐在他家廚房的餐桌上喝著琴酒。這天是星期六的下午。陽光從水槽背後的大窗戶曬滿整個廚房。在座的有我和賀伯，他第二任太太泰瑞莎——我們都叫她泰莉——還有我太太，蘿拉。我們都住在阿布奎克⑧，我們也都從外地來的。桌上有個冰桶。琴湯尼⑨不斷的在桌上來回傳遞，不知怎麼的，我們的話題轉到了愛情上面。賀伯認為真愛不外乎就是精神戀愛。他年輕時候，在讀醫學院之前曾經在神學院裡待了五年。在改讀醫學院的同時他也離開了教會，但他說，他仍舊看待在神學院的那幾年是他生命中最重要的一段歲月。

⑧ Albuquerque，美國新墨西哥州的最大城市。
⑨ gin and tonic，加了通寧水的琴酒。

泰莉說她和賀伯同居之前跟她同居的那個男人非常愛她，愛到要想殺死她的地步。賀伯聽了哈哈大笑，扮了個鬼臉。泰莉看了他一會兒，說，「有天夜裡他打我，那是我們同居的最後一個晚上。他拽著我的腳踝把我在客廳裡拖過來拖過去，一邊拖一邊說，『我愛妳，妳不知道嗎？我愛妳，賤貨。』他繼續拽著我在客廳裡拖來拖去，我的頭就不斷的東碰西撞。」她朝我們看了一圈，再看著她捧著杯子的雙手。她是個骨感美女，臉蛋很漂亮，暗色的眼睛，褐色的長髮垂到背上。她喜歡綠松石做的項鍊，長墜子的耳環。她小賀伯十五歲，經常犯厭食症，在六〇年代後期，在上護理學校之前，她是一個退學生，照她的說法就是，一個「街友」。賀伯有時候暱稱她是他的嬉皮。

「我的天哪，別傻了吧。那不是愛情，妳知道的，」賀伯說，「我不知道你們叫它什麼——我說那叫瘋狂——總之那肯定不是愛情。」

「隨你怎麼叫都行，可是我知道他愛我，」泰莉說，「我知道他是的。在你也許覺得瘋狂，可是那是千真萬確的。每個人是不同的，賀伯。當然，他有時候的表現或許是瘋狂。我承認。可是他愛我。是以他自己的方式，也許，可是他真愛我。那裡面是有愛情的，賀伯。不要否定我。」

賀伯吁了一口氣。他握著酒杯，轉向我和蘿拉，「他也威脅要殺掉我。」他乾了杯中的酒，再伸出手去拿酒瓶。「泰莉是個浪漫主義者。泰莉是標準的『踹我所以我知道你愛我』族類。泰莉，親愛的，別用這種眼神。」他的身子越過桌面，用手指碰碰她的臉頰，咧著嘴對她笑。

「現在他想和解了，」泰莉說，「在罵完我之後。」她沒有笑容。

「和解什麼？」賀伯說。「有什麼需要和解的？我清楚自己知道什麼，我把它說出來，如此而已。」

「那你要叫它什麼呢？」泰莉說。「我們怎麼會扯上這個話題的呢？」她舉起杯子喝酒。「賀伯滿腦子都是愛情，」她說。「對吧，親愛的？」現在她有笑容了，我想話題應該到此為止了。

「我只是不會把卡爾的那些行為叫做愛，沒別的意思，親愛的。」賀伯說。

「你們兩位呢？」他對著我和蘿拉說。「你們覺得那像是愛情嗎？」

我聳聳肩。「問錯人了。我甚至根本不認識那個男的，只聽人提過他的名字而已，卡爾。我哪裡會知道。總要把各種環節都搞清楚才行。我是不會這麼做的，不過誰能說得準，愛情的表達方式可不是有千百種？在我的方式裡不會發生這種行為。那你剛才的意思，賀伯，是不是說愛情就是一種絕對？」

「我所謂的愛情，」賀伯說，「我說的那種愛情是，你不會想到要去殺人。」

蘿拉，我最親愛的大蘿拉，她公道的說，「我對卡爾一無所知，對這整件事也一無所知。有誰可以隨便批判別人的情況呢？不過，泰莉，我不知道會有那樣的暴力行為。」

我摸一下蘿拉的手背。她回我一笑，再把視線回到泰莉身上。我握起蘿拉的手。這手的觸感很溫暖，擦了亮光油的指甲修剪得很整齊。我的手指圈住她寬闊的手腕，就像一副手環。我再摟著她。

「我離開的時候他喝下老鼠藥，」泰莉說。她兩手緊抱著胳臂。「那時候我們住在聖塔菲，他們把他送到當地的醫院，他的命救回了，但牙齦鬆了。我的意思是牙齦跟牙齒幾乎分家了。從那以後他的牙就像狗牙似的矗著。我的天哪。」她說。停了一會，她鬆開胳臂，端起了酒杯。

「怎麼會做出這種事情！」蘿拉說。「我真替他難過，我甚至根本不會喜歡他。他現在哪裡？」

「他不能動了，」賀伯說，「他死了。」他把一碟萊姆遞給我。我取了一塊，把萊姆汁擠到酒裡，再用手指攪了一下冰塊。

「後來更糟，」泰莉說，「他朝自己嘴巴裡開了一槍，就連這件事也搞砸了。可憐的卡爾。」她說，一面搖頭。

「可憐個屁，」賀伯說，「他太危險了。」賀伯四十五歲。他長手長腳，又高又瘦，一頭波浪型的灰髮。因為打網球，臉和手臂曬成了褐色。在清醒的時候，他的姿勢動作謹慎又得體。

「可是他確實是愛我的，賀伯，這一點你必須承認。」泰莉說。「我也只求你承認這一點而已。他愛我的方式跟你不一樣，我沒在說這個。可是他愛我。你可以同意這一點吧？我的要求不算過分啊。」

「妳剛才說『他搞砸了』，是什麼意思？」我問。蘿拉拿著杯子傾身向前。她把手肘橫在桌上，兩手握著酒杯，從賀伯看到泰莉。她在等答案，坦率的臉上掛著困惑的表情，彷彿很錯愕，怎麼會有這種事發生在認識的人身上。賀伯乾了杯子裡的酒。「他自殺的時候怎麼搞砸了？」我再說一次。

「由我來說吧，」賀伯說。「他拿著買來的點22口徑手槍威脅我和泰莉——噢，我不是開玩笑，他是真的想開槍。你們可以想像我們那段日子的生活。簡直就像逃犯。我甚至自己也買了把槍，我一直以為我不是暴力一族的。我買了槍，為了自保，我把槍放在儀表板旁邊的小匣子裡。有時候我得在半夜離開公寓，你們知道的，要趕去醫院。當時我和泰莉已經結婚了，原來的房子、小孩、狗，所有的東西全歸給了我的前妻，我和泰莉就住這間公寓。有時候，就像我說的，會在半夜忽然一通電話，我就得在凌晨兩三點的時間趕去醫院。停車場裡一片漆黑，還沒走到停車位我已經一身冷汗。我不知道他會不會從樹叢或是從哪輛車子後頭突然冒出來，對我開槍。我的意思是，他已經瘋了。他甚至有可能在我車子放枚炸彈之類的。他全天候的撥打我的服務專線，說要找醫生談話，等我回話的時候，他就說，『我操你個B，你沒幾天好日子過了。』諸如此類的小事情，層出不窮。很可怕，真的。」

「我還是很為他難過。」泰莉說。她啜著酒，瞪著賀伯。賀伯回瞪她。

「真像一場噩夢，」蘿拉說。「他開槍自盡以後到底發生什麼了？」蘿拉是一個法律事務祕書。我們在一次工作場合認識，在場還有很多人，但我們談得很投緣，我邀她一起晚餐。當時不知道，原來這就叫追求。她三十五歲，比我小三歲。除了愛情之外，我們彼此欣賞，更喜歡有對方相伴。她隨和，好相處。「發生什麼了？」蘿拉再問一次。

賀伯頓了一會兒，轉著手裡的杯子。他說，「他在自己房間朝嘴巴裡面開了一槍。有人聽見槍聲，通知經理。他們拿萬能鑰匙開門進去，看見出了事，就叫來救護車。他們把他送進急診室的時候我剛好在那兒，我在處理另外一個案子。當時他雖然活著，已經救不了了。不過，他還是活了三天。我不開玩笑，他的頭腫得有正常人的兩倍大。我從來沒見過這種情形，也希望以後千萬別再見到。泰莉知道了之後要去醫院陪他，我們為此大吵特吵。我不認為她想看到他那副樣子，我也不認為她應該去看他，到現在我仍然堅持這個想法。」

「誰吵贏了？」蘿拉說。

「他死的時候我在病房裡陪著他，」泰莉說，「他始終沒有恢復意識，根本沒有任何希望，可是我陪著他。他身邊沒有別的親人。」

「他太危險了，」賀伯說，「如果妳說這叫做愛情，妳就去愛吧。」

「這是愛情，」泰莉說。「當然在大部分人的眼裡這種愛情很不正常，但是他真的願意為愛而死。他確實做到了。」

「我他媽說什麼都不會叫這個是愛情，」賀伯說，「妳根本不知道他是為何而死。我看過太多自殺事件，我敢說再親近的人也沒幾個知道他們究竟為了什麼。他們口口聲聲說是為了這個理由，我不知道。」他兩手放到脖子背後，椅子往後斜。「我對那種愛情毫無興趣。如果那叫愛情，妳就去愛吧。」

過了一會，泰莉說，「當時我們是很害怕。賀伯甚至擬了一份遺囑，寫給他在加州待過特種部隊的弟弟。告訴他萬一他出了什麼神祕的意外可以去找誰。哪來的什麼神祕啊！」她搖頭苦笑。喝了一口酒，接著往下說。「不過我們確實過得像逃犯。我們很怕他，這是毫無疑問的。我甚至叫過警察，他們也無能為力。警察說他們拿他沒輒，除非他真的對賀伯做出了什麼，否則他們沒辦法對他做出逮捕之類的行動。這不是很好笑嗎？」泰莉說。她把最後一點琴酒倒進杯子裡，搖了搖酒瓶。賀伯起身走向壁櫃，再從裡面拿出一瓶琴酒。

「唔，我和尼克很相愛，」蘿拉說，「對吧，尼克？」她用膝蓋撞了撞我的膝蓋。「你該說兩句話了吧。」她滿臉笑容的對著我說。「我們兩個真的處得很好，我認為啦。我們做什麼都喜歡兩個人一起，我們誰也不傷害誰，感謝主。真是謝天謝地。我認為我們很幸福，我認為我們應該要惜福。」

我以行動來回答。我執起了她的手，瀟灑的舉到嘴邊，誇張的吻下去。大家都被逗笑了。「我們很幸運。」我說。

「你們兩個，」泰莉說，「別肉麻了。簡直教我噁心！你們還在度蜜月，所以才會這樣。你們還在熱著。哎等等。你們在一起多久了？多久？一年？一年多了吧。」

「就快一年半了。」蘿拉說，依舊臉紅紅的在笑。

「你們還在蜜月期，」泰莉又再說一次，「等過一陣子再說吧。」她握著酒杯盯著蘿拉。「我只是開個玩笑。」她說。

賀伯開完酒，繞著桌子替大家斟酒。「泰莉，真是，妳怎麼這樣說話，就算不是認真的，就算開玩笑也不應該。這簡直是在詛咒人家。來，兩位，敬你們。我先乾為敬。為愛情乾杯。敬真愛。」賀伯說。我們碰杯。

「為愛情乾杯。」我們說。

屋外，後院裡，一隻狗在吠。挨著窗子的白楊樹葉在風中輕輕顫動。午後的陽光似乎也成了出席者。餐桌上忽然興起了一種豐沛又舒服的感覺，那是一種友情和慰藉的感覺。天南地北，無拘無束。我們再舉杯，彼此笑臉相向，就像在某件事情上終於有了共識的一群孩子。

「我來告訴你們什麼才是真愛。」最後，賀伯打破了魔咒。「我的意思是我來給各位講一個很好的例子，然後由你們自己下結論。」他再為自己倒了一點琴酒，加上冰塊和萊姆。我們喝一口酒，等著。我和蘿拉又碰了碰膝蓋。我一隻手擱到她大腿上，停留在那兒。

「我們有誰真正知道什麼是愛情？」賀伯說。「原諒我問得有些唐突，不過我說的是實話。依我看，在愛情當中，我們的等級只算得上新手而已。我們說我們彼此相愛，我們確實如此，這一點我並不懷疑。我們彼此相愛，而且愛得很深很用力，我們大家都一樣。我愛泰莉，泰莉愛我，你們兩位彼此相愛。你們知道我現在談的這種愛情。性愛，吸引到另外那個人，配偶，伴侶，其實就像每天常態的愛情一樣，對另外一個人的愛，喜歡跟對方在一起的愛，許多瑣碎的小事情構成了常態的愛情。至於肉慾的愛和——唔，就叫它感性的愛吧，每天每天的關愛著對方。有時候我真的很為難，我必須承認愛過我前妻這個事實。確實有，我知道我愛過。所以不必你們說我也知道，在某種程度上我和泰莉其實沒有差別。相較於泰莉和卡爾。」他停下來想一會，再繼續。「有一段時間，我真的認為我愛我前妻的程度已經超越了生命，我們生下孩子。可是現在我對她恨之入骨。這你怎麼說？那份愛情究竟怎麼了呢？是不是那一份愛情就這麼簡單的從掛牌上擦掉了呢？我想知道的是它究竟怎麼了。我希望有誰可以告訴我。再來就是卡爾。對，我們又回到卡爾身上。他太愛泰莉，愛到想要殺掉她，最後他殺死了自己。」他停頓下來搖搖頭。「你們兩個在一起十八個月，相親相愛，從你們的一舉一動看得出來，你們整個人都因此而發光發亮，然而在你們相遇之前你們也曾經愛過別人。你們倆都有過一次婚姻，就像我們。更有可能在那之前還愛過其他的人。我和泰莉在一起五年，結婚四年。可怕的事情來了，這可怕的事情是……不過也算是一件好事吧，往好處想，或許你們會這麼說，就是萬一我們倆之間有一個人出了事——抱歉我口沒遮攔——萬一明天我們兩個中間有一個發生不測，我想另外的一個，另外的一個配偶，當然會哀悼一陣子，這你們知道的，可是之後這活著的一個就會再出發去戀愛了，而且很快就會有新歡，而所有那些，所有那些所謂的愛情——天哪，該怎麼說才好？——只不過剩下回憶。說不定連回憶也免了。也許事情就該這個樣子。難道說我錯了？我說得太過分了？我知道我們以後就會是這個情形，我和泰莉，就像我知道我們現在彼此相愛一樣。不管我們現在跟誰在一起，都會有這個風險。事實也證明了這是事實。我只是不明白。如果你們認為我錯了但說無妨。我需要知道。我現在一竅不通，我率先承認這一點。」

「哎呀，賀伯，」泰莉說，「這個話題太悶了，太令人沮喪了。就算你認為這是個事實，」她說，「可還是太沮喪了。」她探出手捉住他靠近手腕部分的手臂。「你是不是喝多了，賀伯？親愛的，你是不是醉了？」

「親愛的，我只是說幾句話，行嗎？」賀伯說。「我用不著等喝醉了才把心裡想的話說出來，是吧？我沒醉。我們只是談一談嘛，對吧？」賀伯說。忽然他的口氣一變。

「如果我想喝醉我就喝個醉，我靠。今天我愛做什麼就做什麼。」他兩眼瞬也不瞬的盯著她。

「親愛的，我並沒有在批評你啊。」她說。她拿起酒杯。

「我今天不當班，」賀伯說，「今天我愛做什麼就做什麼。我只是累了。」

「賀伯，我們都愛你。」蘿拉說。

賀伯看著蘿拉。好像他一時間認不出她了。她維持笑臉，繼續看著他。她的臉頰紅紅的，陽光照耀著她的眼睛，她瞇著眼看著他。他臉上的表情放鬆了。「我也愛妳，蘿拉。還有你，尼克。說真的，你們倆是我們的好朋友。」賀伯說。他端起酒杯。「我剛才要說什麼來著？對。我要告訴你們前不久發生的一件事。我是想證明一個重點，我相信只要我把它一五一十的說出來，就一定能夠證明。這事發生在幾個月前，其實到現在還是進行式。你們或許會這麼說，沒錯。不過這事應該會令我們大家覺得慚愧，當我們像現在這樣，大刺刺的，自以為是的高談闊論，談論著愛情。」

「賀伯，好了啦，」泰莉說，「你真的醉了。不要講這些了。你要是沒醉就不要像喝醉了似的說這些醉話。」

「妳給我閉一會兒嘴，行嗎？」賀伯說。「讓我來說。這事揪在我心上。暫時閉上妳的嘴。我來說一下事情剛發生的時候。還記得在州際公路上出車禍的那對老夫婦吧？一個小伙子撞到他們，撞得很慘，復元的機會少之又少。讓我好好把它說完，泰莉。就請妳暫時閉上妳的嘴。好嗎？」

泰莉看我們一眼，再看回賀伯。她似乎很「焦躁」，只有用這兩個字最貼切。賀伯把酒瓶在桌上傳了一圈。

「驚嚇我吧，賀伯，」泰莉說，「讓我驚嚇到說不出話來吧。」

「也許我會，」賀伯說，「也許我真會。我經常也會讓自己驚嚇到，我生命中的每一樣事物都會令我感到驚嚇。」他注視了她片刻，開始發話。

「那天晚上我值班。大概五、六月裡。我和泰莉剛坐下來吃晚飯，醫院來電話了。州際公路上出了車禍。一個喝醉酒的小伙子，十幾歲的青少年，開了他老爸的小卡車撞上那對老夫婦的露營車。兩個老人大約七十五、六歲。那小伙子，十八、九歲，在送到醫院前就已經DOA⑩了。方向盤穿進胸骨，鐵定是當場死亡。那對老夫婦倒還活著，不過也只剩一口氣而已。兩個人全身是傷，骨折，撕裂傷，挫傷，內傷，兩個人都有腦

⑩ dead on arrival，在到達醫院前便已死亡。

震盪。情況壞得一場糊塗，不騙你們。當然，加上他們的年齡也是一個大不利。那女的甚至比那男的還要嚴重。她脾臟破裂，另外，兩個膝蓋骨全部碎裂。好在他們綁了安全帶，天曉得，這是唯一讓他們還能保住性命的東西。」

「各位，這是為國家安全委員會打廣告，」泰莉說，「這位是貴會的發言人，名醫賀伯．麥金尼博士，正在發言。各位好好聽著。」泰莉邊說邊大笑，忽然她壓低了聲音。「賀伯，有時候你真的很過分。我愛你，寶貝。」

我們都笑了。賀伯也笑了。「寶貝，我也愛妳。妳知道的，不是嗎？」他湊過桌面，泰莉在半中間迎上他，兩個人親了一個吻。「泰利說得對，各位，」賀伯重新歸位說，「為了安全請扣上安全帶。大家要聽賀伯博士說的話。言歸正傳吧，他們簡直不成人形，那兩個老的。我趕到的時候，住院醫生和護士已經在處理了。小伙子死了，就如剛才說的。他被推到一個角落，攤在輪床上。已經有人去通知死者的親人，葬儀社的人也在路上了。我對那兩個老的看了一眼，叫急診室的護士趕快給我找神經科醫師和整形科的人過來。我盡量長話短說吧。兩位醫師趕來了，我們立刻把老夫婦推進手術室，足足忙了大半夜。他們真的很神勇，生命力超強，我是說那兩個老的，這種情形相信你們偶爾也會碰上。該做的我們全都做了，將近早晨的時候我們給了他們五五波的機會，也許還不到，也許那位妻子只有百分之三十七左右。她的名字叫安娜．蓋茲，她真是了不得。第二天上午他們還活著，我們把他們移到加護病房，方便監看呼吸狀況和二十四小時的全天候照護。他們在加護病房待了將近兩個禮拜，她更久一些，要等到情況穩定之後我們再把他們轉到普通病房。」

賀伯停了下來。「來，」他說，「我們來喝酒。把這瓶酒喝了。然後出去吃飯，對不對？我和泰莉知道一個地方。新開的。我們就去那裡，那個新地方。等我們把這酒喝完了就走。」

「那地方叫做『圖書館』，」泰莉說，「你們還沒去吃過吧？」她說，我和蘿拉搖搖頭。「很不錯的一個地方。聽說是一家新的連鎖店，看起來不像，你明白我的意思吧。那裡真的有書架，上面放的是真的書。餐後你們可以瀏覽一下，帶一本回家看，下次去吃的時候再還回去就行了。那裡的菜色好得沒話說。賀伯在看《撒克遜英雄傳》⑪，上星期我們去那兒的時候他帶出來的。他就在卡上簽個名，就跟真的圖書館一樣。」

「我喜歡這本書，」賀伯說，「艾凡赫太偉大了。如果一切可以重來，我一定要攻

⑪ Ivanhoe，艾凡赫，作者 Sir Walter Scott 最負盛名的歷史小說，曾拍成電影，片名改為「劫後英雄傳」。

讀文學。現在我出現了一個身分認同的危機。對吧，泰莉？」賀伯說著哈哈大笑起來。他轉動杯子裡的冰塊。「這個身分認同危機已經存在好多年了，泰莉很清楚。泰莉可以告訴你們，不過還是由我自己來說吧。如果我可以回到過去，過不同的人生，在不同的年代，你們知道我會怎樣？我希望是一名中古時期騎在馬上的武士。穿上那些盔甲超安全的。在火藥槍砲，點22手槍出現之前，做一名武士真的棒。」

「賀伯就想騎白馬拿長矛。」泰莉笑著說。

「還隨身帶著一個女人的吊襪帶趴趴走。」蘿拉說。

「或者就帶著一個女人。」我說。

「對，」賀伯說，「你說對了。還是你最懂，是吧，尼克？」他說。「或者，也可以揣著她們香噴噴的小手帕。在那個時候她們帶不帶香香的手帕？沒關係。只要一點點的『勿忘我』。一個象徵，我指的是。在那時候身上總要帶個定情的象徵就對了。總之，在那個年代做武士要比做農奴強多了。」賀伯說。

「那還用說。」蘿拉說。

「那個年代做奴隸哪有那麼好的待遇啊。」泰莉說。

「農奴絕對沒這個福分，」賀伯說，「不過我猜想，就算武士也是某個人的附

『補』品吧。在那個時代不就那樣嗎？到後來，每個人都成了另外一個人的附『補』品了。不就是這樣嗎？泰莉？我之所以喜歡武士，除了有那些美女之外，主要是他們有那套盔甲，知道吧，他們不容易受到傷害。那個年代沒有汽車啊。不會有喝醉酒的青少年開車過來撞你啊。」

「附屬品。」我說。

「什麼？」賀伯說。

「附屬品，」我說，「那叫做附屬品，大醫生，不是附『補』品。」

「附屬品，」賀伯說，「附屬品，附『補』品，心室心房，輸精管。都沒差啦，反正你明白我在說什麼。你們在這方面的學問比我高多了。我有我的專業。沒錯，我是個心臟外科醫生，但實際上只是個技工而已。我只是進去把身體上出毛病的地方修理一下，就是個技工嘛。」

「你怎麼忽然謙虛起來了，賀伯。」蘿拉說，賀伯對她咧咧嘴。

「他本來就是個謙虛的大醫生，各位，」我說。「不過有時候盔甲會悶死人的，賀伯。太熱，太累的時候，甚至還會心臟病發。我在哪裡讀到過，說他們墜馬之後因為太累，盔甲又重，根本爬不起來了。有時候還會被自己的馬踩死。」

「太可怕了，」賀伯說，「這畫面太可怕了，尼克。我猜想他們就只能躺在那兒，等著，等著一個敵人，走過來，一傢伙把他們做成羊肉串燒。」

「另外一個附屬品。」泰莉說。

「對，另外一個附屬品。」賀伯說。「妳開竅了。另外一個附屬品就會走過來，把這個同行一刀刺死，以愛之名，或者其他隨便一個為什麼而戰的名目。這就跟我們現在高喊為什麼而戰的情況一模一樣，」賀伯說。

「政治，」蘿拉說，「千古不變。」蘿拉的臉頰依舊紅豔。她的眼睛明亮。她把酒杯舉到唇邊。

賀伯再為自己斟滿一杯酒。他仔細的看著標籤，彷彿在研究標籤上那幾個小御林軍守衛的長相。他慢慢的把酒瓶放回桌上，再伸手去拿通寧水。

「那對老夫婦怎樣了，賀伯？」蘿拉說。「你剛才的話題還沒講完。」蘿拉在辛苦的點菸，她的火柴老是滅掉。現在屋裡的光線不一樣了，在改變，變得愈來愈暗。窗外的樹葉仍舊閃動著微光，葉片在窗格子和美耐板的工作臺上形成了模糊的圖案，我凝視著。屋裡靜靜悄悄，除了蘿拉劃火柴的聲音。

「那對老夫婦呢？」過了一會兒我說。「剛才說到他們準備出加護病房了。」

「年紀大智慧高，」泰莉說。

賀伯瞪著她。

「賀伯，別用那種眼神看我，」泰莉說，「繼續說故事吧。我只是開開玩笑。後來怎樣了？我們都想聽啊。」

「泰莉，有些時候……」賀伯說。

「拜託，賀伯，」她說。「親愛的，不要老是這麼嚴肅，請你繼續說故事吧。我只是開個玩笑，真是。你連個玩笑都開不得嗎？」

「這根本不是個玩笑。」賀伯說。他握著酒杯緊盯著她。

「後來呢，賀伯？」蘿拉說，「我們真的想知道。」

賀伯把視線轉到蘿拉身上。他咧著嘴笑了。「蘿拉，要不是我有了泰莉，要不是我很愛她，要不是尼克是我的好朋友，我一定會愛上妳。我一定把妳搶走。」

「賀伯，胡說些什麼呀。」泰莉說，「說你的故事。要不是因為我還愛你，我絕對絕對不會待在這裡的，你看著吧。親愛的，怎麼樣？快把故事說完。我們就可以去『圖書館』了，好嗎？」

「好，」賀伯說，「我『之前』說到哪裡？我『現在』又說到哪裡？這樣問比較好。也許我應該這樣問才對。」他頓了一會，開始說了。

「他們終於脫離險境，經過檢查確認之後，可以離開加護病房了。我每天都會過去看看他們，有時候甚至一天兩次，只要我剛好有其他門診的時候。他們兩個都上了石膏綁著繃帶，從頭到腳。你們知道吧，在電影裡一定看見過的，哪怕沒見過真實的情況。他們真的從頭到腳都是繃帶，注意我說的，從頭到腳。兩個人就是這副德性，就像電影裡大災難之後那些裝扮的演員。只不過這是真實的情況。他們頭上綁著繃帶——只在眼睛、嘴巴和鼻子的位置留了幾個洞口。安娜・蓋茲還得把兩條腿吊起來。她的情況比他糟得多，我之前說過。兩個人繼續在打點滴，靜脈注射。那位亨利・蓋茲先生一直非常的沮喪。即使後來知道他太太可以撐下來，可以復元，他還是非常的沮喪。他沮喪的原因不只是為了車禍意外，雖然所有的事情因它而起。你知道，前一分鐘你還好好的，一切平安順遂，忽然砰的一聲，你就掉進了無底洞。然後你回來了，像個奇蹟似的。可是你身上有了抹不掉的記號。是它造成的。有一天我坐在他病床邊的椅子上，他向我傾訴，他說得很慢，從他嘴巴上的那個小洞口，所以我不時得起身湊到他臉上才聽得清楚，他告訴我那小伙子的車越過中線開過來，一頭撞上他們那時候的樣子和他當時的感覺。他說他知道他們完了，那大概就是他在世上看見的最後一個景象了。當時就只有這些。他說其他什麼也沒想到，他的一生並沒有一幕幕的在他眼前經過，完全沒有。他說他只覺得很難過，他沒能夠再多看一眼他的安娜，因為這美好的一生他們是一起走過的。他筆直的向前看，緊抓著方向盤，眼看著那小伙子的車迎面撞上來。當時他什麼都不能做，除了說，『安娜！抓緊了，安娜！』」

「我雞皮疙瘩都起來了，」蘿拉說。「噢喲——」她甩頭。

賀伯點了點頭，接著往下說。他整個人沉浸在事件裡。「我每天都去他床邊坐一會。他全身綳帶的躺在那裡望著床尾的窗戶。窗戶太高了，他望見的只有一些樹頂而已。他這樣一望就是好幾個小時。沒有人幫忙他根本沒辦法轉頭，而轉頭的動作他一天只能夠做兩次。每天早上和傍晚可以准他轉動幾分鐘。可是在我們查房的時間，在他說話的這一整段時間裡，他就只能看著窗戶。我也會說上兩句，問幾個問題，但多半是在聽他說。他的情緒非常低落。最令他沮喪的是……在他得知他太太確定沒事了，而且穩定的在逐漸康復之後，最令他沮喪的是，他們倆沒辦法實際的見到面。他沒辦法看見她，沒辦法每天跟她在一起。他告訴我他們在一九二七年結婚，從那天起兩個人總共只分開過兩次。甚至在孩子們出生的時候也沒分開過，孩子都在自己的牧場出生，所以亨利和他老婆還是每天見面，每天說話，每天在一起。他說唯二的那兩次分離——一次是一九四〇年她母親過世，安娜必須搭火車趕去聖路易處理一些事情。再來就是一九五二年，她姊姊在洛杉磯過世，她必須過去認領遺體。我應該告訴你們，老夫婦在奧勒岡州班德市郊有一塊大約七十五哩左右的小牧場，他們大半輩子都住在那裡。幾年前才剛剛把牧場賣了搬進班德市區裡。意外發生的當時，他們剛去丹佛探望他姊姊回來，打算順便再去艾爾帕索看看兒子和孫子。

「總之，在他們的婚姻生活裡，總共只分開過這麼兩次。你們想想看吧。想不到的是，他居然這麼離不開她。應該說他簡直在為伊人憔悴。以前我從來不明白『為伊人憔悴』的意思，直到我看到了這個男人的模樣。他想念她到了極致。他一心一意只想有她相伴，這個老人啊。當然，在我每天把安娜進步的情形向他簡報——說她恢復得很好，只是需要再給一點時間的時候——他還是會比較寬懷，比較開心。這時候他已經拆了石膏和繃帶，但仍舊寂寞得不得了。我告訴他說只要時候一到，也許再一個星期，我就會讓他坐上輪椅，帶他去走廊另一頭看望他的太太了。同時，我繼續的探望他，我們繼續聊天說話。他告訴我一些三〇年代末和三〇年代初他們在牧場上的生活情形。」他朝我們幾個看了一圈，還沒開口就先搖頭，好像難以啟齒，又好像對於即將要說的這些事不太敢相信。「他告訴我冬天的時候下大雪，牧場裡什麼事也做不了，甚至好幾個月都走不出去，道路全封閉了。不過，他還是得每天餵那些牛群。他們就這麼廝守在一起，兩個人，他和他太太。孩子們還沒來。他們後來才來的。就這樣月復一月的，兩個人待在一起，每天都是同樣的老套，每天都是同樣的人同樣的事，在那幾個寒冬的月份裡，既沒有人來，也無處可去。但是他們擁有彼此。這就是他們的全部，有你有我。『那平常你們有什麼消遣呢？』我問他。我是認真的。我真的想知道。我不懂人怎麼可以那樣過日子。我認為現在絕對沒有人能夠像那樣過日子的。你們說呢？對我來說那是不可能的。你們知道他怎麼說來著？你們想知道他的回答嗎？他躺在那兒，思考我的問題。他思考了好一會兒。然後說，『我們每晚都跳舞。』『什麼？』我說。『對不起，你說什麼，亨利，』我說，我湊近一些，還以為我聽錯了。『我們每晚都會跳舞，』他再說一遍。我實在想不透他的意思。我不知道他究竟在說什麼，我等著他說下去。他又開始想從前，還好只想了一會兒就說，『我們有一臺留聲機和幾張唱片，醫生。我們每晚都在客廳開留聲機聽唱片跳舞。每天晚上我們都這樣。有時候外面下大雪，氣溫降到了零下。一、二月的時候那裡的氣溫真是低。可是我們在客廳裡，穿著長筒襪子，聽唱片跳舞，把所有的唱片都放一遍。然後我生起爐火，把燈關了，只留下一盞，我們上床睡覺。有些個夜晚在飄雪，外面太安靜了，靜得你都能清楚的聽到雪花飄落的聲音。只要自己的心很平靜很清明，就能很安詳的跟自己，跟周圍的一切和睦相處，你躺在黑暗裡就能聽見下雪的聲音。你也不妨試試，』他說，『你們這裡偶爾也會下雪，是吧？你不妨試試。總而言之，我們每晚都會跳舞。跳完舞之後我們就上床，窩在一大堆的棉被底下，暖和的一覺睡到天亮。早上醒來的時候連自己的呼吸都看得見。』他說。

「等他恢復到可以坐輪椅的時候，身上的繃帶也拆完了，我和一名護士一起推他到他太太住的病房樓層。那天早上他刮了鬍子，擦了乳液。他穿著浴袍和病患的睡衣，他其實還沒完全康復，你們知道的，但是他在輪椅上坐得筆挺。不過，看得出來，他非常緊張。我們愈接近她的病房，他的臉紅起來，臉上現出那種熱切的表情，我真的沒辦法形容。我推著他的輪椅，護士走在我旁邊。東拼西湊的，她多少也知道一些狀況。護士嘛，你們知道的，什麼事都看在眼裡，只是不大追究。可是這天早上的這個護士顯得有點緊張。病房門開著，我直接推亨利進去了。蓋茲太太，安娜，還是全身固定著，不過她的頭和左手臂可以轉動。她眼睛閉著，我們一進病房，她兩眼立刻睜開。她從骨盆以下仍舊綁著繃帶。我把亨利推到病床左邊說，『妳有伴了，安娜。好同伴來了，親愛的。』我除了這一句再說不出別的話。她微微一笑，整個臉亮了起來。她的手從被單底下伸出來。整隻手藍藍紫紫的全是瘀青。亨利把這隻手捧在他的手裡，捧著吻著。他說，『哈囉，安娜。我的寶貝好不好？還記得我嗎？』眼淚流到了她的臉頰上。她點點頭。『我好想妳。』他說。她不斷點頭。我和護士等不及的往外跑。一到病房外面，她就開始大哭，她是強悍出了名的，這個護士。這是一個經驗，說真的。那以後，他每天上午和下午都坐輪椅過去看她。我們特地做了安排，讓他們能夠在她病房裡一起吃午餐和晚餐。這中間的空檔，他們倆就坐著，手握著手的說話。他們好像永遠有說不完的話。」

「之前你沒告訴過我這些，賀伯，」泰莉說。「你只有在事情剛發生那時候稍微提了一下。你從來沒告訴過我這些事啊，該死的。現在你說的這些，都把我給說哭了。賀伯，這個故事可千萬不要有不快樂的結局啊。不會有吧？你不會呼攏我們吧？要真是這樣，我根本不要聽了。你不必再往下說，到這裡就為止了吧。賀伯？」

「他們後來呢，賀伯？」蘿拉說。「快把它說完，拜託。還有後續嗎？我也跟泰莉一樣，我不要聽到不好的結局。真是不得了。」

「他們現在都好嗎？」我問。我也被這個『故事』深深吸引，只是我有些醉了，對任何東西都不太能夠聚焦。房間裡的光線似乎都排光了，從最初進來的那個窗口排出去了。但是桌上誰也沒有站起來的動作，也沒有誰想去開燈。

「當然，他們都很好，」賀伯說。「他們出院了。其實就在幾個星期前。一陣子以後，亨利開始可以靠楞杖走路，再來改用手杖，最後健步如飛。倒是現在他的情緒轉好了，自從再見到他的老伴之後，他的情緒一天比一天好。等到她可以出院的時候，他們的兒子和媳婦從艾爾帕索開了休旅車來，接他們回去跟兒子一起住。她仍舊需要做一些復健，不過恢復得真的很好。幾天前我剛收到亨利寄來的一張卡片。我想這大概就是我現在會想到他們的原因吧。想到這一段，還有我們稍早在談論的關於愛情。」

「大家聽好了，」賀伯繼續，「把這瓶酒喝了。剛好還夠喝上一巡。喝完了咱們就去吃飯。去那家『圖書館』。你們覺得怎樣？我不知道欸，這整件事真的很那個。一天一頁的展開來。我跟他之間的那些談話……那段時間真的令我難忘。但是今天提起來，卻令我很沮喪。天哪，我怎麼一下子情緒低落起來了。」

「不要沮喪，賀伯，」泰莉說。「賀伯，你去吃顆藥吧，親愛的？」她轉過來對著我和蘿拉說，「賀伯有時候會吃些控制情緒的藥物。這不算什麼祕密了，對不對，賀伯？」

賀伯搖搖頭。「該吃的時候我就會吃。不是祕密。」

「我前妻也吃這些藥。」我說。

「對她有幫助嗎？」蘿拉說。

「有些人是天生憂鬱吧，我想，」泰莉說。「有些人天生的不快樂。當然運氣也不會好。我就認識一些做什麼事運氣都很背的人。另外有些人——不是你，親愛的，我當然不是在說你——另外有些人只是自尋煩惱，自己找罪受，結果就一直的不快樂了。」

她一根手指在桌上搓來搓去，過了一會兒不搓了。

「我想給孩子們打個電話再去吃飯，」賀伯說，「各位不介意吧？不會太久。我先去沖個澡，再給孩子們打個電話，我們就可以去吃飯了。」

「你又得跟瑪喬麗說話了，賀伯，很可能是她來接電話。她是賀伯的前妻。兩位，你們聽說過瑪喬麗的事情吧。你今天下午別跟她說話了，賀伯。否則你心情會更壞。」

「我不想跟瑪喬麗說話，」賀伯說，「可是我想跟兩個孩子說說話。我好想他們，親愛的。我想念史提夫。昨天夜裡醒著想到許多他小時候的事。我想跟他說說話。我也想跟凱西說話。我想念他們，就算要冒著他們母親接電話的風險，也只好認了。那個爛女人。」

「賀伯沒有一天不在說希望她趕快再婚，要不然就去死。理由之一，」泰莉說，「她把我們整到快破產了。另外一個理由，兩個孩子的監護權現在歸她。我們只有在夏天可以帶孩子回來住一個月。賀伯說她不肯再婚是存心在整他。她有男朋友，也跟他們住一起，賀伯等於連他一起要養。」

「她對蜜蜂過敏，」賀伯說。「我要是不祈禱她趕快再婚，就會祈禱她去鄉下被一窩子蜜蜂叮到死。」

「賀伯，太可怕了吧。」蘿拉說著，笑到流淚。

「嗡嗡——」賀伯用手指做蜜蜂狀對準了泰莉的喉嚨和項鍊。忽然他收了手，往椅背上一靠，神情又嚴肅起來。

「她是個爛人。真的，」賀伯說，「她太惡毒。有時候我喝醉了，像現在這樣，我真想裝扮成養蜂人跑去她那兒——你們知道的，就是那種像頭盔式的帽子，前面有一塊遮臉的護板，厚厚的大手套和防護衣。我真想直接敲門，放一窩子蜜蜂進去。當然，首先要確定兩個孩子不在屋裡才行。」他費了一番工夫，把一條腿擱到另一條腿上。然後又把兩隻腳踩在地上，身子往前傾，手肘壓著桌子，兩手托住下巴。「也許我不應該現在給孩子們打電話。也許妳說得對，泰莉。也許這個主意是不太好。也許我只要去沖個澡，換件襯衫，就出去吃飯了。覺得如何，各位？」

「不錯，」我說，「吃或者不吃。或者繼續喝。我可以直奔夕陽餘暉。」

「這話是什麼意思啊，親愛的？」蘿拉轉頭看著我說。

「就這個意思，親愛的，沒別的。我是說隨便怎樣我都可以繼續下去，就是這個意思。這會兒應該是夕陽吧。」窗戶上映著一抹紅暈，太陽下山了。

「我好像要吃點東西了，」蘿拉說，「我忽然餓了起來。有沒有什麼零嘴？」

「我去拿些乳酪和餅乾吧。」泰莉說，卻坐著不動。

賀伯乾了杯子裡的酒。很慢很慢的從座位上站起來說，「抱歉，我要去洗澡了。」他離開廚房，很慢很慢的穿過走廊走向浴室。他帶上了門。

「我很擔心賀伯，」泰莉說。她搖了搖頭。「有時候多些有時候少些，可是最近我真的太擔心了。」她注視著酒杯，完全沒有要去拿乳酪和餅乾的意思。我決定站起來自己去冰箱裡找。蘿拉說餓的時候，我知道她一定就要吃了。「你隨便拿吧，尼克。能吃的就把它統統拿出來吧。裡頭好像有乳酪，義大利香腸。餅乾好像在爐子那邊的食物櫃裡。我忘了。我們先吃一點點心吧。我不餓，你們一定餓了。我現在一點胃口也沒有。我剛才在說什麼？」她閉閉眼睛再睜開。「我們大概沒跟你們說過這些，也許說過。我記不得了，賀伯前一次的婚姻破裂，他太太帶了孩子搬去丹佛之後，他非常想不開。曾經去看過精神科醫師，很長一段時間，總有好幾個月。現在他有時候還會說應該繼續去看醫生。」她拿起空酒瓶，顛倒過來往杯子裡倒。我小心翼翼的在工作臺上切義大利香腸。「空了，沒酒了，」泰莉說。停一會兒她又說，「最近他又常提起自殺，尤其在喝醉的時候。有時候我真覺得他太脆弱了，他簡直沒半點防禦能力。他對任何事情都沒有防禦能力。好吧，」她說，「琴酒沒了。該切了，該是走的時候了。切斷傷心的時候到了，我爸爸從前經常說。依我看，該是吃飯的時候了，雖然我一點胃口也沒有。不過你們一定餓了，我很高興你們先吃一點墊個底，這樣就可以撐到待會兒去餐館。到時候想要喝酒再喝吧。你們去看看那個地方，真的很不錯。你們可以把那兒的書跟食物袋一起帶出來。我看我也該去準備了。我只要洗把臉，抹一點口紅，我去哪都保持我的原樣。如果人家不喜歡，隨便。我就這一句，沒別的。不過我沒有負面的意思。我希望，也祈禱你們兩個再過個三年五年，仍舊能夠像今天這麼恩愛。甚至四年也行。四年，是個見真章的時刻。對於今天的主題我只有這句話。」她抱著自己細瘦的胳臂，上上下下的蹭著。她閉上了眼睛。

我站起來走到蘿拉的椅子背後。我挨著她，兩隻手臂交叉在她胸部底下摟著她。我的臉貼著她的臉。蘿拉按住我的手臂。她用力的按著不肯放手。

泰莉睜開眼睛。她看著我們，端起了酒杯。「敬你們兩個，」她說，「敬我們大家。」她乾杯，冰塊喀啦喀啦的撞著她的牙齒。「包括卡爾，」她說著把酒杯放回桌上。「可憐的卡爾。賀伯認為他是個蠢貨，其實賀伯超怕他。卡爾不是蠢貨。他愛我，我愛他。就這樣。三不五時我還是會想他。這是事實，我說出來沒什麼不好意思的。想他的時候，他隨時隨地就會跳進我腦海。我跟你們說，我最討厭肥皂劇裡的人生如戲，可是這個真的就像肥皂劇的劇情。我當時跟他懷了孕。那時候剛好是他第一次嘗試自殺，他吃老鼠藥。他不知道我懷孕了。結果很糟，我決定去墮胎。當然，我也沒告訴他。這些事情賀伯都知道，我說的事情賀伯沒有不知道的。最後一集高潮戲，墮胎手術就是他幫我做的。世界很小，對不對？我以為卡爾當時瘋了，我不要他的孩子。後來他果然自殺了。但是之後，在他走了一段時間之後，我的身邊不再有卡爾，我不能再跟他說話，不能再聽到他的消息，不能再幫他度過害怕和無助，我覺得一切都變了樣，糟透了。我為了沒有保住他的孩子傷心難過。我愛卡爾，這點是毫無疑問的。到現在我仍然愛著他。可是，老天啊，我也愛賀伯。你們很容易看得出來，對吧？那用不著我說了。哎呀，實在很過分，對不對，這一切？」她兩手摀住臉開始哭泣。她慢慢的傾身向前，把頭抵在桌子上。

蘿拉立刻放下了吃食。她站起來說，「泰莉。泰莉，親愛的，」她一面說一面揉著泰莉的頭頸和肩膀。「泰莉。」她低低的喚著。

我正吃著一片香腸。屋子裡已經很暗了。我把嘴裡的香腸吃完了，走到窗前。我望著後院。我從白楊樹和那兩隻在涼椅中間睡覺的黑狗一路望過去。我從游泳池望向門戶開著的小狗屋和空蕩蕩的舊馬房，再望向更遠的地方。那兒有一片野草地，有一道圍籬，接著又是一塊草地，然後就是連接阿布奎克和艾爾帕索的州際公路。公路上車來車往。太陽漸漸下山了，山頭也暗下來了，陰暗處處。但還是有一些亮光，這一些些的亮光似乎柔軟了所有我看出去的這些東西。接近山頂的天空是灰色的，灰得就像冬日裡的陰天。但是在灰色之上有一層藍天，那是你在那種熱帶明信片上看見過的藍，地中海的藍。泳池的水面起了漣漪，這同一陣風也惹得白楊樹葉抖動起來。一隻狗抬起了頭，好像風聞了什麼訊號，豎起耳朵聽了片刻，再把腦袋擱回到兩隻腳爪中間。

我有一種好像有什麼事情要發生的預感，它存在這滯慢的陰影和亮光裡，不管那是什麼，似乎會把我也一起牽連進去。我不要它發生。我看著風陣陣的波動著野草。我看見野地上的小草在風中彎下腰又再挺起。另外那塊草地朝著公路往上斜，風不屈不撓的吹拂著，一波接著一波。我站在原地等著看那野草在風中彎下腰，感受到我的心在跳。屋子後面有蓮蓬頭的水聲。泰莉還在哭泣。我費了點力氣，慢吞吞的轉過頭去看她。她趴在桌上，臉朝著爐子。她睜著眼睛，不時的眨著淚水。蘿拉把椅子拉了過來，一手攬著泰莉的肩膀陪她坐著。她小聲的說著話，嘴唇貼著泰莉的頭髮。

「是啊，當然，」泰莉說，「妳說得對。」

「泰莉，親愛的，」蘿拉溫柔的對她說，「沒事的，妳放心好了。沒事的。」

蘿拉抬眼對上了我的視線。她的眼神穿透一切，我的心跳減速了。她望著我的眼睛似乎望了好久，然後她點了點頭。她只有這個動作，只給了這個訊號，但是已經足夠。彷彿就在告訴我，放心吧，我們過得去的，我們絕對不會有事的，你等著看吧。不用急不用慌。這是我的解讀，雖然有可能我解讀錯誤。

蓮蓬頭的水聲停了。過一會兒，我聽見賀伯吹著口哨打開浴室的門。我繼續看著桌邊的兩個女人。泰莉仍在哭，蘿拉仍在撫摸她的頭髮。我回過頭再看窗外。現在那一小層藍天已經消失，已經跟其餘部分一般的黑。但是星星出來了。我認出了金星，離它更遠更偏一些，沒有它那麼亮，但絕對不會看錯的，就是火星。風又起了。我眼睜睜的看著它對那兩塊空地造成的影響。我忽然莫名其妙的想著麥金尼不再養馬真是可惜。我想像入夜時分馬兒在那些空地上奔馳，或者，只是昂著頭安靜的站在圍籬邊，望著對向。我站在窗口等待。我知道我必須安靜的，動也不動的再待一會兒，繼續看窗外，繼續看屋外，只要那裡還有東西可看。

17 還有一件事

艾爾第的太太，美心，有一天晚上叫他滾出去，當時她下班回來發現他又喝醉了，而且對他們十五歲的女兒碧兒動粗。艾爾第和他女兒在廚房的餐桌旁邊大吵特吵，美心連放下包包脫大衣的時間都沒有。

碧兒說，「告訴他，媽。告訴他我們說過什麼了。那都是他想出來的，對不對？他要是真想戒酒，只要叫自己不喝不就結了。那都在你的腦子裡，所有的事統統都在他的腦子裡。」

「你以為事情有那麼簡單嗎？」艾爾第說。他拿著酒杯在手裡轉，但是沒喝。美心惡狠狠的瞪著他。「少來這套，」他說，「不懂的事妳給我少管。妳根本不知道自己在說些什麼。一個一天到晚坐著看占星雜誌的人懂什麼東西啊。」

「這跟『占星學』扯不上任何關係，爸，」碧兒說，「你用不著侮辱我。」碧兒已經六個禮拜沒去高中上學了。她說誰也沒辦法逼她回去。美心說這又是一長串悲劇中的一個悲劇。

「你們兩個別吵了好不好？」美心說，「天哪，我頭痛死了。太過分了吧。艾爾第？」

「告訴他，媽。」碧兒說，「媽也是這麼說的。你要是有心要戒，就能戒掉。腦子管得住一切。要是你老擔心禿頭，擔心掉頭髮——我不是在說你啊，爸——結果就真禿了。所有這些都在你腦子裡。誰也不知道腦子到底會跟你說些什麼。」

「那糖尿病呢？」他說，「那羊癲瘋呢？腦子也能控制嗎？」他就在美心的眼皮底下把酒乾光。

「糖尿病也是，」碧兒說，「羊癲瘋也是。樣樣都是！腦子是全身最最權威的器官。只要你說得出來的它都能做到。」她從桌上拿起菸給自己點上一支。

「癌症。那癌症呢？」艾爾第說。「它可以阻止妳得癌症嗎？碧兒？」他以為這下把她難倒了。他看著美心。「我不知道我們怎麼會扯到這上頭來了。」

「癌症，」碧兒對他的無知大搖其頭。「癌症也是啊。一個人要是不怕得癌症，他就不會得癌症。癌症也是從腦子裡開始的，爸。」

「這真是瘋了！」他往桌子上重重一拍。菸灰缸跳起來。他的酒杯翻倒了滾向碧兒。「妳瘋了，碧兒，妳懂什嘛？妳這些屁話從哪裡來的？連這個也是啊。簡直狗屁不通，碧兒。」

「夠了，艾爾第，」美心說。她解開外套，把包包放在工作臺上。她看著他說，「艾爾第，我受夠了。碧兒也是。每一個認識你的人都受夠了。我仔細想過，我要你離開這裡。就今天晚上。就現在，就這一分鐘。我這是在行善，艾爾第。現在叫你走，總好過等人家來把你裝進松木棺材裡抬著走。你馬上給我走，艾爾第。將來，」她說，「有一天你會回想起來的。等到那一天你會謝謝我的。」

艾爾第說，「是嗎？我會嗎？將來有一天我會回想起來，」他說，「妳這麼認為嗎？」艾爾第根本沒打算要走，不管是躺在松木棺材還是以其他方式。他的視線從美心身上移轉到桌上的那瓶泡菜，午餐之後就一直擱在那裡沒動過。他把它拿起來用力一擲，罐子飛過冰箱從廚房窗口穿了出去。玻璃碎了一地，窗臺上也是，泡菜飛進了冷冷的夜裡。他緊扣著桌子的邊緣。

碧兒從椅子上跳開。「天哪，爸！你才是瘋了，」她說。她站到母親身旁，連大氣都不敢呼。

「叫警察，」美心說。「他使用暴力。快點離開廚房，別讓他傷到妳。去打電話叫警察。」她說。

她們兩個人開始往廚房外面退。這一刻艾爾第有些神志不清的以為是兩個老人在撤退，一個穿著睡衣睡袍，一個穿著長及膝蓋的黑大衣。

「我走，美心，」他說，「我現在就走。我簡直求之不得。妳們兩個都瘋了。這裡是瘋人院。外面有的是好日子。等著瞧吧，絕對不會只有這一種日子好過。」他臉上感覺到了窗外陣陣的寒意。他閉閉眼睛再睜開，兩手依舊緊扣著桌子邊緣，在說話的時候還不停來回的搖著桌子。

「我也這麼希望，」美心說。她在廚房門口停了下來。碧兒側身繞過她鑽進了另一間房間。「天曉得，我每天都在祈禱過一過別的日子。」

「我這就走，」他說。他踢開椅子站起來。「妳們也不會再看到我了。」

「你給的回憶夠多，夠讓我記住一輩子的，艾爾第。」美心說。她這會兒已經進了客廳。碧兒站在她旁邊。碧兒一臉的驚恐和不相信。她一手揪著她母親的外套袖子，香菸夾在另一隻手上。

「天哪，爸，我們只不過是說兩句話嘛。」她說。

「你走，滾出去，艾爾第，」美心說，「這裡的房租是我付的，我有權叫你走。現在，馬上。」

「我這就走，」他說。「別逼我，」他說，「我這就走。」

「不准來暴力這套，艾爾第，」美心說，「我們知道你破壞東西的本事最大。」

「我走，」艾爾第說，「我要離開這間瘋人院。」

他進去臥房，從衣櫥裡拎出一只她的手提箱。那是一只褐色，人造皮的舊箱子，一邊扣環斷了。她以前念大學的時候，總是帶著這只箱子，裡面塞滿了佳廉登牌的毛衣。那時候他也上大學。那都是幾百年前的事了。他把箱子扔在床上，再把自己的內衣、褲子、長袖襯衫、毛衣、一條有銅扣的舊皮帶，所有的襪子和手帕放進去。他還從床頭櫃上拿了幾本雜誌。他也拿了菸灰缸。能放的，能塞的東西他全放了進去。他把完好的一邊扣環扣上，綁好袋子，忽然想起他的盥洗用具。他在架子上，美心那堆帽子後面找到了塑膠刮鬍包。這個刮鬍包是一年多以前，碧兒送他的生日禮物。他把刮鬍刀、刮鬍膏、爽身粉、除臭棒還有牙刷都裝進包包裡。他也拿了牙膏。他聽見美心和碧兒在客廳裡低聲說話。他洗完臉，用完毛巾，把肥皂也收進了刮鬍包。接著又從洗臉槽上順手拿了肥皂碟和杯子。他忽然想到，如果有鍋碗瓢盆之類的餐具，他更可以撐過很長一段時間。他合不攏那只刮鬍包了，沒關係，反正他準備齊全了。他穿上外套，提起手提箱。

他走進客廳。美心和碧兒停止說話。美心一手攬著碧兒的肩膀。

「那就再見了。」艾爾第說完頓了一會兒。「除了說以後不會再見到妳們，我也不知道該說什麼別的了。」他對著美心說。「我原本也沒打算這樣，反正吧。妳也一樣，」他對碧兒說，「妳跟妳那些古裡古怪的想法。」

「爸，」她說。

「你幹嘛老是找她的碴啊？」美心說。她握著碧兒的手。「你對這個家造成的傷害還不夠嗎？走吧，艾爾第。讓我們圖個清靜吧。」

「都在你的腦子裡，爸。記住這句話就行了。」碧兒說。「你準備去哪？我可以寫信給你嗎？」她問。

「反正就是走出去吧，」艾爾第說。「隨便去哪裡。反正離開這間瘋人院就是了，」他說，「這是重點。」他朝客廳看了最後一眼，手提箱從這隻手換到另一隻，把刮鬍包夾在臂膀底下。「我會再聯絡的，碧兒。親愛的，抱歉我剛才亂發脾氣。原諒我，好不好？妳會原諒我嗎？」

「是你把這裡變成了瘋人院，」美心說，「如果這裡是瘋人院，艾爾第，那是你造成的。是你。記住這點，艾爾第，不管你以後去哪裡。」

他把手提箱放下來，把刮鬍包擱在手提箱上。他站直了面對著她們倆。美心和碧兒往後退。

「什麼都別說了，媽，」碧兒說。忽然她瞧見牙膏杵在刮鬍包外面。她說，「妳看，爸拿走了牙膏。爸，拜託，別把牙膏拿走啊。」

「他可以拿，」美心說，「讓他拿吧，什麼都讓他拿吧，只要他離開這兒。」

艾爾第再把刮鬍包夾在臂膀底下，再度拎起了手提箱。「我只想再說一件事，美心。好好聽我說。要記住，」他說，「我愛妳。不管發生什麼我都愛妳。我也愛妳，碧兒。我愛妳們兩個。」他站在門口，他覺得他的嘴唇在刺痛，就在他看著她們，他相信，這可能是最後一次看著她們的時候。「再會了。」他說。

「你把這個叫做愛嗎，艾爾第？」美心說。她放開碧兒的手。她握起拳頭。然後她搖搖頭，把兩隻手擠進大衣口袋裡。她瞪著他看了一會，再垂下眼對著地上靠近他鞋子的地方盯著看。

一想到日後他要記得的是這個夜晚，是她現在這副樣子，他驚恐到了極點。他不敢想像，在往後的歲月裡，她變成了一個他無法「對號入座」的女人，一個穿著長大衣的啞子，垂著眼瞼站在燈光明亮的房間裡，他不敢想像。

「美心！」他大叫。「美心！」

「這叫愛嗎，艾爾第？」她兩眼死盯著他。她的眼睛又深又嚇人，他看著這對眼睛，他硬撐著。

國家圖書館預行編目資料

新手／瑞蒙・卡佛（Raymond Carver）著；余國芳譯. --初版. --臺北市：
寶瓶文化, 2013.1
面； 公分. --(Island；190)
譯自：Beginners
ISBN 978-986-5896-13-3（平裝）

874.57 101026414

island 190

新手

作者／瑞蒙・卡佛（Raymond Carver） 譯者／余國芳
外文主編／簡伊玲

發行人／張寶琴
社長兼總編輯／朱亞君
副總編輯／張純玲
資深編輯／丁慧瑋 編輯／林婕伃
美術主編／林慧雯
校對／賴逸娟・陳佩伶・劉素芬
營銷部主任／林歆婕 業務專員／林裕翔 企劃專員／李祉萱
財務／莊玉萍
出版者／寶瓶文化事業股份有限公司
地址／台北市110信義區基隆路一段180號8樓
電話／(02)27494988 傳真／(02)27495072
郵政劃撥／19446403 寶瓶文化事業股份有限公司
印刷廠／世和印製企業有限公司
總經銷／大和書報圖書股份有限公司 電話／(02)89902588
地址／新北市新莊區五工五路2號 傳真／(02)22997900
E-mail／aquarius@udngroup.com

法律顧問／理律法律事務所陳長文律師、蔣大中律師
如有破損或裝訂錯誤，請寄回本公司更換
著作完成日期／一九八〇年
初版一刷日期／二〇一三年一月七日
初版四刷+日期／二〇二二年七月二十日
ISBN／978-986-5896-13-3
定價／三二〇元
Text established by William L. Stull and Maureen P. Carroll

愛書人卡

感謝您熱心的為我們填寫，
對您的意見，我們會認真的加以參考，
希望寶瓶文化推出的每一本書，都能得到您的肯定與永遠的支持。

系列：Island 190　　書名：新手

1. 姓名：＿＿＿＿＿＿＿＿　性別：□男　□女

2. 生日：＿＿年＿＿月＿＿日

3. 教育程度：□大學以上　□大學　□專科　□高中、高職　□高中職以下

4. 職業：＿＿＿＿＿＿＿

5. 聯絡地址：＿＿＿＿＿＿＿＿＿＿＿＿＿＿＿＿＿＿＿＿

   聯絡電話：＿＿＿＿＿＿＿＿　手機：＿＿＿＿＿＿＿＿

6. E-mail信箱：＿＿＿＿＿＿＿＿＿＿＿＿＿＿＿

   □同意　□不同意　免費獲得寶瓶文化叢書訊息

7. 購買日期：＿＿ 年 ＿＿ 月 ＿＿日

8. 您得知本書的管道：□報紙／雜誌　□電視／電台　□親友介紹　□逛書店　□網路　□傳單／海報　□廣告　□其他

9. 您在哪裡買到本書：□書店，店名＿＿＿＿＿　□劃撥　□現場活動　□贈書　□網路購書，網站名稱：＿＿＿＿＿＿　□其他＿＿＿＿＿

10. 對本書的建議：（請填代號　1. 滿意　2. 尚可　3. 再改進，請提供意見）

    內容：＿＿＿＿＿＿＿＿＿＿＿

    封面：＿＿＿＿＿＿＿＿＿＿＿

    編排：＿＿＿＿＿＿＿＿＿＿＿

    其他：＿＿＿＿＿＿＿＿＿＿＿

    綜合意見：＿＿＿＿＿＿＿＿＿＿＿＿＿＿＿＿＿＿＿＿＿＿＿

11. 希望我們未來出版哪一類的書籍：＿＿＿＿＿＿＿＿＿＿＿＿＿＿

讓文字與書寫的聲音大鳴大放

寶瓶文化事業股份有限公司

（請沿此虛線剪下）

廣 告 回 函
北區郵政管理局登記
證北台字15345號
免貼郵票

寶瓶文化事業股份有限公司 收

110台北市信義區基隆路一段180號8樓

8F,180 KEELUNG RD.,SEC.1,

TAIPEI.(110)TAIWAN R.O.C.

（請沿虛線對折後寄回，謝謝）